W0357692

10
18

12, AVENUE D'ITALIE. PARIS XIIIe

Sur l'auteur

Magistrat et président de chambre à la cour administrative de Marseille, écrivain et auteur de romans policiers, Jean-Christophe Duchon-Doris est l'auteur d'une douzaine de livres parus aux Éditions Julliard, dont *Les Nuits blanches du Chat botté*, 2000, *L'Embouchure du Mississipy*, 2003, *Le Cuisinier de Talleyrand*, 2006, *La Fille au pied de la croix*, 2008.

JEAN-CHRISTOPHE DUCHON-DORIS

LA MORT S'HABILLE EN CRINOLINE

10
18

Grands détectives

créé par Jean-Claude Zylberstein

JULLIARD

Du même auteur
aux Éditions 10/18

Les nuits blanches du chat botté, n° 3629

© Éditions Julliard, Paris, 2014
ISBN 978-2-264-06539-1

Pour Claire et Guillaume

Chapitre I

1

25 janvier 1856

Mme Roger, couturière en vogue, quarante-trois ans, chignon, robe en popeline bleu foncé garnie de peluche ton sur ton, avec toque en castor et manchon. On lui a proposé de s'asseoir, elle préfère cependant rester debout à côté de sa « première » – dix ans de plus, un peu voûtée, robe de velours noir très simple, un ruban de même couleur orné d'une perle unique au ras du cou, chapeau à voilette, mitaines en dentelle noire. Le salon a de hauts plafonds, de belles dimensions, mais il ressemble à une boîte à poupée. Tout y est couvert de mousseline rose, jusqu'aux cadres, jusqu'aux pendules embobelinées et enrubannées. La pièce n'est éclairée tout au fond que par une fenêtre aux persiennes fermées et dont les lamelles sont seulement soulignées du soleil incendiant au-dehors la verdure des tilleuls.

Mme Roger est molle, blanche, blonde et charnue comme une beauté de Rubens, avec toujours sur les lèvres un sourire feuilleté qui s'émiette avec ses propos, de jolies phrases qui flattent et caressent, qui vantent les tissus et les dessins, qui rendent belles les clientes. Elle fait signe à sa première. Celle-ci étale sur le sofa les deux toilettes convenues. De pures merveilles : une robe crémeuse de guipure sur robe havane, col et poignets de velours grenat et une robe à volants en taffetas gants de suède, à porter sur des crinolines de quatre mètres de diamètre.

— Quatre mètres ? murmure Mme de Castiglione. Ai-je donc tant besoin de cacher mes formes ?

— Mais ma chère, c'est le minimum aujourd'hui ! dit Mme de Villamarina. À moins, on ne vous verrait même pas. C'est un beau travail, Mme Roger, et cela ira à ravir à Virginia.

Mme Roger sourit modestement à Mme de Villamarina, épouse de l'ambassadeur de Sardaigne à Paris, une fidèle cliente. Enhardie, elle pousse son avantage. Ses ateliers ont travaillé à ces robes depuis trois semaines. Elle recommande de porter, avec la première, de grands bas frottés d'argent et, sur les épaules, un cachemire des Indes renversé en arrière dont elle peut montrer un échantillon, pour la seconde, une sortie de bal en renard bleu et, dans les cheveux, des volubilis piqués sur un semblant de chapeau de paille. Plus la robe est ample, dit-elle, et plus la coiffure doit se faire discrète. Puis, comme elle n'a plus rien à dire, elle se tait. Elle regarde Mme de Castiglione. Les robes sont pour elle, mais la jeune Italienne reste silencieuse. Elle se tient en retrait, pensive, immobile, dans l'angle le plus sombre du salon. L'ombre avale ses couleurs, la gouache de gris, coule sur elle un froid de statue.

Mme Roger se remémore, quinze jours plus tôt, la visite de ces deux femmes à sa boutique : Mme de

Villamarina, comme toujours volubile et remuante, éclaboussant l'espace de son accent chantant et de l'agitation incessante de ses mains aux doigts chargés de bagues, et cette jeune comtesse – dix-huit, dix-neuf ans peut-être – cachée dans un burnous couleur tabac et à franges de soie, en retrait et traînant les pieds. Seule la première avait parlé. Elle avait expliqué qu'il fallait à son amie, inscrite pour la première fois sur la liste des invitations aux Tuileries, la plus belle des toilettes de bal, une robe « au goût de la cour impériale » qui pourrait définitivement la lancer. Mme Roger avait compris à demi-mot que cette visite n'enchantait guère la principale intéressée qui rechignait à se plier à la mode de France et aurait préféré continuer à porter des robes à son goût. Quand Mme de Castiglione avait fait valoir que les toilettes « à sa façon » avaient remporté un franc succès à la cour du roi Victor-Emmanuel de Piémont-Sardaigne, Mme de Villamarina avait répliqué, avec un sourire assassin : « Je ne doute pas qu'elles aient également fait impression en France... mais il y a cinq ans. » Quand la couturière s'était approchée pour prendre les mesures, cette jeune comtesse avait soupiré et s'était laissé faire, le regard absent, avec des mouvements lents de noyée luttant pour ne pas s'enfoncer dans les eaux, les pieds comme emmêlés dans les algues des profondeurs.

Mme de Castiglione bouge enfin. La statue s'anime, brise les lignes lumineuses des persiennes, glisse lentement vers les deux robes. En deux semaines, remarque Mme Roger, d'aspect, ce n'est plus la même femme. Plus parisienne. Moins « provinciale de l'étranger ». La comtesse glisse, sans un remous, dans la demi-pénombre de la pièce aux volets clos – buste droit, port de tête, taille marquée, silhouette cambrée vêtue d'une robe en taffetas finement rayé de mauve et de gris, des yeux bleu-vert, bouche petite surmontée d'un nez dessiné au pinceau, cheveux noirs aux reflets fauves encadrant un visage mat. Une beauté hors du commun, note Mme Roger, qu'elle n'a pas le souvenir d'avoir remarquée lors de la première visite. Et puis, pense-t-elle, un air indéfinissable de Vierge peinte qui, s'ennuyant trop, a décidé de descendre de son tableau et de se mêler à la médiocrité des hommes.

Mme de Castiglione s'approche des toilettes. Elle a la bouche fermée, le sourcil haut, inquisiteur. Elle agite devant elle un éventail en nacre à rinceaux dorés. Elle se penche vers les étoffes, se relève, se retourne lentement. L'œil brille, mais le visage garde sa froideur de marbre.

— Trop convenu, lâche-t-elle. Cela irait à tout le monde... Surtout aux laides. Je veux, moi, de l'extraordinaire, de quoi sortir du lot.

Le silence tombe, danse comme les grains de poussière dans les rais de lumière des persiennes. Mme de Villamarina jette un regard affolé à la couturière, lâche un petit rire nerveux.

— Allons, Virginie ! La soirée est dans trois jours ! Mme Roger vous confirmera qu'il est bien trop tard pour commander une autre toilette.

— En effet, madame. Et, si je puis me permettre, vos craintes sont injustifiées. Vous êtes divinement faite et même avec des haillons, personne ne vous arriverait à la cheville. Par ailleurs, mes ateliers sont les meilleurs de Paris et ils se sont surpassés, je vous l'assure. Peut-être qu'avec quelques retouches, ces toilettes...

— Eh bien tant pis, dit la comtesse en refermant

son éventail d'un geste tout aussi sec que le ton de sa voix. Si vous ne pouvez faire mieux, je m'adresserai ailleurs. Et si le temps manque, eh bien, ce soir-là, je ne sortirai pas.

— Allons, chère Virginia, intervint Mme de Villamarina en italien, vous savez l'importance de cette présentation aux Tuileries. Vos intérêts comme les nôtres...

— C'est bien parce que je sais l'importance de cette soirée que je ne veux point la brader. Il me faut toucher l'Empereur du premier coup. Rater l'entrée, c'est hypothéquer la suite.

Mme Roger regarde sa première. Les deux femmes travaillent ensemble depuis trop longtemps pour ne pas se comprendre parfaitement sans s'échanger un mot : cette comtesse florentine, avec sa beauté froide, son caractère de chienne, va faire des ravages, peut-être même au sommet de l'État. Il faut absolument l'avoir parmi ses clientes. La concurrence est trop rude. Mme Fauvet, Mme Maugas ont déjà leurs entrées auprès de l'entourage de l'Impératrice. On parle de plus en plus de cet Écossais, ce Worth, qui vient d'ouvrir sa propre boutique rue de la Paix...

— Les toilettes que je vous ai montrées étaient très belles, dit Mme Roger. Mais vous avez raison, madame : il vous faut du sublime, quelque chose qui, certes, s'accorde à la mode du moment, mais qui aille bien au-delà. Nous allons élever nos ambitions à la hauteur de vos espérances. Permettez que nous revenions cet après-midi pour vous montrer d'autres tissus, d'autres modèles, plus hardis, plus relevés.

— Mais le temps ? objecte Mme de Villamarina.

— Si nous nous accordons avant ce soir, répond Mme Roger avec un sourire, nous mobiliserons les énergies et je me fais fort de vous présenter la robe au matin de votre bal.

— Soit, dit Mme de Castiglione. Essayons, nous verrons bien.

2

Mme Roger, sa première et plusieurs de ses commises sont de retour dans le salon de Mme de Castiglione à quatre heures de l'après-midi. Le soleil a tourné. On a un peu entrouvert les persiennes. Monte, à peine étouffé par l'épaisseur des vitres, le bruit des équipages, des calèches, des coupés, des tilburys qui se rendent au Bois. Mme de Castiglione est seule, cette fois. Elle porte un déshabillé en mousseline noire qui laisse entrevoir des jambes parfaites et justifie a posteriori ses réticences envers la crinoline. Elle arbore un air de souveraine lasse un jour de doléances.

Mme Roger étale ses tissus comme elle viderait des coffres remplis d'or. Elle amoncelle des étoffes sur le divan, toute une joaillerie fondue dans les velours, dans les peluches et dans les soies, avec des ruissellements coulés dans la profondeur des fronces, des gris semblables à du plomb terne, des blancs battus de neige, des bleus puisés dans des trous d'eau, des rouges croûteux ainsi que du sang caillé. Elle vante les tissus. Sous son pouce expert, courent des crêtes de lumière. Elle fait déballer de leurs boîtes des poupées portant, en miniature, certaines toilettes qu'elle a imaginées : de nonchalants amalgames de pièces aux découpes incurvées et translucides, d'affolantes superpositions de voiles de mousseline, de précieuses dentelles, un bustier féerique de mosaïques de coraux et de plumes de nacre.

Virginie de Castiglione balaie ce cahot déballé du rayon de son œil froid. À demi penchée, du bout de l'éventail comme avec un crochet, elle farfouille, triture. Soudain, elle sourit, s'agenouille, tire du fatras déballé une boîte dont le couvercle a sauté. Elle sort une poupée, toute rose, la lève vers la fenêtre, la ramène à elle, la pose sur ses genoux, la dorlote.

— Comme base, dit-elle, je veux cela : une jupe à deux tuniques, garnies chacune de trois volants. Et quitte à porter une cage, je la veux d'une ampleur de vaisseau amiral, six... non, huit mètres de circonférence, pas moins.

Elle pose la poupée sur un guéridon, le dos appuyé sur un vase chinois qui porte un bouquet de camélias. Elle fait deux pas en arrière, s'approche du sofa, fouille au milieu de l'amoncellement de vêtements, sort une gaze de Chine, en soie, d'un bleu ciel léger.

— Puisque l'Impératrice n'aime que les couleurs claires et qu'il convient de lui plaire, je veux ce tissu. Il mettra en valeur mes yeux. Et je veux que les volants soient en point d'Angleterre, duvetés en marabout bleu. Et le corsage à l'avenant. Vous l'aurez remarqué, mes seins n'ont guère besoin de soutien... Ce n'est pas tout.

Elle prend des mains de la première le calepin sur lequel celle-ci a commencé à noter ses exigences. Elle fait un dessin grossier de la robe pour préciser l'emplacement des volants.

— Je porterai des bottines de satin lacées sur le côté et, autour du cou, une parure en opales et turquoises. Je m'occupe des bottines et de la parure.

Mais, dans la coiffure, je veux des plumes... du bleu roi, du rouge... disposées ainsi... (Elle reprend le crayon, griffonne, repose sèchement le carnet dans les mains de la première.) Nous sommes mardi. Convenons de l'essayage pour vendredi matin, onze heures. Serez-vous prête ?

Mme Roger a pâli. Dans sa tête, se bousculent des débuts de plan de bataille, des appels à la mobilisation, une petite voix qui lui crie que c'est impossible, une autre qui additionne les chiffres pour calculer le prix final que l'on pourra exiger du mari – sept mille, huit mille francs ? Elle se force à sourire.

— Nous le serons, madame.

3

Dans la rue déserte, seul l'atelier de Mlle Annabelle reste allumé. Des lampes accrochées au mur, le gaz diffus fuit dans un petit sifflement. Ses lueurs chaudes plongent dans les reflets du bois des tables couvertes de corbeilles d'osier, de pelotons hérissés d'aiguilles d'ivoire, d'écailles et de buis. Huit jeunes femmes sont penchées sur leur ouvrage, leurs petits pieds recroquevillés sous leur chaise. La plus jeune, Églantine, a douze ans, la plus âgée, Marthe, vingt-deux. Elles s'écoutent d'une oreille, échangent avec leurs voisines des coups d'œil entendus, des demi-gestes, des grimaces. Leurs mouvements précis sont scandés par le bruit des ciseaux reposés sur la table. De temps en temps, à tour de rôle, elles jettent un œil discret à la grosse pendule. Bientôt huit heures. La journée n'en finit pas depuis l'aube. Églantine chahute gentiment Camille à propos de son premier rendez-vous avec Antonin. Marthe s'inquiète en silence pour ses enfants qui sont seuls à la maison depuis la fin de l'école. Et Mélanie raconte que, comme chaque soir, elle fera sur le chemin la tournée des cabarets pour ramener son homme avant qu'il n'ait bu toute sa paye de la journée. L'horloge avance lentement, tic-tac par tic-tac. Jeannette n'y tient plus. Elle triche un peu. Il est moins deux quand elle attache son chapeau et saisit son ombrelle.

C'est alors que Mlle Annabelle agite sa clochette pour attirer leur attention. Elle gère ce petit monde sans jamais hausser le ton, d'une autorité naturelle qui coule de ses formes pleines, de ses gestes ronds, des regards qui tombent de ses yeux curieusement dorés et des histoires qu'on raconte sur elle, à voix basse et quand elle n'est pas là, selon lesquelles elle aurait été autrefois danseuse nue à Alep et à Constantinople, elle aurait peur des hommes ou aimerait d'un peu trop près les femmes.

— Commande spéciale de Mme Roger, dit-elle. Une robe de bal pour après-demain. C'est la priorité. On laisse les ouvrages en cours. Et ce soir, il y aura veillée.

Mélanie pousse un cri, se redresse d'un coup, l'aiguille en l'air, le fil tendu sur son petit doigt relevé. La veillée ? Non ! Pas ce soir ! Camille est au désespoir : et Antonin ? Elle regarde Églantine qui lui adresse le soutien d'un triste sourire. La veillée, cela veut dire qu'on repart pour quatre heures de plus, jusqu'à minuit, une heure du matin peut-être. Mélanie proteste que c'est la troisième fois ce mois-ci, qu'à ce rythme, elles vont toutes s'écrouler. Et tout cela pour un franc par jour ! Mlle Annabelle doit hausser le ton. Elle doit les rappeler à la raison. À la morte-saison, elles se plaignent de ne pas être embauchées ! Et cette année, elles ont toutes supporté de longs jours de chômage, près d'un mois au printemps, presque tout l'été, juillet et août, et encore du 15 décembre à début janvier. Celles qui ne sont pas contentes n'ont qu'à venir la voir. Elle annonce un quart d'heure de pause.

Marthe se dévoue. Elle enfile son manteau, noue son chapeau, recueille l'argent des autres et descend chez l'épicier. Elle remonte avec du pain, de la charcuterie et même du chocolat. Camille guette par la fenêtre et quand elle aperçoit Antonin, elle se précipite pour l'avertir. La petite Églantine se colle à la vitre et ne perd pas une miette : la colère d'Antonin, les larmes de Camille, puis leur baiser tendre, et la main du jeune homme qui glisse jusqu'au creux des reins de la jeune fille.

Un peu plus tard, Mme Roger leur rend visite en personne. La commande est exceptionnelle et on n'aura pas le temps de se reprendre. Elle veut s'assurer que tout sera bien compris. Elle sort d'une boîte en carton la poupée vêtue de la robe. Il y a alors un murmure parmi les filles. Une double tunique en gaze de Chine ! Elles s'approchent, admirent l'ampleur de la crinoline, les nuances des couleurs, le jeu des volants. Il y en a pour des heures de couture.

— C'est pour une première invitation à un bal aux Tuileries, dit avec quelque fierté Mme Roger. Pour une comtesse, Mme de Castiglione. Une très belle femme. Camille lui ressemble un peu.

Cela fait rire les autres. Églantine est aux anges. Elle admire tellement Camille. Celle-ci rougit, mais se laisse faire. Mme Roger expose le détail de la commande. Dès qu'elle est partie, Mlle Annabelle étale sur les tables les découpes de tissu, les dentelles et le marabout bleu, distribue le travail aux unes et aux autres. Puis elle rehausse la flamme des lampes à gaz. Elle pose la bouilloire du café commandé sur la plaque du poêle. Les filles mangent en recueillant les miettes dans leurs paumes. Elles ont les yeux rivés sur la poupée. Chacune tente d'oublier les conséquences sur leur vie de cette nouvelle veillée et de se concentrer sur ce qu'elle a à faire.

Peu à peu, les filles se remettent à l'ouvrage. Le groupe se reforme dans le cercle lumineux des lampes, avec, de nouveau, les bruits tissés les uns dans les autres des ciseaux reposés sur la table, de l'aiguille piquant les tissus, du froissement des étoffes qu'on tourne et qu'on retourne. Plus aucun mouvement, plus aucun son ne monte de la rue. Il n'y a que ces huit filles penchées sur le travail de leurs mains, avec juste ces clartés dardées dans leurs dos qui les enveloppent, se brisent au tournant de leurs hanches, éclaboussent leurs nuques, les soulignent d'un contour d'argent. La poupée les observe en silence, protégée de son immense crinoline, dans l'immobilité de ses yeux peints sur sa face de porcelaine. Peut-être trouve-t-elle le tableau de ces huit filles très beau. Peut-être qu'elle les admire comme elles l'ont tout à l'heure admirée.

Quand les doigts se font malhabiles et gourds, les paupières alourdies et rouges, et que le bâillement de l'une entraîne immanquablement celui de toutes les autres, il est minuit passé. Mlle Annabelle annonce la fin de la veillée. La jupe est bien avancée. On a cousu les tuniques. Jeanne prend la cafetière d'émail qui tressaute dans le bain-marie, sur le poêle, et se ressert une dernière tasse. Marthe, fourbue, se plante devant le poêle et fait bouffer ses lourdes jupes, laisse monter la chaleur le long de ses jambes. Toutes, comme après chaque veillée, se posent la même question. Prendront-elles le temps de rentrer ? L'atelier est au centre de Paris et elles habitent à Montmartre, aux Batignolles, à Clichy. Cela fait longtemps que l'omnibus ne passe plus. Il faut s'en aller à pied, faire une heure de chemin par des rues qui ne sont pas sûres.

— Qui reste ? demande Mlle Annabelle.

Elles sont six à lever la main. Seules Marthe et Mélanie ont pris la décision de rejoindre leur domicile, la première pour embrasser ses enfants, la seconde pour s'assurer que son mari est bien rentré. Et puis il y aura encore, sans doute, veillée le lendemain, peut-être même le surlendemain, pour assurer cette maudite commande. Il faut bien prévenir. Mlle Annabelle leur rappelle qu'elles doivent être là, au matin, à sept heures. Le règlement ne plaisante pas : cinq minutes de retard et le salaire de la matinée saute. Elle donne l'ordre au commis d'aller installer les matelas dans la pièce du sous-sol.

Bien plus tard, quand tout le monde dort, Églantine se lève en faisant le moins de bruit possible. Elle enjambe le corps de Camille contre laquelle elle a pris l'habitude de dormir et se glisse jusqu'à l'atelier. Ses douze ans flottent dans sa chemise trop large. Elle attend sagement quelques instants pour se repérer dans cet espace éclairé à peine par la lumière oblique de la rue. La première chose qui se détache dans le noir, ce sont les yeux en porcelaine de la poupée, toujours posée au centre de la table contre la lampe. Elles échangent un clin d'œil. Puis Églantine se lance. Elle soulève délicatement la robe inachevée en gaze bleu de Chine. Un jour, peut-être, comme Camille, on la comparera à la comtesse de Castiglione. Elle presse le vêtement contre elle et, sous les yeux ébahis mais ravis de la poupée qui sourit dans le noir, elle valse au milieu des tables de l'atelier, imaginant qu'Antonin la tient elle aussi par la taille.

4

L'élément déterminant du projet, celui qui inquiète au plus haut point Mme Roger, est la crinoline elle-même dont l'ampleur exigée est inhabituelle. Mlle Bienvenue, spécialiste de la jupe ballonnée, qui tient atelier et salon au 320, rue Saint-Honoré, lui confirme qu'avec pareille circonférence, il faut renoncer aux fanons de baleine. Elle lui déconseille également les cerceaux en jonc ou en osier qui ne pourront supporter le poids de la robe.

— Seule pourrait faire votre bonheur, ajoute-t-elle d'un air réprobateur, une de ces nouvelles armatures métalliques que développent depuis peu les Américains.

Mme Roger en découvre en effet tout un lot, à la Tournure parisienne, au numéro 12 de la rue Thévenot, chez Agostino Sormani, l'inventeur du jupon coquille. Celui-ci se moque des réticences de Mlle Bienvenue.

— Mais ma chère, ces baleines en acier, c'est l'avenir. La structure est résistante et flexible et elle ne casse pas, ne se retourne pas par grand vent et reste aussi légère que le jonc. Dans un an, on ne portera plus que cela !

Et contrairement à ce que pense Mlle Bienvenue, l'invention est française, d'un certain Auguste Person, et la fabrication aussi : il reçoit les cerceaux d'acier de la société Peugeot Frères dont le siège est établi à Valentigney et qui, maîtrisant la technique du laminage et de la trempe des bandes minces d'acier, entend se positionner en maîtresse sur ce nouveau marché.

Agostino Sormani veut convaincre Mme Roger sur-le-champ et l'entraîne dans son atelier où il fait directement confectionner les crinolines. Le modèle standard est composé de vingt-huit cerceaux d'acier flexibles, maintenus entre eux à distance égale par des rubans de coton, le tout surmonté d'une ceinture à attacher à la taille de la dame. Il demande la hauteur de hanches de Mme de Castiglione et la circonférence souhaitée de la robe.

— Huit mètres ? Fichtre ! On va avoir un peu de mal à approcher votre cliente ! Mais cela ne me fait pas peur.

Selon ses calculs, il suffit de modifier l'ampleur des cinq derniers cerceaux jusqu'à atteindre la circonférence voulue. Il s'engage à livrer le tout pour le lendemain.

Pour la dentelle au point d'Angleterre, Mme Roger trouve la longueur nécessaire au magasin À la ville de Lyon, 6, rue de la Chaussée-d'Antin, chez MM. Ransons et Yves, fournisseurs brevetés de l'Impératrice.

Pour les jupons, il n'y a pas d'exigence particulière de qualité, seulement de dimension compte tenu de la circonférence de la crinoline. Mme Roger peut se permettre de commander à Isaac Bernstein. Il dirige, dans le Sentier, une petite manufacture d'une quarantaine d'ouvrières spécialisées dans les dessous féminins, les jupons de calicot, les matinées de satinette, les camisoles d'indienne ou les peignoirs de percaline. Pas de génie, mais du sûr, du propre et un bon rapport qualité-prix. Chez Bernstein, on se croit dans une ruche, avec des ouvrières habillées toutes pareil, tabliers à bavette, manches de toile, petit bonnet de gaze juché très en haut dans les cheveux. Elles travaillent alignées les unes à côté des autres, en silence, accomplissant chacune la même tâche, par petits gestes élégants et précis. Chez lui, pas d'entourloupe, le même salaire pour toutes, quatre-vingts centimes par jour, avec seulement l'obligation de se nourrir sur place, Bernstein leur trempant une soupe le matin pour cinq centimes et leur fournissant un plat à midi pour vingt-cinq, le pain restant à leurs frais ainsi que le vin. Et avec lui, Mme Roger sait qu'il n'y aura pas d'ennui avec la police. Il respecte la réglementation : pas plus de huit heures par jour pour les enfants en dessous de douze ans, jamais plus de douze heures jusqu'à quatorze ans. Pour le reste, ses filles tiennent les cadences et peuvent coudre pendant seize heures de suite, sans se lever de leur chaise, sans quitter des yeux leur couture, sans reposer une seule fois leur main. Et surtout, dit-il, aucune ne viendra protester, comme tant d'autres ouvrières dans les ateliers voisins, de l'obligation, épuisante pour les yeux, de travailler quatre heures à la lumière du gaz. Du sûr, du solide.

Ils conviennent ensemble de la fabrication des jupons. Il n'en faut pas moins de sept, cinq sous la cage d'acier et deux autres par-dessus, le premier un peu épais pour masquer la marque des baleines métalliques, le second de qualité car susceptible d'être vu au balancement de la robe.

5

— Vas-y, dit Marthe, mets-la, que l'on se rende compte !

— Oh, oui ! S'il te plaît ! ajoute Claudine en battant des mains.

— Églantine et moi, dit Mélanie, nous allons te servir de femmes de chambre pour t'habiller !

Alors Camille, qui n'attend que ça, se laisse faire. Jouer à la comtesse de Castiglione, « sa jumelle », l'étourdit. Elle se déshabille sans chichis devant les autres. On l'aide à passer la robe. Mais à se voir si nue dans tant d'étoffes, le feu lui monte aux joues et elle cache son décolleté de ses deux paumes ouvertes. Elle finit par s'enhardir sous les applaudissements émerveillés de ses collègues. Elle se laisse faire avec une assurance calme, tente de donner à tout son visage une froideur digne où, toutefois, la vivacité du plaisir et de l'amusement peine à se dissimuler.

Elle rassemble, dans sa petite main, l'ampleur mousseuse de la gaze de Chine, débusque dès le premier geste le point subtil d'équilibre pour répartir élégamment les plis de la robe en un joli drapé sur les hanches. Et, aidée par les autres, elle monte sur la table, buste incliné, taille ployée, à petits pas précautionneux, avec une moue d'oiseau qui craint de se mouiller les pattes. Elle tourne sur elle-même, le cœur battant plus vite qu'à l'ordinaire, un immense sourire sur les lèvres, et, avec des petits coups d'œil par en dessous, tente de s'apercevoir dans le miroir.

Et puis elle s'arrête. Son image lui donne le vertige. Elle tremble comme si soudain il lui poussait des ailes. Les autres ne devinent pas la métamorphose. Seule Églantine qui connaît sa Camille jusqu'au bout des doigts surprend cette autre qui se lève dans la glace, cette autre qui s'ébroue, là-bas, dans l'eau glacée du miroir, qui sort des ondes et se déploie. Taille cambrée, menton levé, regard de fièvre, cette autre couvre de son ombre la Camille ouvrière qui, bouche bée, les bras ballants, se laisse ensevelir.

Chapitre II

1

Par terre, dans un coin de la chambre, dans une forte senteur de peau d'Espagne, s'élève un amoncellement de bottines, essayées et jetées les unes sur les autres. Des paires n'ont pas même été sorties de leur enveloppe de toile grise. Elles attendent avec leurs initiales brodées d'un double V, pour Virginie Vérasis, le nom de mariage de la comtesse.

Mme de Castiglione tourne devant la glace, lourde de chacun des sept jupons que l'on vient de lui accrocher, gonflée de sa cage de huit mètres de tour. Elle ne fait rien pour dissimuler ses seins, durs et blancs, que l'on aperçoit à travers son corsage ouvert. Son buste est un peu perdu au-dessus de la cloche des jupons, mais le haut de son corps s'ouvre comme une fleur, avec ses épaules très belles, son cou délié, sa peau à peine rosée. Ses cheveux remontés sur le sommet du crâne mettent en valeur la finesse de ses traits.

Mme Roger l'admire en silence. Elle se dit que cette jeune femme n'est pas seulement d'une grande beauté, elle a aussi une façon particulière d'occuper l'espace, avec cette démarche glissante de cygne blasé, cette voix curieuse où se mêlent le bruit du torrent, l'aigu de l'enfant et le bruissement du vent dans les branches, cette nonchalance souveraine dans chacun de ses gestes.

— Eh bien ? Qu'attendez-vous ? demande Mme de Castiglione, le sourcil levé.

Pour lui passer la robe, il faut que trois femmes de chambre montent sur des chaises et soulèvent le vêtement avec de longues baguettes pour le dresser au-dessus de sa tête et le descendre par les épaules. La gaze de soie demande, dans sa manipulation, d'infinies précautions. Virginie lève les bras, dévoile toute la séduction de sa peau blanche. On fait glisser la jupe comme une housse de meuble. Deux autres femmes de chambre ajustent l'étoffe, la tirent délicatement par-devant, par-derrière, pour qu'elle recouvre, sans pli, les jupons. Le bleu ciel de la soie tapisse lentement le blanc comme un nappage de crème sur un gâteau.

Debout de l'autre côté de la pièce, son éventail dans la main, Mme de Villamarina ne la quitte pas de l'œil et, de temps en temps, avec une inflexion protectrice de la tête, jointe à un sourire, adresse à ses charmes un compliment.

François, allongé sur sa chaise longue, dans la pénombre tiède de la chambre, les yeux demi-clos, aspire, avec de petits frémissements voluptueux des narines, le mélange surprenant du parfum mêlé de ces femmes qui s'agitent autour de son épouse. C'est tout un mouvement délicieux, animé par l'activité leste des femmes de chambre, le travail précis et voltigeant des couturières ajustant la toilette. On voit les unes et les autres à tout moment passer et repasser, aller et revenir, doucement trottiner, tantôt empressées, courant chercher une épingle, la parure d'opales et de turquoises, la coiffure de plumes, tantôt agenouillées, bouffant les volants ou rabattant la soie par-dessus les jupons, tirant du bout des doigts les lacets du corset. Il n'entrevoit la robe que par instants, devinant le soyeux de la soie, le balancement du marabout.

Quand on a terminé, personne n'ose plus parler. Le résultat est à couper le souffle. Taille élégante et mince, ampleur inouïe de la jupe, envol de la gaze, subtils dégradés des teintes bleu, crème et ivoire, balancement des dentelles et du marabout, Mme Roger a fait des miracles. La comtesse semble s'être drapée dans un morceau du ciel, emportant dans sa ronde des effilochées de nuages et un peu de soleil. Le corsage est étroit, pointu, aérien, sans busc à baleines, largement décolleté, bouillonné de soie. Il voile sans rien cacher, semble flotter, tourner autour de la poitrine de la comtesse sans vouloir la toucher, hypnotisé lui-même par l'arrogance de seins qui tiennent seuls. La jupe bondit sur la crinoline ronde, n'en finit pas de s'évaser, de couler et de déborder. Dans ce décor à la Watteau, les opales, les turquoises, les plumes de la parure, les pupilles mêmes de Mme de Castiglione, brillantes et toujours hésitantes entre le vert et le bleu intense, jettent leurs éclats comme des envols d'oiseaux. Virginie n'est plus qu'un buste parfait, que des épaules, un cou, une séduction de chair nue, une tentation de luxure dont la masse fine des étoffes est le piédestal, mais dont l'ampleur de la crinoline décourage l'approche, et l'éloigne, la rejette dans les limbes d'un rêve. Ce n'est plus une femme, c'est une princesse de conte, une créature magique, un sortilège et un envoûtement.

— Décidément, dit-elle, boudeuse et à demi tournée pour s'apercevoir dans le miroir, ces crinolines ne me flattent guère.

M. Pierson, le photographe attitré de la comtesse, passe une tête par l'entrebâillement de la porte, demande s'il peut installer son matériel et, comme personne ne lui répond, il entre sur la pointe des pieds, chargé de son trépied et de sa boîte noire et commence, dans un coin de la pièce, à disposer ses appareils.

2

Quand la voiture s'arrête dans la cour des Tuileries, Mme de Castiglione est prise d'un léger tremblement, une petite secousse nerveuse du corps qui fait teinter ses bijoux. Dehors, c'est d'abord le ciel glacé d'étoiles de cette nuit de janvier, puis les bâtiments illuminés. D'autres voitures arrivent : des calèches, des coupés de maître, des victorias. François a fait le tour et lui ouvre la portière. Elle prend appui sur le marchepied, se déploie. Sa crinoline s'ouvre en corolle. Ses yeux brillent et reflètent toutes les lumières allumées du palais. Elle lui prend le bras. Ils avancent, au milieu du fracas des portières refermées, du roulement sourd des voitures qui manœuvrent pour laisser la place à d'autres, des notes encore lointaines de la musique de Strauss. Elle perçoit, cotonneuses, d'autres silhouettes de femmes qui, comme elle, glissent en dansant sur les graviers – là, un col en plumes de cygne, là, une fausse cape en velours cramoisi, là, encore, une robe nacrée réchauffée d'un boléro en agneau rebrodé. Elle flotte. Elle n'a plus de poids, plus de consistance. Et, devant elle, d'autres toilettes affolantes s'égrènent tout au long du monumental escalier sous la voûte du pavillon de l'Horloge et montent lentement, légères et sucrées, comme une longue échappée de bulles dans une coupe de champagne.

C'est son tour. Elle s'appuie davantage sur le bras de François. Elle sait qu'elle est bien plus que belle, qu'elle est sublime. Elle est coiffée de sa parure de plumes qui rehausse encore sa longue silhouette. Elle est vêtue de sa robe immatérielle, flottant sur sa grande crinoline bleue soufflée de cendres et de dentelles, enroulée dans sa gaze de Chine. On la croirait jetée nue dans un emballage de papier de soie. Elle attaque le grand escalier au long duquel on a disposé les cent-gardes, ces cavaliers d'élite recrutés parmi les plus beaux hommes de l'armée pour leur haute taille et leur allure altière. Ils sont échelonnés de marche en marche, avec leur uniforme bleu clair à revers rouges, leur cuirasse en acier poli, leur casque paré d'une longue crinière blanche. Et, tandis qu'elle monte, elle sent, un à un, les regards de ces hommes, se poser, en un hommage silencieux, sur sa nuque, sur ses épaules et sur ses reins.

Le chambellan placé à l'entrée du vestibule – culotte blanche et bas de soie, frac écarlate à larges broderies d'or – jette un regard dérobé à leur invitation. Virginie n'a pas peur. Elle est même exaltée, emportée par une fièvre qui l'oblige à rafraîchir ses joues du plat de ses mains gantées. Le chef des huissiers les introduit, en lançant d'une voix forte et calme : « Comte et comtesse de Castiglione ! »

Alors, c'est, dans la foule, à la lancée de son nom, comme un long frisson, une coulée de vent qui, sur un champ, couche les épis de blé. Elle sait que Paris déjà ne bruisse que d'elle. On s'écarte et on se bouscule à la fois pour la voir. Six mille invités. Des milliers de bougies scintillent dans les lustres. Dieu que les hommes sont beaux ! Le corps diplomatique en grande tenue, des Russes, des Anglais, des Hongrois, des Persans... En uniforme ou en habit de cour, torses soudain bombés sur son passage, sourires suspendus, moustaches frisées du bout des doigts. Tous ces hommages sont comme des fils qui cherchent à l'attacher, à la retenir prisonnière. Alors elle se redresse, coupante, hautaine. Elle sent dans ses entrailles un besoin exaspéré de rendre tout le monde amoureux d'elle, un désir cruel de faire souffrir, de torturer des gens.

Les glaces dont sont revêtues les portes et les murailles reflètent, à l'infini, son enivrante image. Et tandis qu'elle s'avance, au bras de son mari, vers le fond de la galerie, vers la salle des Maréchaux où se tient l'Empereur, les regards acérés des femmes, sauvagement, se plantent comme des banderilles sur ses épaules et sur sa gorge nues.

Mais la salle des Maréchaux, c'est autre chose. Une pièce aux dimensions impressionnantes. Une coupole dorée soutenue par des cariatides et des trophées d'armes. Les portraits des douze maréchaux de l'Empire dans leurs uniformes. Des draperies de velours rouge à crépines d'or sur les hautes fenêtres. Plusieurs rangées de gradins sur lesquels des femmes surchargées de bijoux sont assises et la regardent. Au milieu, sur une estrade peu élevée, l'Empereur et l'Impératrice entourés des membres de la famille impériale et des grands dignitaires. L'orchestre invisible, placé dans une tribune au premier étage, joue et le son atténué de la musique est comme une brume légère, un brouillard d'où émergent, menaçantes comme des tours de château, branlantes et mangées de lichens, des princesses gigognes, des marquises sphériques, des comtesses encerclées par leurs crinolines, des silhouettes tour à tour iridescentes, mousseuses, légères et luisantes.

Alors, seulement, elle se sent fragile et menue, emballée dans beaucoup trop d'étoffes, dans un amas encombrant de soie et de dentelle.

Mais elle a répété les gestes des milliers de fois, chaque jour devant sa glace et chaque nuit dans ses rêves. Elle s'avance avec François jusqu'au trône. Avec une grâce exquise, elle exécute devant Napoléon sa révérence de cour – petit plongeon, charmant mouvement d'épaules et, à la remontée, ses yeux qui cherchent ceux de l'Empereur et les trouvent, curieusement posés, avec quelque chose qui brille intensément au fond de la pupille. Elle regarde aussi rapidement l'Impératrice, la juge très belle dans sa robe d'un blanc pâle, d'une transparence d'hostie, rehaussée d'une mantille noire qui court sur ses épaules en une écriture gothique, et très dangereuse aussi avec son regard charbonneux et jaloux d'Espagnole. Mais infiniment moins belle, pense-t-elle, et moins dangereuse que moi !

L'étiquette veut qu'elle s'efface aussitôt. François l'emmène vers la salle de jeu, mais la lâche – pour qui, pour quoi, elle ne sait pas et s'en fiche –, il la lâche et il lui semble qu'emportée par l'élan, elle s'éloigne en tourbillonnant, la tête tournant plus encore que le corps. Et, quand elle ouvre les yeux, elle est entourée d'hommes. Le comte de Morny s'est approché d'elle. Le prince Joseph Poniatowski l'a rejointe. Le marquis de Villamarina, ministre de Sardaigne, s'empresse à son tour. Ils lui parlent et elle leur sourit, heureuse, pleinement heureuse de son succès. Une femme longue et sèche, un curieux mélange de mante religieuse et d'infante de Vélasquez, l'apostrophe un peu rudement. Elle lui sourit mais elle ne peut empêcher qu'un air de satisfaction orgueilleuse paraisse sur son visage. D'autres hommes encore la pressent. Elle écoute et regarde, les moustaches frisées, les lorgnons enfoncés dans les orbites, les décorations qui s'étalent sur les poitrines, les aiguillettes aux épaules, les épingles en diamant... Elle rit. Elle a trouvé un monde à sa mesure.

Et puis il y a cette voix jeune qui l'interpelle, ces deux syllabes – « Nicchia ! » – qui tranchent dans le brouhaha des rires et des conversations. Quelqu'un la connaît donc ici par ce surnom ? Elle se retourne et le voit. Il est vêtu d'un habit à la française, avec gilet blanc et cravate de la même couleur. Il tient dans sa main gauche gantée une canne ficelée de cordes à boyaux, à poignée verte torsadée sur laquelle ses initiales sont gravées. Il a toujours ces grands yeux noirs et ce sourire timide. Elle ne peut faire autrement que de venir vers lui et de l'écouter. Il est, comme toujours, exalté, plein de flamme et de passion. Elle ne change pas de sourire avec lui. C'est son sourire de scène désormais, indulgent et ironique pour les hommes, distant et méprisant pour les femmes. Elle lui parle sans se cacher, sans tenter d'adoucir ses phrases. Elle veut que les choses soient claires, dites une fois pour toutes, et qu'il les comprenne définitivement.

Mais elle n'a pas tout à fait le temps d'achever son discours. Autour d'eux, soudain, la foule s'écarte et le silence, à peine rehaussé des notes étouffées de la musique, s'établit. C'est l'Empereur ! Napoléon a franchi, de ce pas lent et un peu traînant qui lui est habituel, la porte du salon. Il vient vers elle. Il vient pour elle, c'est une évidence. Elle délaisse le jeune homme, se tourne, se donne tout entière au souverain qui s'approche. Il n'en finit pas d'avancer, effilant sa moustache. Ils se regardent, lui, inclinant la tête de côté et plissant les yeux dans la lumière, elle, toute frissonnante de beauté, la silhouette apparemment soumise mais la pupille fière et conquérante. Et quand il se penche vers elle et lui glisse quelques mots à l'oreille, le rire de la comtesse est déjà celui du triomphe.

Chapitre III

Sept ans plus tard

Il n'a rien prévu à l'avance, mais il sait ce qu'il doit faire. Il a dévêtu la fille et, ainsi, avec sa carcasse blême, ses genoux cagneux et ses fesses maigres, elle n'est plus rien pour lui. Il l'a mise dans un grand sac, l'a portée jusqu'à la voiture. Il s'est assis à la place du cocher et il est parti, dans un grand bruit d'essieux, col relevé et chapeau baissé sur le front, tenant court le cheval aveuglé par la neige.

Car il neige. Le cheval trotte, dans un Paris gommé. De longues stries horizontales d'une poudre dansante et dorée fouettent la Seine et lui donnent une brillance de mercure. Des pans de brouillard glissent dans la nuit, se croisent, s'écartent, s'ouvrent dans le silence. Tout flotte, tout s'estompe. Même la scène de tout à l'heure – la grande verrière, les mannequins d'osier – se dilue dans sa tête. Sa mémoire est comme les toits d'ardoise, tout occupée à recueillir les étoiles éphémères des flocons qui s'écrasent.

Il oblique vers le Louvre. Les flammes jaunes des becs de gaz piquent le rideau encore léger de la neige. La ville halète, la cage thoracique gonflée d'un souffle froid, lâchant la vapeur de son haleine fraîche par toutes ses cheminées. Le cheval trotte, sans se préoccuper des rues boueuses, des pavés glissants, des feux des dernières boutiques, du rapide et continuel éclair des voitures qui les croisent en les éclaboussant.

Il s'arrête au premier chantier ouvert par les terrassiers du baron Haussmann. Quelques lumières aux fenêtres, mais il n'y a plus personne dans les rues. Il attache le cheval, ouvre la portière, charge le sac sur son épaule et il s'avance au milieu des gravats, des immeubles éventrés, des machines de terrassement. Tout est blanc, d'une aveuglante pureté, d'un silence étouffant. Enfin, il trouve un trou, profond, creusé loin dans la terre. Sans hésiter, il y jette le corps. Le bruit de l'impact est faible, étouffé par la neige – et puis il balance tout ce qu'il trouve autour de lui, des gravats, des pierres, des barres métalliques et encore de la neige.

Enfin, clopinant, appuyé sur sa canne à poignée verte, la mâchoire crispée, il revient en offrant son visage aux flocons. Celle qu'il a tuée, il le sait, est toujours vivante.

Chapitre IV

1

— Monsieur Vladeski ?
— Monsieur le commissaire ?

Le commissaire Thomazeau est rond. C'est l'impression qu'il donne avec ses joues de hamster sur lesquelles des favoris épais et courts, taillés comme des buis de Versailles, dessinent des triangles isocèles. Il y a, bien sûr, son ventre bombé où les boutons du gilet fermé sont tendus à l'extrême et sur lequel court la chaîne d'une montre. Son œil est rond aussi, au-dessous d'un sourcil blanc en plumes d'oiseau, toujours écarquillé, toujours à relever ce qui ne va pas.

Dragan Vladeski, tout au contraire, est un long jeune homme, d'une minceur distinguée. Il a l'œil vert noyé dans l'ombre de grands cils noirs, le teint halé, des traits fins presque féminins qu'il tente de viriliser comme il peut par des mines guerrières. Il est arrivé dans le service un matin, recommandé par le directeur de cabinet du ministre lui-même. Il a bredouillé quelques mots, parlé de vocation, expliqué qu'il voulait marcher sur les pas de son père. On l'a affecté au service du classement. Le commissaire Thomazeau n'a commencé à s'intéresser à lui que lorsque son épouse, passant un soir au bureau, est tombée en pâmoison devant lui, glissant à son mari que ce garçon discret était « d'une exquise beauté, avec un charme tout oriental ». Depuis, le commissaire, par déformation professionnelle, ne peut s'empêcher de noter le moindre indice, guettant chez son jeune collaborateur les poses affaissées, les mouvements alanguis de paupière, le paresseux soulèvement de côté de la tête quand on l'interroge. Et il est vrai que la flexibilité langoureuse du jeune homme ne cesse de surprendre quand il est devant vous, à vous écouter, encombré de sa longue carcasse, soutenant l'affaissement de sa taille par la molle courbe d'un bras accroché à quelque chose, derrière lui ou au-dessus de sa tête. Et avec ça, quand il est seul, rêveur, toujours si peu à son affaire.

Plus le commissaire Thomazeau tente de cerner ce Vladeski, et plus il reste perplexe, dans une incompréhension qui le fait vaciller. Par exemple, est-il croate, français ou américain ? Dragan, est-ce un prénom ? Et comment expliquer qu'il puisse tout à la fois combiner cet air d'être né de la veille et cette aisance, cette élégance en chacun de ses gestes ?

Dragan est loin de se douter qu'il peut présenter autant d'intérêt pour le commissaire et encore plus pour son épouse qu'il n'a vue qu'une fois. Il aurait des éléments de réponse simples à apporter aux interrogations de son supérieur si celui-ci prenait la peine de l'interroger. Six mois auparavant, il habitait Boston avec sa mère. La famille s'était réfugiée là-bas après le coup d'État du 2 décembre 1851 pour éviter au père, Janez Vladeski[1], bâtard d'un prince croate, inspecteur, puis commissaire sous la Restauration et la monarchie de Juillet, quelques ennuis qu'auraient pu provoquer ses amitiés devenues par trop républicaines.

Au décès de celui-ci, sa mère, ancienne actrice française, s'est remariée avec le régisseur du Grand-Théâtre de Boston. Dragan y a grandi dans les coulisses, au milieu des acteurs et des danseuses, donnant la réplique aux uns, aidant les autres à s'habiller et à se maquiller. À fréquenter les grands rôles du répertoire, il a certes acquis une certaine aisance de posture et d'attitude et, de plus en plus mignon au fur et à mesure qu'il grandissait, ces demoiselles ont petit à petit fait son éducation, mais il se sait ignorant de tout, ignorant de la vraie vie, celle qui bat de l'autre côté de la scène. Quant à sa présence ici, elle est simple. Élevé dans le culte de ce père parti trop tôt, il n'a jamais cessé de rêver de prendre sa suite, de revenir en France, de découvrir Paris et de travailler à son tour dans la police. Dès les premiers coups de canon de la guerre de Sécession, sa mère l'a mis dans un steamer en partance pour l'Europe.

Une recommandation, le souvenir qu'a laissé chez certains son père, l'appui de Jean-Sébastien d'Albrège, cousin par sa mère et collaborateur du ministre de l'Intérieur, lui ont permis de se procurer cet emploi. Depuis, il est vrai qu'il doute un peu. Il se voyait traquer le crime. On le cantonne à des tâches administratives où il s'ennuie. Il tue le temps en écoutant, à travers les cloisons, les sirènes des trains qui, là-bas,

1. Jean-Christophe Duchon-Doris, *Le Cuisinier de Talleyrand*, Julliard, 2006.

derrière le ministère, manœuvrent sur les voies de garage dans la poussière des faubourgs, ou en écrivant à son cousin pour le supplier d'interférer pour lui.

— M. Vladeski. C'est vous qui allez vous charger de cette enquête.

— Moi ?...

— J'ai des consignes et il faut bien se décider à savoir si vous êtes fait pour ce métier. Vous savez ce que j'en pense.

Dragan arrache du portemanteau sa redingote, saisit son chapeau, son parapluie et presse le pas pour rattraper, dans le couloir, la silhouette sphérique du commissaire.

— Un meurtre ! dit celui-ci en levant l'index et en écarquillant son œil encore davantage. Rien de tel pour faire ses preuves. Voici l'adresse.

2

Dragan a toujours aimé les paysages sous la neige, poudrés de dentelles et de cendres, voilés par cette poussière que le vent emporte, gommant les contours et les formes et baignant tout d'un peu d'irréel et d'ensorcelé.

Il marche, le col de son manteau relevé. La neige éteint le bruit de ses pas, s'amoncelle sur les rebords de son chapeau. Si Mme Thomazeau le voyait, elle lui trouverait une élégance merveilleuse, à aller ainsi, d'une silhouette si parfaitement indifférente au temps qu'il fait, avec, derrière la valse des flocons qui tombent, le dessin raffiné de ses yeux de chat et de ses joues creusées. Les sergents de ville l'accompagnent jusqu'au chantier et lui fronce les sourcils pour se donner une contenance de circonstance. La neige est si présente qu'elle efface le décor, le gomme comme une esquisse maladroite au crayon. N'est-ce point à cela d'ailleurs, pense-t-il, que s'emploient déjà les terrassiers du baron Haussmann : effacer le vieux Paris, ce Paris de mots et de livres, pour lui substituer un Paris de pierres blanches ? Il se retourne, imagine que ses empreintes sont des mots gravés au burin, des lettres creusées dans l'épaisseur dure et luisante de la neige et que cette poudre blanche, c'est la poussière du marbre soufflée par le graveur, son travail achevé.

Quand il arrive au cœur du chantier, le décor est somptueux, irréel. C'est comme un cimetière éventré de la vallée des Rois, une ville de Basse-Égypte, pleine de pierres déterrées, de sarcophages profanés. Les silhouettes des ouvriers creusois, la peau luisante sous l'effort, fument dans la vapeur opalisée. Maigres et inquiétants, il les devine, les uns et les autres, la pioche à la main, relevant leurs reins faussés et l'observant sur son passage, le suivant même, en petits groupes, en meutes, tels des loups se faufilant, dans les forêts, sous les branches gelées, l'œil posé sur l'agneau ou le chaperon égarés. Dragan frissonne. Il doit bien réfléchir. S'il veut rester inspecteur de police, il faudra que, très souvent, comme aujourd'hui, il marche sous les regards à la rencontre d'un cadavre.

— Monsieur l'inspecteur ?... Le corps...

L'un des sergents de ville soulève le drap. Dragan ne peut s'empêcher de sursauter. La fille est nue, entièrement nue, la peau déjà bleutée par le froid et des ecchymoses un peu partout. Elle est jeune. Il ne pensait pas qu'elle serait si jeune. Son regard la balaie, la juge : des jambes maigres où les rotules émergent, des cuisses sèches sur un bassin étroit, fermées sur un sexe à la toison épaisse et ramassée comme un hérisson apeuré qui se serait mis en boule. Des seins petits, plutôt jolis. C'est seulement à cet instant qu'il remarque la longue entaille à la base du cou.

— Égorgée, dit le sergent de ville en réponse à une question que Dragan ne lui a pas posée. Comme un poulet, zig-zag ! Un bon coup de couteau.

— Qui a découvert le corps ?

— C'est moi.

L'homme, jusque-là un peu en retrait, fait un pas. C'est un ouvrier du chantier. Un grand gaillard à la peau tannée, aux épaules musculeuses, une figure glabre à pommettes saillantes.

— J'avais oublié ma pioche ici, hier soir. J'en étais sûr et, ce matin, je ne la trouvais pas. Alors j'ai regardé dans le trou. Comme il y avait des tas de cochonneries, j'ai fouillé... et j'ai trouvé la fille.

Les mains liées au bord de son chapeau, Dragan contemple la morte.

— Qu'en pensez-vous ? demande-t-il au sergent de ville.

— Probablement une prostituée. Y en a plein dans le quartier. Un client qui aura trop bu. Ça arrive.

Dragan fait la moue. Des flocons gros comme le pouce lui chatouillent la figure, qu'il essuie d'un revers de coude. Il confie son chapeau au sergent de ville, enlève un gant. Il pose un genou au sol et se penche sur le visage de la fille. D'abord, il lui caresse les cheveux, puis, avec le bout de son doigt, la joue, le front ; il suit même le contour de la bouche. Enfin, il prend délicatement sa main, l'observe un court instant, la baise au creux de la paume et la repose. Il se relève, sort son calepin, son crayon. En abritant comme il peut la feuille de la neige, il note tout ce qui ne correspond pas à la thèse du sergent : la fille est savamment coiffée, soigneusement peignée. Elle est maquillée sans excès : un peu de poudre de riz sur les joues, un trait de crayon très léger pour faire paraître les sourcils plus fournis, plus foncés et donner de l'éclat au regard, une ombre imperceptible de poudre de pyrome pour voiler les paupières, une goutte d'extrait de rose pour donner aux lèvres une jolie coloration. Rien qui ressemble à une prostituée. En observant les doigts de la fille – articulations gonflées, un peu cagneuses –, il pencherait même pour une ouvrière, une travailleuse de l'aiguille pour être précis. Et quant au crime d'un mauvais payeur ou d'un client devenu méchant, tout en éloigne, à commencer par le fait que la fille soit nue. Et vu la forme de la blessure, sa profondeur et sa précision, il pencherait plutôt pour l'œuvre d'un sabre ou d'une hachette.

3

Depuis l'arrêté en date du 9 floréal an VIII, « concernant la levée des cadavres trouvés dans la rivière ou ailleurs », signé par le premier préfet de police Dubois (Louis-Nicolas), comte et conseiller d'État, celui-là même qui a décidé le déménagement de la morgue, située jusque-là au Grand-Châtelet, vers le quai du Marché-Neuf, la procédure à suivre en cas de découverte d'un corps est réglée comme du papier à musique. Le commissaire de police le plus proche doit être prévenu sur-le-champ et requis de se transporter sur le lieu à l'effet de dresser le procès-verbal de la levée du corps. Un officier de santé y est pareillement appelé pour constater le décès, son genre et sa cause. Le cadavre, avec ses vêtements, est envoyé au greffier de la morgue qui en donne reçu.

Tout alors est mis en œuvre pour permettre l'identification du mort. Le cadavre, dès réception, si son état le permet et, le cas échéant, après avoir été lavé, est exposé aux regards du public pendant trois journées, ses vêtements suspendus à côté de lui. De son côté, le greffier est tenu de procéder à une confrontation entre le procès-verbal qu'il vient de recevoir et le registre, dont il a copie, des déclarations relatives aux personnes disparues de leur domicile. Si un signalement concorde, il fait prévenir sur-le-champ la personne déclarante avec convocation au commissariat et invitation à venir reconnaître le mort.

— En êtes-vous bien sûre, mademoiselle ? La description correspond à votre amie qui a disparu ?

— Oui, dit Églantine. Elle s'appelle Camille... Mais tant que je n'ai pas vu le corps...

— Naturellement, dit Dragan. Allons-y.

Avec ses grands yeux bleus émaillés, son nez minuscule qui contraste avec la pulpe un peu boudeuse de sa bouche et son petit bonnet de dentelle avançant en pointe sur sa chevelure blonde à grandes boucles frisottées, il la trouve jolie. Et courageuse à venir ainsi identifier un cadavre. Elle doit être jeune, la vingtaine peut-être, à peine plus. L'attache de son cou a encore la fragilité de l'enfance. Mais la bouche est ferme et sérieuse, et les yeux, lorsqu'ils se lèvent, découvrent un regard nullement impressionné et qui, sans être insolent, révèle une volonté de ne pas s'en laisser compter.

La façade de la morgue donne sur le quai du Marché-Neuf. Une porte cochère aux deux battants ouverts en est la seule entrée. On pénètre dans un grand vestibule qui reçoit le jour par le haut et qui est coupé, sur sa gauche, par un châssis vitré derrière lequel se trouve la salle d'exposition. Y sont rangées, en deux colonnes, dix tables en marbre noir inclinées du côté du vitrage. À l'extrémité supérieure de chacune d'elles, est une sorte d'oreiller de cuivre, sur lequel est appuyée la tête du macchabée de façon à être bien en vue. Des robinets terminés par un petit tuyau criblé de trous très fins, à la manière d'un arrosoir, laissent couler de l'eau fraîche sur le cadavre pour retarder la décomposition.

En s'approchant, Églantine ne peut pas s'empêcher d'agripper la manche de Dragan et il la laisse faire.

— C'est elle, murmure-t-elle. C'est Camille...

Camille est étendue sur l'une des tables, entièrement nue à l'exception de ce petit carré de cuir qui recouvre ses parties intimes. L'entaille à sa gorge a été lavée et ne semble plus qu'un mince lacet. Elle est très belle, si blanche sur le marbre noir, ses longs cheveux répandus sur ses épaules, ses paupières closes et ses lèvres fines d'un sourire aérien. Trois autres corps exposés non loin d'elle, vieux, gris, ventrus, couturés, font, en contraste, bien pâle figure. Et leurs vêtements, suspendus à un crochet à côté d'eux – haillons, nippes sans forme –, les plongent dans l'anonymat de la misère humaine. Camille, elle, est nue d'une nudité qu'aucun habit ne peut venir cacher.

— C'était comme ma sœur, dit encore Églantine. Nous logions toutes deux dans le même immeuble et nous avions travaillé ensemble chez la même couturière, Mme Roger. Mais, depuis quelques semaines, elle faisait la mystérieuse. Elle découchait...

— Je comprends, dit Dragan.

Il faut bien dire quelque chose. La balustrade en bois contre laquelle ils s'appuient l'un et l'autre est trop basse pour Dragan qui doit, pour s'y tenir, se casser le dos. Et même ainsi, il est plus haut que cette jeune fille déroutante. Elle le regarde de ses grands yeux bleus. La tristesse lui va très bien. Et puis il est épaté par sa vaillance, par sa fermeté de caractère. Quand il a vu ses mains trembler, elle les a vite cachées dans les poches de son manteau.

— Elle a été tuée, dit-il. Égorgée. Avez-vous une idée de l'identité de l'assassin ?

— Non, monsieur. (Elle hésite et elle ajoute :) Il faudrait que je boive quelque chose de fort. Accepteriez-vous de m'accompagner ?

Il est surpris de la proposition. Et sans doute, pense-t-il, serait-il plus professionnel de décliner une telle invitation et de convoquer plutôt la demoiselle au commissariat pour une déposition. Mais comment refuser ?

4

La neige s'est arrêtée, mais il y a une sorte de brouillard qui voile le contour des choses. Églantine suit Dragan comme un automate et lui prend machinalement le bras pour traverser la chaussée boueuse. Curieuse fille, pense-t-il en se laissant faire. Un petit troquet les attend de l'autre côté de l'avenue, dissimulé par la file des chauffeurs de fiacre qui lisent le journal dans leur voiture à la queue leu leu, même houppelande et même chapeau claque.

Il aurait bien pris un café, mais, comme elle demande une absinthe, il n'ose pas paraître en retrait et commande la même chose. Il la surprend à essuyer, du bout de la manche de sa veste, les premières larmes qui perlent de ses yeux.

— Parlez-moi d'elle, dit-il. Le moindre détail peut me mettre sur une piste.

— Oh, dit-elle, Camille, c'est tout un roman.

Elle prend le temps d'avaler la première gorgée d'absinthe et ses yeux semblent s'embuer comme une eau prise peu à peu dans la glace. Puis elle se lance. Leurs mères étaient amies d'enfance, toutes deux filles d'ouvriers canuts venus à la capitale après les émeutes à Lyon des années 1830. Alors, malgré leur différence d'âge de cinq ans, elles ont été un peu élevées ensemble. C'est Camille qui lui a trouvé son premier emploi dans la couture. Églantine parle de l'atelier de Mlle Annabelle, des commandes de Mme Roger, de Marthe, de Jeannette, de Mélanie, des longues soirées de veillée, de l'insouciance de ce temps-là où, jeune encore, tout lui paraissait simple et gai. Elle admirait Camille, sa beauté, son aisance, et sa facilité à plaire aux garçons, à cet Antonin, par exemple, qui a longtemps été son amoureux. Il l'écoute tout étonné de ce bagout, se demandant si c'est bien à lui qu'elle s'adresse, lui qu'elle ne connaissait pas une heure auparavant.

— Est-ce d'avoir porté cette crinoline, se demande Églantine, qui a changé ma Camille ?

— Une crinoline ? répète Dragan surpris, en reposant son verre.

— Oui, dit Églantine. Une merveille !

Est-ce cette robe magnifique, poursuit donc Églantine, qui, au moment, où, devant la glace, son amie la faisait tourner, a dispersé son insouciance et sa gaieté et a jeté sur elle cette gravité qui, à compter de ce jour-là, l'a alourdie dans ses propos et dans ses gestes ? « Je quitte Mlle Annabelle, lui a annoncé Camille un matin. Je m'y sens comme dans une prison. À y rester, j'y finirai chenille alors que je me rêve en papillon. » Elle a alors cherché ailleurs et elle a trouvé facilement. D'abord dans le quartier des Écoles, une petite entreprise de couture, la mère et la fille associées qui travaillaient à façon sur des étoffes fournies par les clientes. Au début, Camille trouvait cela amusant, plus distrayant que chez Mlle Annabelle parce qu'il y avait l'essayage, les conversations avec ces dames. Mais elle s'était vite lassée. Elle avait expliqué à Églantine que la clientèle n'était pas haut de gamme, seulement des femmes de commerçants, de professeurs, des domestiques du Quartier latin. Elle voulait mieux, disait-elle, et davantage : du froufrou, de la dentelle, des crinolines qui n'en finissent pas de tourner. Sur un coup de tête, elle avait quitté l'atelier du quartier des Écoles pour une grande maison de la Madeleine. La patronne visait la riche clientèle de passage, les Anglaises et les Américaines venues à Paris pour garnir leurs garde-robes des dernières nouveautés. Camille était chargée de prospecter les grands hôtels, de se mettre au mieux avec les portiers et les interprètes pour qu'ils recommandent la maison à leurs clientes. Mais dès le premier qui avait réclamé d'elle plus que la commission sur la vente qu'elle lui proposait, Camille avait démissionné.

Après, Églantine ne sait plus trop bien à quoi Camille occupait ses journées. Une fois, elle l'avait aperçue, à la terrasse d'un café. Très belle, comme d'habitude. Elle portait sur la tête un canotier de paille piqué dans son chignon par une longue épingle à chapeau qu'elle ne lui connaissait pas. Elle minaudait, abritée sous une ombrelle. Elle tenait tête à un jeune homme qui la serrait de près, le repoussait gentiment, alors que lui, son binocle couvert de buée, laissait papillonner autour de sa taille serrée ses mains gantées. Mais les soirs où Camille rentrait dormir dans leur logement commun, Églantine voyait bien que son amie n'était pas heureuse. Elle la regardait se déshabiller devant la lampe à huile, délicate et fragile, fine et transparente comme une aile d'ange. Elle surveillait les plis de son front, les cernes sous les yeux. Camille pleurait souvent ou parlait toute seule.

Jusqu'à ce jour, il y a à peu près un mois, où Camille avait surgi, radieuse, belle comme une sainte dans un vitrail de plein soleil. « La crinoline ! avait-elle dit, mystérieuse. C'est à peine croyable, mon Églantine ! Elle ne m'a pas oubliée... C'est elle qui est venue à moi... »

Et puis Églantine se tait. Un peu de soleil surgit du milieu des nuages, traverse la vitre, ricoche sur la table et l'éclabousse en pluie. C'est comme si quelqu'un là-haut s'efforçait soudain de montrer à Dragan combien cette petite blonde aux yeux bleus était vraiment ravissante. Triste, bien sûr, et même au bord des larmes, mais ravissante.

— Vous allez arrêter celui qui a fait ça ?

— Je vais tout faire pour, mademoiselle. Je vous le jure.

5

— Alors, monsieur Vladeski ? demande Mme Thomazeau en se penchant par l'encadrement de la porte. Où en est votre enquête ?

Mme Thomazeau n'est plus très jeune. Mais elle est restée d'une coquetterie prodigieuse : un visage magnifique, appétissant comme un gâteau, plein de craquelures et de feuilletés où la poudre se parsème en une giclée de sucre glace. M. Thomazeau, d'ailleurs, dit d'elle qu'elle est comme ces sucreries qui sont sèches et durcies à l'extérieur mais encore fondantes en dedans. Elle s'habille de robes évanescentes, d'étoffes couleur de fumée, de glaise, de brouillard et de feuille d'automne. Elle met volontiers à son cou, à ses poignets, toutes sortes de bijoux curieux, colliers aux lourdes pierres, bracelets troubles aux métaux paresseux, bagues violâtres et laiteuses. Toute une décoration encombrante et hétéroclite qui, ajoutée à son goût pour les châles en vieille dentelle, lui donne une allure étrange d'araignée se promenant avec sa toile, accumulant sur elle des fragments d'ailes de guêpe, de poussières, de feuilles en décomposition, de thorax évidés d'abeilles mortes.

Dragan sourit à Mme Thomazeau. Elle, au moins, s'intéresse à son enquête. C'est la troisième fois qu'elle passe ce mois-ci. Il la prie d'entrer, de s'approcher, de constater par elle-même. Il a étalé sur le bureau les fiches qu'il a fait remonter des archives. Il se lève, marche de long en large dans la pièce, fiévreux, enflammé. Ces dernières années, deux autres jeunes filles retrouvées nues ! Des physiques très proches, minces et plutôt grandes, une vingtaine d'années. Et surtout, toutes égorgées de la même façon. On a affaire à un fou, un tueur obsessionnel. Trois meurtres, tous commis en janvier, 1860, 1861 et cette année, sans doute beaucoup plus si l'on formule l'hypothèse hautement probable que des cadavres n'ont pas été découverts. Aucune raison que le tueur ne recommence pas bientôt. Dragan se rassoit, tapote sur les fiches. Il sait que la dernière victime s'appelle Camille, qu'elle était couturière. Il va chercher de ce côté. Et il a une autre piste, dit-il en montrant une carte : le périmètre des crimes. Les corps ont été retrouvés aux endroits marqués d'une croix, tout autour de la Seine, du côté de Passy. Si l'on trace des droites pour les relier, on découvre au centre un restaurant qui donne sur le fleuve, La Traboule. Dragan s'y est rendu. On y mange très bien, mais personne n'a rien remarqué.

Mme Thomazeau écoute Dragan, mais elle ne l'entend pas. Les gestes rythmés, cadencés du jeune homme enchantent son regard. Il y a dans ce corps ondulant, aux poses affaissées, au maniérisme naturel et câlin, quelque chose qui l'attire follement. Elle suit, émerveillée, les mouvements de ses lèvres sous sa fine moustache, les mille minuscules ludions dans ses yeux agités qui, lorsqu'il la regarde, finissent doucement par se réunifier dans le vert intense de sa pupille reformée. Quel miracle ! Quel don de Dieu ! pense-t-elle, en constatant que le collaborateur de son mari, sans le chercher, sans le vouloir et le plus naturellement du monde, n'accomplit rien qui ne soit marqué au cachet d'une élégance supérieure à celle des hommes ordinaires. Alors, c'est un geste fou, bien sûr, elle le sait, un geste insensé, sans fondement et sans aucun avenir, mais elle s'y laisse emporter comme aux bras d'un danseur habile et vigoureux. Elle saisit entre ses mains pleines de bagues le visage de Dragan et elle l'embrasse jusqu'à suffoquer.

— Monsieur Vladeski, dit le commissaire, rond comme jamais, dans l'embrasure de la porte. Je suis désolé, mais je ne crois pas que je vais pouvoir vous garder.

Chapitre V

1

Frac noir sur pantalon étroit, gilet brodé ivoire et nœud papillon crème, bottines à boutons. Une impression que partout où il se pose, il semble avoir été dessiné pour l'endroit.

Dragan, sur le perron de l'Opéra, adossé contre une colonne, regarde, rêveur, le défilé majestueux des courtisanes, des belles ambitieuses qui, ce soir-là, se pressent pour cette première à l'Opéra. Elles déferlent, surchargées de bijoux, leurs corps nus frissonnant voluptueusement drapés dans des parures de reine. Châles, robes à crinoline, corsages fendus, bras gantés, soies et satins, taffetas, diadèmes, colliers, bagues et bracelets. Les toilettes mêlées montent en cascade les escaliers, dans un flot de dentelles et d'éclaboussures. Seules les tailles émergent, flottent, dansent, pareilles à des bouchons de liège portés par le courant.

Les Parisiennes, songe Dragan, ont beaucoup changé. Il les a quittées, enfant, au lendemain du coup d'État du 2 décembre, encore prisonnières dans leurs cocons de la monarchie de Juillet. Il se souvient qu'elles ressemblaient alors, dans leurs robes cossues, aux fauteuils du même temps, capitonnées, bardées, cuirassées de baleines, chargées de glands et de passementeries. Leurs toilettes portaient une avalanche d'ornements, de volants, de guipures et de dentelles, de galons, de plumes, de cordelières, de rubans et autres falbalas insensés, déclinés dans des couleurs criardes et souvent mal assorties qui alourdissaient et engonçaient les silhouettes. Et il les retrouve dix ans après, métamorphosées sous ce Second Empire, grisées par la fête impériale.

De séduisants dos nus, des robes aussi légères que des bols de crème, des bustes poétiquement impudiques. Dragan ferme les yeux pour se concentrer sur le froufrou des étoffes de soie, pour humer les parfums de violette, de lilas, de frangipane que laissent dans leur sillage toutes ces délicates toilettes. Taille étranglée, coupes infiniment précises, sophistication épurée, couleurs sombres ou lumineuses, fourrure aérienne et cuir lustré. Aucune société, lui a expliqué son cousin Jean-Sébastien d'Albrège, n'a jamais attiré autant de belles prédatrices. Celle, cosmopolite, qui, avec l'Empire, s'est agglomérée dans la capitale, si légère de scrupules et si prodigue d'écus, est devenue un continuel terrain de chasse ouvert à leurs appétits. Toute la bohème des rêveuses de diamants s'est empressée d'accourir. Elles viennent de partout. La vogue de quelques gourmandes célèbres a excité prodigieusement, dans le monde des filles et des femmes libres, la fièvre de la concurrence. La publicité faite à ces scandaleuses, la description de leur luxe intime, l'énumération de leurs richesses ont provoqué comme une émulation. Les cocons se sont ouverts. Et le résultat, pense-t-il, c'est ce défilé magique, grandiose et provocant, cette valse enivrante de femmes-insectes, mi-mantes, mi-papillons, luxuriantes et dévoratrices. Elles grimpent les marches, frémissantes des ailes et des élytres, frottant leurs pattes avides, broyant l'air de leurs mandibules impatientes.

Voilà trois mois qu'il a quitté le service du commissaire Thomazeau, trois mois qu'il traîne son ennui et sa désespérance, dépensant toutes ses économies dans ses tenues et ses flâneries, avec pour tout espoir que son cousin Jean-Sébastien d'Albrège finisse par lui trouver la place qu'il lui a promise. Est-ce aujourd'hui le grand début ? Il a découvert un mot à son domicile : « J'ai peut-être quelque chose pour toi. Je t'attends ce soir, vingt heures, à l'Opéra. Et fais-toi chic ! »

Est-il assez chic pour ces dames ? Certaines passent près de lui, à le frôler, sans même le remarquer, mais beaucoup marquent une pause, s'immobilisent sur les marches comme des notes sur la portée, s'amusent de la mise claire et nette de ce beau jeune homme qui les observe. Et lui ne s'étonne guère des regards décochés, des yeux qui se tournent vers lui et le dévisagent avant de reprendre leur route. Depuis le début de son adolescence, c'est ainsi que les femmes le regardent. Il prend l'air grave et salue parfois d'un mouvement léger de la tête.

Une main se pose sur son épaule, le tire de sa méditation. Yeux sombres, front dégarni malgré le jeune âge, paupières tombantes, lèvres fines d'un rouge de rose séchée. Dragan reconnaît Jean-Sébastien d'Albrège, son cousin par sa mère, conseiller au cabinet de Persigny, le ministre de l'Intérieur. Le jeune homme, comme à son habitude, est tiré à quatre épingles, frisé, pommadé, ganté de clair. Un ange Gabriel mis sur son trente et un pour s'en aller faire l'annonce à Marie.

— Dragan ! Presque à l'heure, c'est un miracle !

— J'ai mis du temps à me préparer.

— Bonne nouvelle !

D'Albrège fait un pas en arrière pour mieux inspecter Dragan. Une moue et un mouvement léger du menton expriment sa satisfaction.

— Bien, tu as suivi mes instructions. Tu es superbe. Tu vas beaucoup plaire à Gamel Pacha. Je lui ai annoncé un prince.

— Je ne suis pas prince, tu le sais.

— Tu l'es un peu ! Ton grand-père l'était, n'est-ce pas ? Prince croate Periadevik ! La bâtardise de ton père n'enlève rien à la chose...

— C'est ridicule.

— Laisse-moi faire. Tu veux gravir les échelons de cette société ? Alors fais-moi confiance !

Il se penche à son oreille avec un air de carbonaro qui s'apprête à cacher sa bombe.

— Le vieux faune ottoman vient de se faire souffler la petite Julie Colon, sa protégée du Théâtre-Français, par Lord Hamilton et il est au désespoir. Ce soir, il veut faire la fête pour oublier. Si tu connaissais sa fortune, tu saurais qu'on ne lui résiste pas.

D'Albrège prend le bras de Dragan. Sa bonne humeur est communicative. Il l'entraîne d'autorité. Ensemble, ils se mêlent à la foule des belles ambitieuses, les suivent dans le hall, sur les marches, vers le foyer et vers les loges. Jean-Sébastien s'amuse à deviner, rien qu'à leur silhouette, à leur démarche, à la façon qu'elles ont d'ôter leurs gants, de laisser tomber de leurs épaules leurs châles ou leurs sorties de bal, la trajectoire de vie qui les a menées, ce soir-là, à l'Opéra. Il explique à Dragan qu'il ne faut pas confondre celles qui se sont élevées et celles qui ont chu. Là, celle-ci, fille de haute noblesse sans doute, de cette aristocratie nomade et cosmopolite, habituée depuis toujours à planer au-dessus des convenances et de la morale. Celle-là, à coup sûr, une demi-mondaine, d'une éducation et d'une élégance parfaites, ancienne dame de belle naissance, contrainte, par les caprices du destin, de mettre un genou à terre et qui a choisi de ne plus se relever. Celle-ci encore, ancienne bourgeoise, lasse de son gentil mari, de sa vie rangée, emportée par des envies de champagne, de valse, de dîner aux écrevisses dans les cabinets particuliers. Et les deux autres, là-bas, qui se tiennent par le bras et éclatent de rire en miroir, d'authentiques beautés sauvages, des fleurs poussées dans la boue du caniveau, mais d'une intelligence apte à saisir, au contact de tous ces messieurs de la gentry, ce qu'il faut d'élégance et d'irrévérence, de charme, de chic et d'audace, pour s'élever et planer vers les hauteurs.

— Si tu veux réussir, il faudra que tu apprennes à les aimer toutes !

2

Gamel Pacha accueille Dragan avec son sourire chinois et sa lourde silhouette de bonze précieux. Petit, tout en rondeur, yeux plissés, un air de chat ventru qui vient de gober un oiseau. Les femmes lui reconnaissent seulement le charme de ses chevaux de course et des mines qu'il possède dans l'Oural qui alimentent intarissablement son luxe de satrape. Jean-Sébastien d'Albrège fait les présentations.

— Le prince Dragan Vladeski.

Dragan veut protester, mais son cousin l'arrête d'une pression de la main sur l'avant-bras. Gamel Pacha, d'ailleurs, n'est à l'évidence pas dupe. Il a un sourire d'acquiescement magnifique, un sourire qui veut dire tout à la fois « Prince ? Cela m'étonnerait fort » et « Pourquoi pas si cela vous chante ? » Il l'examine de biais, un œil fermé, l'autre grossi par le verre du lorgnon.

— Alors, dit-il, vous nous venez des Amériques ?

— De Boston, monsieur. Je ne suis là que depuis quelques semaines.

— Bien... bien... Il est parfait, votre cousin, mon cher Jean-Sébastien ! Avancez, prince ! Montrez-vous donc, que toute la salle nous voie ensemble.

D'Albrège a déjà tiré d'un seau de champagne la bouteille et rempli une coupe pour Dragan. Il met la coupe devant lui à hauteur de sa main, mais un peu en avant de la scène, de telle sorte que Dragan n'a pas d'autre solution que de faire un pas vers la lumière pour la prendre. Que me veulent-ils ? se demande-t-il en portant le champagne à ses lèvres. Dans la salle, les spectateurs arrivent par vagues et s'installent dans les travées. Les loges s'ouvrent en éventail autour de la leur. Toute une ruche. Sous les corniches d'or, mille glaces répètent les éclats des bijoux, les reflets des tissus, les sourires et les enlacements. C'est le Grand-Théâtre de Boston à la puissance dix.

— Ces dames ne devraient plus tarder, glisse d'Albrège à l'Ottoman.

— Vous attendez des dames ? demande Dragan...

— Oh ! rien n'était moins sûr, prince, dit Gamel Pacha en plissant les yeux. Cela dépendait un peu de votre allure. Mais vous êtes une prise excellente, croyez-moi. Elles ne vont pas tarder. Votre charme et ma fortune exposés ensemble : ce sont là des appâts trop tentants.

Dragan se penche un peu, inspecte les autres loges. Il n'aperçoit que des ombres mouvantes, parfois l'éclat d'une coiffure ou d'un bijou, et, posés sur la rambarde des balcons, des gants, des dizaines de mains gantées, certaines boutonnées jusqu'au coude et d'autres à peines recouvertes, peau de renard ou peau de loutre, agitant lentement les doigts, glissant avec des légèretés de couleuvre ou se mouvant dans d'arachnéennes tractions. En plissant les yeux, il imagine une armée de larves à l'orée de leurs alvéoles. Dès que Dragan finit sa coupe, d'Albrège, qui le surveille, vient le resservir.

— Tu as raison. Ce n'est pas dans la salle baignée de lumière qu'il faut regarder, mais vers l'obscurité et l'humidité des loges. C'est là que poussent les plus belles et les plus dangereuses des orchidées. Voyons, qu'avons-nous ce soir ? Ah, là, Mme Rimski-Korsakov qui n'est pas seulement célèbre pour l'abondance et l'éclat pur de ses émeraudes, mais aussi pour la façon qu'elle a de se dévêtir en s'habillant. On dit qu'elle est apparue un soir aux Tuileries dans un costume si réussi de Salammbô que l'Impératrice, outrée par la transparence des voiles jetés sur son corps, l'a fait reconduire hors des salons. Et là, Mme Musard. Sais-tu qu'elle a enrichi son mari des titres d'une société d'exploitation de pétrole en Amérique, donnés complaisamment par le roi Guillaume III de Hollande ?... Oh ! là-bas ! C'est un soir de chance !

Il se presse contre la rambarde. Il désigne discrètement à Dragan une loge, un peu plus bas qu'eux et sur leur gauche. Sa pupille danse au-dessus de sa fine moustache.

— C'est à n'y pas croire. C'est pourtant sa loge... Elle ne sort plus que rarement... la comtesse de Castiglione, l'ancienne maîtresse de l'Empereur...

La comtesse de Castiglione... Dragan se rappelle le nom. On le lisait, cinq ans plus tôt, dans les journaux de France qui arrivaient à Boston. Une des plus belles femmes du monde, disait-on. Il tente d'apercevoir la silhouette désignée par son cousin. Une épaisse chevelure ramenée sur le derrière de la tête, portant une parure de plumes, une taille mince, mouvante au-dessus d'une robe à crinoline de soie bleue.

— Ancienne maîtresse ? Elle a pourtant l'air jeune...

D'Albrège lui explique que le règne de la belle Florentine n'a vécu que le temps que vivent les roses. On l'a vue apparaître, comète flamboyante, un soir de janvier 1856 lors d'un bal donné aux Tuileries et, sur l'instant, elle a flambé. Elle s'est glissée, sans beaucoup d'efforts, dans le lit de Sa Majesté. Mais, de son entrée tapageuse en société à sa chute fort commentée, il n'a pas fallu plus de deux ans.

— Il faut dire, précise d'Albrège en baissant la voix, que l'intrigante aurait été en service commandé, qu'elle aurait séduit l'Empereur à la seule instigation de Cavour, le ministre de Piémont-Sardaigne, afin de le travailler à la cause de l'unité italienne. Pas étonnant qu'elle ait été écartée du trône à la suite de l'attentat du carbonaro Orsini dont l'objectif était de punir Sa Majesté de ne pas œuvrer avec plus d'énergie à cette même cause.

Dragan trouve cela bien romanesque et se penche encore.

La comtesse s'évente au ralenti, battements de cils au diapason, le corsage pareillement soulevé d'une respiration retenue, tout son être ainsi balancé dans le mouvement lent de l'éventail.

Un instant, son regard se pose sur Dragan. Il pâlit quand il lui trouve, sur l'instant, des airs de ressemblance avec l'égorgée du chantier. Voilà trois mois que cette figure hante ses nuits et qu'il croit l'apercevoir partout. Mais le regard froid, déshabilleur, de la comtesse le glace assez pour qu'il recouvre ses esprits. Ce que la jeune femme voit doit la séduire assez puisque, d'un geste sec, elle déploie sa lorgnette, la braque vers le jeune homme. Dans le mouvement, son visage se place en pleine lumière. Dragan en a le souffle coupé et, d'instinct, la pince de sa main se referme sur l'avant-bras de son cousin.

— Eh bien ! Cela te fait un effet ! Tu es bien trop émotif, mon cher...

Un homme se présente derrière la comtesse, dont Dragan ne peut que deviner l'ombre. Mme de Castiglione se lève brusquement. Elle disparaît, avalée par l'obscurité. Les musiciens de l'orchestre ont fini d'accorder leurs instruments. La sonnette avertit les retardataires que le premier acte va commencer.

C'est un peu avant l'entracte que la porte de leur loge s'ouvre : une ombre sous l'éclairage du couloir, puis deux, puis trois. Trois silhouettes parfumées, épaules et gorges nues, tailles de guêpe et des diamants un peu partout. Trois paires d'yeux magnifiques flottant au-dessus des demi-cloches de crinolines. Les trois apparitions se glissent dans la loge, avec un délicieux froufrou de soie, et disent d'une même voix :

— Vous nous attendiez. Nous voilà.

3

Lady Hortense – jupe montée à plis, ceinture et pan de faille, grenadine ivoire pékinée vert et noir, dentelle Chantilly, perles de verre – a des prunelles violettes et sent le lilas. Olympia Doll, la belle créole, balance son long corps dans une robe blanche couleur de vieilles soies – jupe à volants, corsage court garni d'un bouquet de roses blanches, bouillonnés aux épaules, aux poignets, sur la taille – qui donne du brillant à sa peau caramel. Lily Boucle – jupe à traîne noyée sous l'organdi, sous les ruchés, le taffetas et les tresses de paille – a les yeux bleus et flatte la rondeur de ses épaules et de ses bras dans un drapé transparent qui lui fait des ailes de libellule. La pêche est vraiment bonne. Les trois jeunes femmes qui sont entrées, Gamel Pacha et d'Albrège les connaissent parfaitement et ils sont aux anges. Ce sont des créatures cruelles, de pures beautés insouciantes et légères, belles à se ruiner et à se faire sauter la tête.

— Quelle heureuse visite ! s'écrie l'Ottoman en priant ces dames de s'asseoir.

— Les hommes qui nous accompagnaient étaient aussi ennuyeux qu'inconsistants, dit Lily Boucle.

— Oui, nous allions nous en aller quand nous vous avons aperçus, murmure Lady Hortense en dépliant un éventail noir et en fixant Dragan du regard.

— Nous nous sommes dit : voilà des gentlemen qui sauront nous distraire ! ajoute Olympia Doll.

— Comme vous aviez raison ! s'écrie d'Albrège. Nous nous apprêtions à dîner, Son Excellence Gamel Pacha et moi-même. Voulez-vous vous joindre à nous ?

— Monsieur ne nous accompagne pas ? demande Lady Hortense en fixant Dragan.

Elle cache le bas de son visage derrière son éventail ciselé où, dans le deuil de la trame à jour, se becquettent deux colombes. Ses grands yeux promènent leur violet au-dessus de la dentelle noire. Dragan rougit un court instant. Il s'incline légèrement.

— Je suis bien malheureux de devoir refuser une invitation aussi aimable. Mais j'ai un rendez-vous, demain, d'assez bonne heure et...

— Un duel ? Parfait, lâche Olympia Doll d'une voix traînante et sans passion. J'adore voir mourir les gens. Nous ferons la fête et, au bout de la nuit, nous vous accompagnerons sur le pré et nous vous regarderons tomber dans la rosée, une balle au milieu de votre joli front.

— Croyez bien, mademoiselle, que si cela ne tenait qu'à moi, je vous offrirais volontiers pareil spectacle. Mais ce n'est, hélas, pas là la raison.

— Une histoire d'alcôve, alors ? suggère Lily Boucle. Une dame honorable à conquérir, un cœur à briser ?

— Certes non, dit encore Dragan. Si c'était une femme, fût-elle la plus belle de toutes, je l'aurais sur l'instant abandonnée pour le plaisir de dîner avec vous.

— Alors, dit Lady Hortense, si ce n'est ni l'honneur ni l'amour qui est en jeu, vous n'avez aucune excuse valable. Votre Excellence, nous n'irons pas dîner sans ce monsieur. Nous sommes trois et nous sommes trop attachées à la symétrie pour transiger.

— Allons Dragan ! dit Jean-Sébastien d'Albiège en fronçant les sourcils, si c'est une question de symétrie ? L'attachement de ces dames pour la science ne t'attendrit-elle pas ? Et tu ferais tellement plaisir à Son Excellence.

— Soit, dit-il en soupirant. Et où allons-nous ?

— Eh bien, Son Excellence et moi-même avions pensé à La Maison dorée ou au Café anglais.

— La Maison dorée ? répète Lily Boucle d'un ton très détaché, Le Café anglais... encore ? Ces messieurs... ces ennuyeux dont nous vous parlions... nous ont déjà conduites dans tous ces endroits...

— Je connais un petit restaurant, dit Dragan, La Traboule, qui donne sur le fleuve. Un petit bouchon lyonnais authentique...

— Cela peut être amusant, dit Olympia Doll. On nous servira des plats magnifiques, du tablier de sapeur, des quenelles, du saucisson en brioche, le tout arrosé de beaujolais ou de côtes-du-rhône !

— C'est décidé ! conclut Lady Hortense en passant son bras sous celui de Dragan. Nous allons tous les six manger des quenelles.

Chapitre VI

1

Le fiacre roule sur la chaussée mouillée. L'homme allume un cigare. Il doit s'y reprendre à deux fois à cause des cahots de la route. La fumée monte le long de sa joue et l'oblige à plisser la paupière droite. Le regard reste impalpable, d'un gris plein de poussière, friable comme l'aile morte d'un papillon.

— Ils vous ont reconnue quand vous vous êtes montrée, dit-il. L'Opéra a frémi. Vous voyez : on ne vous oublie pas.

Elle le regarde du coin de l'œil, adossée, presque affalée sur la banquette de la voiture, noyée dans les volutes sans fin de sa toilette, ensevelie sous la beauté de cette robe : bleu de ciel en gaze de Chine sur crinoline ronde de huit mètres de circonférence, jupe à deux tuniques, garnies chacune de trois volants en point d'Angleterre à tête de marabout bleu, parure en opales et turquoises, coiffure de plumes bleu nuit et rouge roi. La robe est si ample qu'elle prend toute la largeur, l'oblige à se tasser, là-bas, contre la portière.

— Encore un ralentissement, dit-il. Maudit soit ce préfet Haussmann et ces interminables travaux.

Il essuie son binocle, l'ajuste soigneusement sur son petit nez. Puis il se penche par la vitre de la portière. Elle se dit qu'elle aurait pu tomber sur pire. Celui-là n'est pas trop laid. L'homme est très bien vêtu : pantalon retroussé, gilet à fleurs, courte jaquette, cravate blanche, la chaîne d'une montre sort de la poche de son gilet. Il serre contre lui sa canne et ses gants. Tout à l'heure, il lui a ouvert la portière avec la plus extrême élégance. Mais c'est peut-être à l'autre qu'il rend ces politesses. Elle se penche à son tour pour constater la cause de l'encombrement.

Dans la nuit, sur le chantier de la rue de Rivoli, un monde fou s'est amassé pour voir s'activer les terrassiers de M. Haussmann. Les équipes tentent de rattraper le retard pris le jour à cause de la pluie, sous la lumière électrique des lampes à charbon fixées au sommet de miradors. Les badauds accrochés aux palissades retiennent leur souffle, inquiets, comme s'il y avait quelque sortilège terrible à s'attaquer, de nuit, ainsi, au ventre de la ville.

— Ils n'arrêtent pas de construire, fit-elle remarquer pour relancer la conversation. C'est impressionnant.

— Ils ne construisent pas, dit-il d'un ton sec. Ils déterrent. Ils libèrent. La ville nouvelle était déjà sous terre. Elle n'attendait pour se lever qu'une volonté politique. Ces hommes ne font qu'ouvrir les brèches pour que les nouveaux immeubles crèvent à la surface, c'est tout.

Il a, tout en parlant, légèrement tourné son visage vers elle et la lumière de la rue l'éclaire à demi. Elle sourit, pensant à une plaisanterie. Mais son visage reste de marbre. Il fixe l'horizon à travers la vitre.

Elle frissonne et tasse un peu plus contre elle les pans de sa crinoline qui prennent toute la banquette. Au bout des dentelles, le marabout bleu frissonne et se fige. Le cocher fait jouer son fouet et la voiture, lentement, redémarre.

— Les pierres poussent comme le font les bras, ajoute-t-il à voix basse comme pour lui seul.

— Les bras poussent donc ?

Elle a répété la phrase avec suffisamment de calme pour laisser penser que pareille hypothèse ne la surprend pas et, en tout cas, ne l'effraie guère. Le visage de l'homme pivote de nouveau. Le regard se plante dans ses yeux avec une lueur de cruauté hautaine.

— Absolument. Tout chirurgien des armées vous le confirmera. Quand on coupe un bras à un soldat, d'une certaine façon, il repousse. C'est la connaissance de ce secret qui a fait la gloire de Napoléon.

Fait-il le malin pour l'épater ? Elle se dit que ce n'est vraiment pas la peine puisque tout est déjà convenu. Est-il seulement excentrique ? Elle ne sait pas au juste où il l'emmène. Allons, pense-t-elle. Cela s'est toujours bien passé.

Dehors, une petite pluie fine continue de tomber. Par la chaussée, le gaz des lampadaires flambe roux dans les flaques d'eau. L'homme jette son cigare par la fenêtre et il commence à triturer, à pleines mains, la canne coincée entre ses jambes. Une jolie canne ficelée de cordes à boyaux, à poignée verte, dans laquelle, sans doute, il dissimule un sabre ou un couteau. Ses initiales sont gravées sur le dessus. Il ferme les yeux. Ses lèvres frémissent. Son visage se crispe. Il parle doucement, à voix basse, semble faire les questions et les réponses. Elle tend l'oreille.

— Vous rappelez-vous, Nicchia, chuchote-t-il, la dernière fois que je vous ai tranché la gorge et jetée dans un trou ? Est-ce encore cela que vous voulez ?

2

La salle est immense et froide, avec un plafond très haut fait d'armatures de fer et de verrières qu'éclaire la lune qui se penche. Des mannequins d'osier ponctuent l'immense espace. Ils sont disposés un peu partout, parfois seuls et parfois en groupe. Les dames d'un côté et les hommes de l'autre. Tous, grossièrement habillés, les hommes de vestes à brandebourgs, d'uniformes et de fracs, les femmes de robes défraîchies dont les dentelles pendent.

C'est une scène de bal, certes, mais figée dans la poussière et la tristesse. Belle par son étrangeté, mais grise de ses couleurs passées... gris cendré, gris rose thé, gris givre, gris dragée, gris orage, graphite... Silhouettes d'épouvantails à moineaux. Eux, moustaches de paille en forme de vibrisses de chat, monocle encastré dans l'orbite, les traits grossiers dessinés au charbon, yeux ébahis qui l'inspectent, sourcils froncés par la colère. Elles, en poupées cassées, méchantes, cruelles. Châles, écharpes, foulards sur les amples raideurs des paniers, ceintures-corselets en toile jaunie, fanons de baleine agrafés par-devant, chemisiers lacés dans le dos. Chapeaux froissés où se balancent des plumes brisées, des fleurs pâlies sur des tiges de laiton dont on voit le métal. Toutes d'une élégance grotesque. Une assemblée de monstres difformes, de morts-vivants soudain relevés du tombeau. Tous attentifs à ses faits, à ses gestes.

Elle, comme eux, est restée pétrifiée sur le seuil. Mais si différente d'eux avec ses épaules rondes, ses formes pleines, sa chair crémeuse et lisse et sa robe bleu de ciel en gaze de Chine, jupe à deux tuniques garnies chacune de trois volants en point d'Angleterre à tête de marabout bleu, parure de plumes bleu turquoise et rouge roi.

— Allons, Nicchia, dit-il, il est temps que vous avanciez. Ils vous attendent. Vous êtes l'attraction de la soirée.

Les deux syllabes – « Nicchia » – se détachent dans le silence de la salle vide. Elles semblent glisser en silence au-dessus de la tête des mannequins.

Il l'a encore appelée ainsi. Elle se retourne et le regarde. Ses pupilles dansent et il semble surexcité par ce qui se prépare. Cet homme est fou, pense-t-elle, et il faut que je parte d'ici le plus vite possible.

Elle profite de ce qu'il lui tourne le dos pour remettre d'aplomb la décoration d'un des mannequins. Sans bruit, elle fait machine arrière. Il tarde à se retourner, à comprendre que sa « Nicchia » vient de quitter la salle.

Elle court dans l'allée, tenant ses jupes à pleines mains. La lune, cachée derrière la cime des arbres, la suit de son œil à monocle. Par miracle, un fiacre est arrêté non loin, sur l'avenue. Elle hèle le cocher qui est descendu inspecter ses chevaux. L'homme l'aperçoit, lève le bras pour l'en avertir et remonte lentement sur son siège. Elle n'en revient pas que tout ait été si facile. Le cauchemar va s'arrêter. Elle ouvre la portière, se tasse à l'intérieur, jette au cocher son adresse. Elle entend le fouet qui claque, les bêtes qui s'ébranlent. Mais la portière opposée à la sienne s'ouvre. C'est l'homme à la canne. Ses yeux brillent dans la nuit. Son sourire est crispé.

— Je vais vous raccompagner, dit-il d'une voix sèche. Les rues ne sont pas sûres et vous pourriez faire une mauvaise rencontre.

3

À travers la vitre ternie du fiacre : des rues boueuses, des pavés mouillés luisant sous le feu des dernières boutiques. Elle regarde le rapide et continuel éclair des voitures qui se croisent en s'éclaboussant, la multitude des lumières étincelant sans ordre dans les longues avenues de maisons dont la hauteur lui paraît prodigieuse.

Elle tremble contre l'homme qui s'est assis à côté d'elle. Elle est comme paralysée, incapable pour l'instant de réagir. Il y a cette phrase terrible qu'elle l'a entendu murmurer à l'aller. Il va la tuer, c'est sûr. Et elle a donné son adresse au cocher. Il peut la suivre jusqu'à chez elle. Elle tente de se raisonner. Elle a encore un avantage sur lui. Il ignore vraisemblablement qu'elle l'a entendu tout à l'heure. Il faut qu'elle lui cache le plus longtemps possible sa peur. Le temps de trouver une solution. Son cœur bat à tout rompre, son corsage se soulève. L'ampleur de sa crinoline qui fouette les jambes de l'homme va d'un instant à l'autre propager vers lui ses tremblements. Que faire ? Dieu, que faire ? Que faire Vierge Marie ?

— Je suis désolée, dit-elle. Je ne voulais pas vous offenser. Je n'avais pas compris que vous vouliez de moi que...

— N'en parlons plus. J'aurais dû être plus clair. C'est une robe magnifique, n'est-ce pas ?

Elle se tourne vers lui et lui sourit.

— Magnifique, en effet. L'une des plus belles que j'aie jamais portées.

Elle appuie son sourire. Puis, lentement, elle fait mine d'être de nouveau absorbée par le spectacle de la rue, glissant de trois quarts vers la portière dans un réflexe désespéré d'offrir à son regard le moins de prise possible, de lui cacher ses lèvres qui palpitent, ses yeux qui s'affolent.

Ils dépassent un théâtre entouré d'un cordon de gaz. C'est la fin d'une représentation et l'on a ouvert en grand les portes. La foule noire et serrée sur les perrons se disperse. Les parapluies s'ouvrent un à un. Des fiacres, hélés, louvoient vers les trottoirs laqués. Là-bas, la pluie continue à tomber doucement par-dessus les devantures allumées des restaurants et les files de voitures aux toits luisants et aux lanternes tremblées. Elle se dit qu'il faut tenter quelque chose. Mais déjà le théâtre est loin et ils longent la Seine.

Ils filent, dans le trot cadencé des chevaux, dans le long suintement des roues à travers les flaques d'eau. Plus beaucoup de passants maintenant. Au-dessus du fleuve, des maisons doublées à pic plongent, les yeux fermés, vers les profondeurs. Entre les quais jaunes, l'eau houle contre les bateaux-lavoirs à persiennes. Elle tente de ramener vers elle les plis de sa robe que le cerceau étale. Mais l'homme ne veut pas lâcher le morceau qu'il tient entre ses doigts. Il scrute le motif, caresse le grain de l'étoffe.

— De la gaze de Chine, dit-il. De la meilleure qualité qu'il soit. Ces volants de dentelle et de marabout bleu sont une pure merveille. Si vous vous étiez vue, la première fois que vous l'avez portée !

Et il la regarde. Et ce regard-là ne joue plus, ne feint même plus. Alors, elle-même, ne cache plus rien. Ses yeux dans ses yeux, elle lui offre toute l'ampleur de sa terreur. Avec sa bouche ouverte sur un cri qui ne veut pas sortir. Avec ses pupilles dilatées. Et, à cet instant, tout est jeté en pâture. Il sait qu'elle sait. Alors, il n'est plus temps de calculer. Des deux mains, elle le frappe violemment à la poitrine, le culbute vers l'arrière. Le fiacre s'est arrêté à un carrefour. Elle ouvre la portière et elle saute.

4

La Seine a des frissons de lumière. Elle coule sans faire le moindre bruit entre les hautes bordures des arbres et des palais. La pluie, en longues stries horizontales la fouette et lui donne une brillance de mercure.

La femme fuit, fardée de sang, tête fière, poitrine découverte, presque nue sous sa crinoline que le vent glacé gonfle de tourmentes éblouissantes. C'est une créature superbe, droite, élancée, avec des plumes bleu roi et rouge dans ses cheveux bruns. Elle court, soulevant à pleines mains tout le bleu ciel de ses étoffes. Sa robe est si ample, si enflée par le mouvement que, dans la nuit, elle l'avale tout entière. Elle n'est que cette robe claire, tantôt sous le feu des becs de gaz, d'un bleu de dragée, et, tantôt dans l'ombre, d'un bleu froid de glaçon. Elle court, raide et lente, d'une course aussi belle qu'une valse, sa robe toute voilure dehors, dans une ivresse de vaisseau qui tangue, le sang à la tête et les prunelles noyées.

Lui, il est aussi descendu du fiacre. Il a réglé la course et, maintenant, il marche vite, les muscles tendus. Il ne la perd pas du regard. Il sait qu'avec sa crinoline, avec tous ses jupons, elle ne pourra aller bien vite, qu'elle ne pourra aller bien loin. Les deux silhouettes se répondent dans la nuit, celle de l'homme, droite, décidée, crénelée de son haut-de-forme et de cette canne qui le précède, et celle de la femme, arrachée, emportée, meringue bleutée titubant et divaguant sous le brouillard de pluie.

Au loin, des cochers, vêtus de noir, passent dans un grand bruit d'essieux, leur voiture calée sous les fesses, tenant court leurs chevaux aveuglés par la pluie. Elle a un geste vers eux, un geste désespéré, le bras levé, la main ouverte. Mais ils sont trop loin. Il est trop près. Elle aperçoit des lumières sur le quai de la Seine, des feux qu'on y a allumés. Un restaurant peut-être. Si elle arrive jusque-là... Elle tente d'arracher sa crinoline cage. À tâtons, à travers l'étoffe, elle sent les cerceaux, les lames d'acier flexibles et la ceinture, mais comment faire ? Il faudrait ôter la robe, il faudrait deux, trois femmes de chambre pour l'aider !

Alors, elle court encore le long des quais, les mains, à travers la robe, tentant de soulever les premiers cerceaux de la cage. Elle dévide sa pâleur céleste, laisse sur son passage comme une traînée d'anis et de paraffine. Les lumières se rapprochent. Un feu. Des hommes et des femmes autour d'un grand foyer où brûlent des cagettes. Elle descend l'escalier avec une énergie nouvelle, l'espoir de liberté d'une mariée rebelle qui a osé le non et fuit la noce et les invités. On l'a aperçue. On la montre du doigt. Elle rit, les deux mains tournées vers ses sauveurs.

Alors, il est sur elle. Il la saisit à pleins bras et la plaque contre le mur du quai. Il semble un instant disparaître sous les flots de l'étoffe, lui aussi avalé, noyé sous la gaze de Chine. Mais il émerge, reprend de l'air.

— Tout ce temps pour nous retrouver, dit-il, et je te laisserais filer ? Alors, ma belle Nicchia ? Tu ne ris plus ?

Elle se débat, le regard affolé tourné vers ces gens qui là-bas se sont levés et hésitent à marcher vers ce couple étrange, cet habit noir et cette robe bleu du ciel, ces amoureux qui s'étreignent sur l'escalier. Il la serre contre lui d'un bras ; de son autre main, il a dégagé le poignard que cachait la canne. Il lui tranche la gorge. Un beau mouvement de gauche à droite. Un beau trait rouge sur sa gorge blanche. Un beau trait rouge et tout ce sang sur la gaze bleutée de sa crinoline. Il la relâche et s'enfuit.

Elle titube. Elle regarde ces gens qui se sont enfin levés. Elle va vers eux, avec les gestes lents d'une biche fauchée d'un coup de hache. Une biche qui, la tête tranchée, poursuit encore sa course au ralenti. Elle tourne sur elle-même, de plus en plus lentement et elle s'arrête. On dirait une poupée de boîte à musique, immobile sur son socle, attendant qu'on tourne une invisible clef pour se remettre à danser. Simplement, sa tête penche sur le côté, avec ses beaux yeux noirs arrêtés, fixant quelque chose dans le lointain. Et puis, comme un ultime effort de ses ressorts cassés, elle fait encore un pas, deux pas, quelques mouvements de bras au ralenti.

Et elle tombe dans l'eau, tout doucement, le buste droit, comme l'on s'assoit sur la neige.

Chapitre VII

1

Dans des vases d'opaline, des camélias et des bruyères blanches laissent flotter leurs odeurs jusqu'aux trois grands lustres à bougies qui, d'une élégance discrète, tintinnabulent doucement quand quelqu'un ouvre la porte et laisse entrer un peu de courant d'air. Sur les guéridons, trônent deux seaux à champagne, des plats à cloche mal refermés. La mère Lemercier, véritable mère lyonnaise, leur a servi le meilleur de sa cuisine : du saucisson chaud pistaché, un poulet de Bresse en demi-deuil avec des morceaux de truffe sous la peau, un gratin dauphinois doré et craquelé et des quenelles nappées d'une sauce aux écrevisses.

La soirée se traîne un peu. Olympia Doll, la belle créole, digère ses victoires sur Gamel Pacha, les promesses de diamants et de belles toilettes qu'elle lui a arrachées. Sa peau dorée brille à l'ombre des lustres. Renversée à demi au fond de la causeuse, disparaissant sous ses dentelles, elle semble, légère et sucrée, un peu de caramel dans une cuillerée de Chantilly.

Lily a pris possession du piano. Elle joue plutôt bien, les manches relevées, les mains trempées dans la musique jusqu'au coude. Elle a, de temps en temps, ce mouvement charmant de la main droite maintenant l'accord, la gauche occupée à remettre une mèche de ses boucles d'or derrière son oreille. D'Albrège l'écoute, fasciné, les fesses au bord du divan, penché vers l'avant, pareil à un voyageur dans la nacelle d'un ballon, curieux et fasciné par la pensée qu'à trop se pencher, il pourrait tomber. Elle lui a promis un baiser s'il devine le nom et le lieu de l'achat de son parfum. Il a déjà cité, en vain, une eau forte de la maison Pivert, boulevard de Strasbourg, et une senteur de M. Violet, à l'enseigne La Reine des abeilles, le fournisseur de Sa Majesté l'Impératrice et de la reine d'Égypte, dont le magasin est installé boulevard des Capucines, sous la rotonde du Grand Hôtel.

— En tout cas, dit-il, je devine de la cerise noire, de l'amande, de la violette et de la vanille.

Lady Hortense, la sublime Lady Hortense, avec sa chevelure d'un roux d'automne, sa bouche boudeuse, ses yeux violets ou mauves, s'offre à Dragan comme un cadeau. Elle ne le quitte plus, se pend à son bras, rit d'un rire magique à chacune de ses remarques.

— Ne perdez pas trop de temps avec moi, lui a-t-il pourtant dit en anglais. Je ne suis là que par les bonnes grâces de l'amitié de Gamel Pacha. Je n'ai ni nom, ni fortune. J'ai grandi dans les coulisses d'un théâtre et je ne suis qu'un prince d'opérette.

— J'adore les opérettes, a-t-elle répondu l'œil brillant et, feignant de vérifier l'ourlet de ses jupons, dévoilant, sur sa jambe parfaite, un bas « teinte de fleuve » où des chimères d'argent butinent parmi des fleurs magiques.

— Pas de nom et pas de fortune ? a glissé Lily qui a tout entendu. Voilà qui vous exclut, prince, de deux des trois catégories de personnes que fréquente ma chère Hortense. Il faut donc croire que vous faites partie de la dernière, celle des hommes qui la séduisent.

Dragan en est plus gêné que flatté. Qu'une femme de la trempe de Lady Hortense joue avec lui à la jeune lorette l'effraie au plus haut point. Il est mal à l'aise devant cette parade amoureuse, ridicule si elle est factice et inappropriée si elle est sincère. Il voudrait lui expliquer qu'à tout prendre, il la préférerait dans son rôle de vestale et de courtisane et que tout se décide autour de quelques pièces d'or qu'on laisserait discrètement sur le marbre d'une cheminée. Mais il a peur de la vexer.

Dehors, sous la tonnelle où sont rangées des tables et des chaises, malgré le froid, Gamel Pacha est sorti prendre l'air. Il a trop bu. L'œil brumeux, son havane à la main, il compte les étoiles et les enrubanne sous sa fumée bleue. Dragan, profitant de ce que Lady Hortense a rejoint Lily au piano, vient lui tenir compagnie, sa coupe à la main. Dans le ciel et dans le champagne, les astres montent pareillement en longs chapelets de bulles. Devant eux, derrière la ligne des arbres, des entrepôts déserts et, un peu plus bas, le fleuve, cerné d'argent, enveloppé de pluie et de vapeur.

L'Ottoman recule pour mieux l'observer de son œil torve.

— Vous êtes vraiment superbe. Je donnerais cher pour avoir votre élégance. Vous êtes un torero.

Dragan s'incline devant ce qui lui semble être un compliment. L'Ottoman est d'humeur à poursuivre.

— Mais un torero volontairement négligé, maniant l'épée d'un air désabusé... un torero qui éviterait les bêtes dans l'arène avec une économie calculée de coups de reins.

Il mime le mouvement et son balancement de ventre fait rire Dragan.

— Votre Excellence est un poète.

— Vous venez d'arriver à Paris, m'a dit d'Albrège. Peut-être cherchez-vous à vous occuper ? Je serais ravi de vous être utile. Nous pourrions nous rendre des services.

Dragan blêmit sans le montrer. Il imagine assez bien à quel emploi pourrait le consacrer Gamel Pacha : maître de ses plaisirs, rabatteur de beautés. Cette fois, c'est une angoisse sourde, animale, qui lui tord le ventre.

— Je vous remercie de vos bontés, dit-il. J'y réfléchirai.

L'Ottoman lève sa coupe en geste d'acquiescement et la vide d'un trait. Ils sont seuls sous la tonnelle du restaurant et ses lanternes éteintes qui se balancent doucement dans le vide.

— Dites-moi, mon ami. Suis-je saoul comme la bourrique de Robespierre ou est-ce cette garce de Julie Colon qui vient par le fleuve pour me hanter ?

Il montre de son doigt boudiné une forme bleu pâle qui flotte sur la Seine. Gamel Pacha a bonne vue car Dragan, tout seul, n'aurait peut-être pas deviné qu'il pouvait s'agir d'une femme, maintenue à la surface du fleuve par l'ampleur de sa robe. Mais ce n'est pas Julie Colon.

— Par tous les saints du Paradis ! s'écrie le jeune homme. C'est une femme qui se noie !

2

Le nénuphar gonflé de soie flotte dans les frissons de l'eau, tourne, tourne dans les courants.

Dragan court sur la route déserte. Il court le long des entrepôts. Il court entre les rangées d'arbres qui descendent vers le fleuve. C'est une nuit superbe. Un vent irrégulier a chassé la pluie. Une phosphorescence blême gouache le paysage.

D'autres ont aperçu la forme pâle, la bulle soufflée qui se balance, là-bas, sur la Seine. Ils sont peut-être une douzaine au bord de l'eau, silhouettes grises couvertes de haillons, bonnets sur la tête, mitaines trouées aux mains, à s'agiter en la montrant du doigt. Dragan distingue une femme et même des enfants. Mais dès qu'ils l'aperçoivent, ils disparaissent, clopinant, vers les hangars. Sans doute des vagabonds qui craignent les sergents de ville. Quand il arrive à son tour sur la rive, il est seul. Il n'y a plus que lui et l'irréelle beauté du morceau de soie, ondulant au large, sur le glacis mouillé du fleuve. Et de nouveau, il lui semble qu'il est confronté à son égorgée du chantier.

— Ah, nom de nom ! dit-il, qu'est-ce que c'est que cette histoire !...

Sur l'onde calme et noire où dorment les étoiles, la belle assassinée flotte comme un grand lys, flotte très lentement, couchée en ses longs voiles. Elle tourne, lentement, portée par l'air du soir, dans sa gaze de Chine, perdue, ensevelie, glisse, fantôme bleu, sur le long fleuve noir.

Dragan n'hésite pas. Il ôte sa veste et plonge dans la Seine. Des têtes curieuses émergent des angles brisés des bâtiments, avec des yeux aux paupières tombantes, des nez qui coulent et des bouches où il manque des dents. Tous regardent ce jeune homme qui nage, à longues et traînantes coulées, vers la dame qui, au large, s'est immobilisée, arrêtée peut-être par un obstacle. Ils sortent peu à peu, gueules cassées, jambes traînantes, s'assoient entre les joncs, subjugués par le spectacle. Ils se poussent du coude, sourient, commentent les vaines tentatives du nageur pour s'approcher de la belle égorgée qui le tient à distance avec sa robe tendue comme une cloche, avec les huit mètres de circonférence des cerceaux de sa crinoline. Elle, perdue dans les volutes de sa robe bleue, dans le crépuscule lunaire qui la baigne, avec, dans le regard, l'immensité du fleuve, se tient droite, le buste à peine enfoncé, la tête légèrement penchée sur le côté, un sourire apaisé déposé sur ses lèvres. Sur l'eau épaisse, vaseuse, elle flotte, légère et mousseuse comme un blanc d'œuf sur de la crème au chocolat. Elle semble s'amuser de la situation, de tout le mal que se donne Dragan pour la contourner et pour, les deux bras ouverts, battant des pieds, la pousser lentement vers la berge. De nouveau, l'image de Camille, l'égorgée du chantier, se superpose avec une facilité déconcertante sur celle de la femme qu'il tente de sauver et Dragan s'efforce de chasser l'hallucination.

— Aidez-moi ! crie-t-il. Descendez dans l'eau et tirez-la vers vous !

Mais il n'a devant lui qu'un ramassis de canailles, qui, au fur et à mesure qu'il s'approche, se lèvent et s'éloignent, fuyants, rigolards et moqueurs, vers des trous d'ombre. Seul un petit garçon, morveux, casquette sur la tête, reste adossé à un arbre et le regarde sans esquisser un geste.

Alors, Dragan poursuit son effort jusqu'au butoir du quai. Il se hisse à terre, tente de soulever la femme, n'y parvient pas. Il doit redescendre dans le fleuve, y plonger. Dans l'eau boueuse, opaque, il tangue dans les jupons, se heurte aux cerceaux de la cage où il s'enferme comme dans une nasse. La dame ne fait aucun effort, bien au contraire. Ingrate, elle le repousse de toutes les tentacules de ses dessous, le gifle, l'aveugle de ses dentelles, veut, transparente et cruelle méduse, l'endormir dans ses poisons, le digérer dans ses sucs. Mais il insiste, s'arrime, s'agrippe aux jambes de l'ondine, prend appui dans la vase, saisit la taille par-dessus le pantalon et, dans un ultime effort, la soulève jusqu'à la berge.

Là, il reprend son souffle, plié en deux. La dame patiente à côté de lui. Elle se tient mi-assise, mi-couchée, maintenue par la double armature de la crinoline et des lacets du corsage. Le buste et le visage, la majeure partie de sa robe bleu ciel, avec ses volants de dentelle au point d'Angleterre et ses marabouts bleus, n'est pas même mouillée. Mais, par-dessous, la crinoline lâche à grandes rigoles toute l'eau sale du fleuve. Et, soudain, il réalise : du sang coule de sa gorge tranchée et teinte d'un rouge vif tout le haut de son corps. Et la ressemblance avec Camille s'impose à lui, cette fois, avec évidence. C'est la même, la même deux fois égorgée !

— Tu ne vas pas me croire, murmure Dragan en se tournant vers le gamin. J'ai vu le cadavre de cette femme, il y a à peine quelques mois !

— Comment sais-tu que celle-ci est morte ?

— Tu as raison, je dois m'en assurer.

Dragan se relève. Il piétine la robe. Sous la semelle de ses bottines, il entend gémir les cerceaux de métal, clapoter les dentelles trempées. Les derniers pas font fléchir le buste de la femme qui s'affale d'un coup et tombe dans ses bras. La dame ne pèse plus rien. Il tente de lui parler, mais elle ne bouge plus. Il cherche son pouls.

— Qu'est-ce que je te disais : elle est morte !

Le gamin acquiesce du menton, l'air désolé. La tête de la noyée s'affaisse brusquement vers l'arrière, jusqu'à ce que sa nuque vienne buter sur l'épaule de Dragan. La gorge s'offre, avec sa blessure sanglante tournée vers le ciel et tout le visage s'ouvre à hauteur du sien, les yeux bleu-vert de la noyée cherchant les siens, les lèvres luisantes appelant le baiser. Dragan, tourneboulé, se laisserait presque tenter. Le gamin s'est d'ailleurs rapproché, persuadé que la chose va se faire. Mais le jeune homme se reprend.

— On va la débarrasser de sa cage, dit-il.

Il est vrai que la crinoline continue son œuvre de volume et d'ampleur. Elle enfle la silhouette, lui donne une importance désormais inutile et grotesque. Dragan étend la femme sur le sol. Il trousse la robe, les deux premiers jupons. Il découvre, ébahi, la complexité de la crinoline. Comment diable cela s'ôte-t-il ? Il soulève maladroitement l'ensemble des vingt-huit cerceaux d'acier flexibles, maintenus entre eux à distance égale par les rubans de coton. Cette fois, avec toute son armature dévoilée, la femme ressemble au cadavre dépecé d'une baleine en décomposition. Il tend les bras, plonge les mains dans les flots des étoffes, avance, en rougissant, jusqu'à la taille de la noyée, finit par découvrir, à tâtons, l'attache de la ceinture et la libère de sa prison.

Mais là, assis à califourchon sur les jambes de la femme, avec dans les bras les plis de la robe accumulés, les mains plongées, noyées sous la gaze de Chine, il lui revient le souvenir précis de la silhouette de la comtesse à l'Opéra. C'est la même toilette, les mêmes traits...

— Je connais cette robe, dit-il d'une voix blême. Je sais qui est cette femme...

Il tourne vers le garçon un regard affolé. Son buste ne peut réprimer un frisson qui, partant des épaules, le fait presque se contorsionner.

— Je connais cette robe ! Cette femme, c'est... c'est la comtesse de Castiglione...

Dragan retient son souffle, n'ose plus bouger. De grands murmures de feuilles courent soudain dans la voûte des arbres, pareils à des roulements de tambour. La comtesse de Castiglione ? Cette beauté froide et hautaine qui, quelques heures plus tôt, le déshabillait du bout de sa lorgnette... ? Comment croire pareille chose ? Et pourquoi a-t-elle été égorgée comme l'autre, Camille, comme les précédentes, dont elle partage étrangement les traits ?

Chapitre VIII

1

Tout le temps que Dragan a marché en portant la femme dans ses bras, les amples pans de sa robe mouillée, immensément lourds, lui battant les jambes, sa tête si belle abandonnée sur son épaule et sa gorge blessée lâchant ses gouttes de sang sur l'ivoire de son gilet, il l'a serrée contre lui avec un mélange de colère et d'orgueil, comme un mari ramenant à la maison une épouse qui aurait trop bu. Mais maintenant qu'il l'a posée sur la table de la cuisine du restaurant La Traboule, qu'elle repose immobile, les yeux fixés vers le plafond, avec sa grande robe bleu ciel étirée en éventail pendant des deux côtés du meuble jusqu'à traîner au sol, il n'y a plus qu'une tristesse infinie qui le submerge.

— Jolie robe, murmure Olympia Doll, mais d'une ampleur qu'on ne voit plus.

— Dire que nous portâmes des toilettes aussi volumineuses, soupire Lady Hortense.

Les trois courtisanes tournent autour de la femme, dans le cliquetis de leurs bijoux, dans le balancement de leurs froufrous. Excitées par le récit de Dragan, elles flambent de toute leur maléfique beauté. Lady Hortense, Olympia Doll et Lily Boucle grondent, montrent les dents. Jean-Sébastien d'Albrège reste en retrait, sa longue silhouette d'insecte loin de la lumière. Son nœud de cravate est défait. Son visage porte la marque de ses excès de la soirée et de la déception de tous ses vains efforts auprès de la belle Lily. Seul manque à l'appel Gamel Pacha qui, trop saoul pour attendre le retour de Dragan, ronfle sur le sofa de l'étage.

— Oh, oui ! dit Lily Boucle. C'est la Castiglione ! C'est bien elle !

— Cher prince, quelle pêche !

— À vrai dire, moi, je la croyais déjà morte... Oubliée, en tout cas, ce qui est bien pire.

Les belles créatures rient au-dessus du cadavre, s'échangent des coups d'œil entendus. La cruauté rayonne sur leurs visages. Elles rappellent, en se gaussant, comment l'Empereur a répudié la comtesse du jour au lendemain. Et comme Dragan ne connaît pas l'histoire, elles prennent plaisir à la lui raconter.

2

Ah ! le règne éphémère de Mme de Castiglione ! raconte Lady Hortense. Deux années de tourbillon et de folie à valser dans les bras de l'Empereur, deux années à être sa Pompadour, sa dame de cœur de l'ombre. Napoléon en paraît fou. Dans ses appartements de Compiègne, il fait accrocher un grand portrait qui la représente de trois quarts, les épaules à peine drapées d'un châle en dentelle de Chantilly noire.

Lui, bien sûr, elle ne l'aime pas, précise Lily. Il a quarante-huit ans et souffre de la goutte, un visage morose et terne, des moustaches et une barbiche en pointe qui allonge son visage déjà trop long, des yeux petits et sans éclat, un visage ridé, empâté, sans finesse, une démarche lourde et maladroite marquée d'une légère claudication. Elle se laisse conduire dans son lit telle une Iphigénie qu'on traîne au sacrifice. Mais que lui importe, puisqu'il est roi et qu'en roulant dans sa couche, elle devient reine !

Son excentricité fait merveille, explique encore Olympia Doll. Elle lui rallie cette bohème dorée, ces troupes joyeuses, disparates et dépensières de la colonie étrangère qui ne pensent qu'au plaisir. La comtesse adopte des coiffures tapageuses, cascadantes, cheveux dépeignés, postiches de toutes sortes, nids perchés, châteaux de cartes, plumes de Peau-Rouge ! Elle porte des robes de sortilège, en fumée, en cendre, en eau de pluie, hiératiques et ruisselantes, toujours à contre-courant des modes impériales, des corsages dont l'étoffe souple épouse ses formes, gante sa gorge et ses épaules, dessine d'un heureux contour l'orbe simple et les lignes onduleuses de son corps de déesse. Elle affole la mode, terrorise les couturiers. Lorsqu'elle arrive, en ses toilettes d'apparition, dans une fête pressée de monde, on se hisse sur les chaises pour la voir passer.

Yeux de braise cerclés de noir, voix impérieuse, rire métallique, elle glisse mi-comète, mi-spectre, renchérit Lady Hortense. Elle est « la Divine », « l'Unique ». Elle valse devant les miroirs en murmurant : « Je suis belle. » Elle jouit d'être le feu et la glace à la fois. Sur la trace parfumée de son passage, elle laisse derrière elle une légende inoubliable de tigresse conquérante, d'indépendance osée, de fantaisie hautaine et de dissipation étourdie.

Ce n'est pas tout, interrompt Jean-Sébastien d'Albrège. La Castiglione, ce n'est pas que cela. Tourmentée d'un continuel besoin d'intriguer, de conseiller, d'agir, elle est cette entremetteuse qu'ont façonnée Cavour, le Premier ministre de Victor-Emmanuel de Piémont-Sardaigne et M. de Villamarina, son ambassadeur à Paris. Habile à flatter l'Empereur dans sa vanité d'homme, à le convaincre qu'il a à tenir, en Europe, un rôle prépondérant, elle lui souffle ses pensées sur l'oreiller, l'incite à s'aventurer davantage, à s'engager envers la cause de cette unité italienne qu'il a, jeune carbonaro, promis autrefois de servir. Chacun de ses baisers, chacun de ses coups de reins, contribue à bâtir l'Histoire.

Mais, ajoute d'Albrège en levant le doigt, très vite, pour toutes ces raisons, elle inquiète. Le cabinet noir – la police secrète – l'espionne nuit et jour. On la suit, on la surveille. Des fonctionnaires décachettent et lisent sa correspondance. Des intrigues se tissent pour la faire tomber. Deux ans à peine et Mme de Castiglione est une étoile qui pâlit. On se lasse de son audace. On s'irrite de son mépris. L'Impératrice la hait. L'Empereur aussi s'éloigne, attiré par d'autres lumières. Il a fait retirer le tableau de Compiègne. Et puis les partisans de l'Italie s'agitent tant. On parle de complots, de tentatives d'assassinat. Qu'une Italienne approche si souvent et d'aussi près l'Empereur affole les services de sécurité à l'heure où se trament dans la capitale les complots des carbonari, irrités que Napoléon III tarde à épouser leur cause. Mme de Castiglione est soupçonnée. Elle a beau dire, rien n'y fait.

Elle se retire, conclut Lily. On l'a dit repartie à Turin pour se consacrer à la première éducation de son fils, le petit Louis, puis, de retour à Paris pour s'enfermer dans son refuge de Passy attendant, sans doute, un hypothétique retour en grâce.

3

— Et la voilà morte, devant nous, murmure Olympia Doll. Noyée et égorgée. Qu'est-ce que c'est que le destin !

— Nous l'avons vue à l'Opéra ce soir, murmure Lady Hortense. Elle portait cette robe...

— Se pourrait-il, alors, demande soudain d'Albrège, qu'elle se soit... qu'elle se soit suicidée ?

Le mot a un effet magique. Le suicide, voilà une hypothèse qui aurait du cachet. Les trois courtisanes s'arrêtent épouvantées à cette idée qui redonnerait quelque lustre à la mystérieuse Florentine. Mais très vite, elles retrouvent leurs sourires : on ne se suicide pas dans une robe de huit mètres de circonférence ! Passée de mode au surplus ! Ni en se tranchant la gorge et en dérivant sur la Seine.

— C'est un meurtre à n'en pas douter, dit Dragan. Le dernier d'une longue série, croyez-moi. Il faut prévenir la police.

— Holà ! Pas si simple, mon cher, dit d'Albrège. Si la victime est, comme tu le prétends, la comtesse de Castiglione, ce n'est pas au bureau du premier commissaire de police qu'il faut sonner mais bien plus haut, chez le préfet de police, voire chez le ministre lui-même. La comtesse est trop importante. Trop d'enjeux s'attachent à son nom...

— Eh bien, prévenons le ministre !

— J'ai dit « si ». Bien sûr, il y a la robe. Mais tout de même... plus je regarde ta noyée et moins je retrouve Mme de Castiglione.

Imperceptiblement, les courtisanes ont recommencé à tourner autour de la table, phalènes diaphanes attirées par l'éclat de la mort. Lady Hortense et son écharpe de plumes semble un oiseau de proie cherchant le meilleur morceau de chair à becqueter.

— Comment la reconnaître à coup sûr ? murmure Lily Boucle.

— Qui peut prétendre connaître les traits de la Castiglione ? renchérit Olympia Doll.

— La Castiglione que nous avons tous croisée, ajoute Lady Hortense, était une créature nocturne, qui ne brillait jamais qu'au voisinage des candélabres allumés. Il lui fallait toujours l'écrin des bougies, du demi-jour, de la pénombre. Sans compter qu'elle était toujours déguisée, maquillée, en représentation...

Et toutes trois se remémorent encore les fastes du règne éphémère de la belle Florentine. Se souvient-on de l'incident de la Dame de cœur où elle était apparue en jeune magicienne de Bohême, simplement parée de cœurs dispersés un peu partout et même en de certaines places où le symbolique emblème n'avait que faire ? Et son goût des masques, se rappelle d'Albrège ! L'une des filles était-elle là quand la Castiglione a demandé à Nieuwerkerke, le surintendant des Beaux-Arts de Sa Majesté, une visite, à minuit, sur les toits du Louvre, le soir de Noël, afin d'entendre sonner toutes les cloches de Paris ? Quelqu'un d'autre que lui l'a-t-il vue telle qu'elle était ce soir-là, avec son loup noir frangé d'argent, et combien elle était belle, dans sa longue robe en taffetas mauve sautant de tuile en tuile sous les étoiles ?

— Est-ce, oui ou non, Mme de Castiglione ?

Dragan, imperceptiblement, s'est rapproché de la femme allongée. Ses longs cils battent sur ses yeux fatigués et il s'étonne : on devrait pouvoir identifier la comtesse à la couleur de ses cheveux, à la couleur de ses yeux ! Il provoque les rires. La couleur des cheveux de Mme de Castiglione ? Mais personne ne la connaît, lui disent en chœur ces dames. Elle-même, d'ailleurs, se la rappellerait-elle ? À l'instar de ses yeux que l'on a dit bleus, verts, violets ou dorés, il est impossible de déterminer leur nuance véritable. Elle en changeait à sa guise. Et elle était passée maître dans l'art de la poudre, poudre d'argent et poudre d'or. Ah, cette soirée à Saint-Cloud, quand elle arriva saupoudrée de farine sur la moitié de la tête et coiffée de bandeaux plats sur l'autre moitié ! Ses coiffures étaient plus maquillées que son visage ! Olympia Doll raconte qu'un soir, en compagnie du duc de Morny, elle l'a raccompagnée à son hôtel de Passy. Eh bien, jure-t-elle, elle avait été brune toute la soirée et là, en descendant de la voiture, elle l'a vue blond vénitien !

— Ce serait une fin incroyable tout de même ! lâche Dragan. Et j'ai peine à réaliser que j'aie pu repêcher pareille femme par hasard !

— Par hasard ou non, conclut d'Albrège d'une voix traînante, qu'est-ce que cela change ? Cette femme a été l'espionne du royaume de Piémont-Sardaigne. Elle a couché avec l'Empereur. Voilà quelques années que la moitié de Paris la déteste et que l'autre partie la désire. Ah, cher Dragan, tu as été bien inspiré ! Toujours à vouloir sauver le monde et les jolies femmes. Mais nous voilà dans de beaux draps. Il y a là matière à nous compromettre tous.

— Si c'est elle..., murmure Lady Hortense.

— Dans le doute, le mieux n'est-il pas, mon cher cousin, que tu préviennes le chef de cabinet du ministre de l'Intérieur ?

— Pour me couvrir de ridicule si ce n'est pas la comtesse ? J'y perdrais ma place ! Non ! La première chose à faire est de s'assurer de l'identité de notre morte. Et, pour cela, je ne vois qu'une façon de procéder...

4

Lorsque Dragan était enfant, Passy était encore un petit village près de Paris, blotti de l'autre côté du mur des Fermiers généraux et cela lui fait tout drôle de constater que, depuis les travaux d'Haussmann, le village a été gommé, absorbé, relié à la capitale par de grandes avenues et des ponts métalliques, toute une armature comparable à la crinoline de sa noyée.

Il a eu du mal à trouver un fiacre de nuit. Pendant tout le trajet, il a cherché à relier ce meurtre à celui de Camille, à celui des deux autres jeunes filles. Le plus probable, pense-t-il, c'est que mon assassin cherchait à tuer la Castiglione et qu'il a par méprise, compte tenu de leur ressemblance, assassiné les précédentes victimes à la place de la comtesse. Avant de finir, peut-être, par atteindre sa cible.

Le fiacre le laisse au début de la rue. Dragan s'avance, d'un pas feutré. Les lignes claires de ses épaules et de ses reins se détachent avec une majesté féline. La lune, un pinceau à la main, deux autres coincés entre les dents, profite de l'écartement des nuages pour dessiner sur les pavés le contour de sa silhouette longue et fine, son torse de lapin et ses hanches de chat. Les explications d'Olympia Doll étaient vagues, mais Dragan a fini par trouver : à Passy, le numéro 50 de la rue Nicolo, une maison sur rue précédée d'un jardin.

Par-delà la grille, au centre d'une cour demi-circulaire gardée par une enceinte de tilleuls, un grand bassin-rocaille somnole dans le bruit frais et paisible de son jet d'eau qui doit, pareillement, border les rêves de la comtesse. Toute la façade dort d'ailleurs, haute et froide, balancée dans le jeu de l'ombre et de la clarté pâle qui tombe du ciel à travers la résille des branches. Il sonne, une fois, deux fois, avant qu'une lumière ne s'allume au rez-de-chaussée et que surgisse une petite bonne femme à cheveux gris, à tête chiffonnée, qui trotte vers lui sans avoir tout à fait fini d'accrocher sa coiffe dans ses cheveux et de nouer son tablier autour de sa taille.

— Voir la comtesse, monsieur ! À cette heure ? Et pourquoi ?

— Pour m'assurer qu'elle n'est pas morte.

La femme lève sa lanterne, éclaire le visage blême de Dragan, son gilet blanc où l'eau du fleuve a laissé de grandes traînées sales et verdâtres, sa chemise dont le col est maculé du sang de la femme qu'il a portée. L'œil est soupçonneux, la bouche marquée d'une moue, mais la petite bonne ne marque aucune peur, aucune excessive surprise, en domestique habituée à en voir des vertes et des pas mûres.

— En fait, ajoute Dragan, je suis de la police. On a repêché dans la Seine une femme qui pourrait être votre maîtresse et je viens m'assurer du contraire.

— En somme, vous voulez réveiller madame, pour qu'elle vienne vous expliquer qu'elle est vivante ?

— Je vous en prie. On ne plaisante pas avec de pareils sujets.

Et il montre la lettre portant le cachet du ministère de l'Intérieur que lui a rédigée Jean-Sébastien. La femme lève encore sa lumière, peut-être pour jauger une dernière fois son interlocuteur, peut-être pour le seul plaisir de revoir ces deux yeux d'un vert d'absinthe bordés de longs cils noirs. Elle consent à ouvrir et à conduire Dragan jusqu'au vestibule.

— Je vais chercher M. Lorenzo.

Elle l'a laissé dans un petit salon couvert de boiseries au centre duquel trône un piano d'Erard. Aux fenêtres, des mousselines flottantes répandent leur balancement hypnotique et blanc sur chaque chose. La fatigue commence à gagner Dragan et il se laisse choir dans le profond d'un fauteuil en vieux cuir. Ainsi, pense-t-il, voilà la retraite de cette mystérieuse Mme de Castiglione, de cette curieuse comtesse qui a probablement été égorgée et noyée cette nuit. Il a soudain le sentiment qu'il est convié à une veillée funèbre. Autour de lui, flotte comme une odeur d'encens, s'étire un silence froid et pesant de chambre funéraire. L'ombre recouvre les guéridons, la bibliothèque, une petite armoire vitrée qu'il distingue à peine. Même le piano a une verdure d'épave, une allure de cercueil posé sur des tréteaux. La fatigue le gagne. L'alcool, le repas, les efforts dans l'eau...

Comme le parquet craque quelque part sur sa droite, il imagine un court instant la morte qu'il a repêchée, surgissant dans sa magnifique crinoline bleu du ciel, avec son visage figé aux yeux sombres et éteints, son collier de sang autour du cou, s'avançant d'un pas glissant jusqu'à la chaise et se mettant à jouer. Il l'admire en silence, déchiffrant les pages de la partition, jouant une sonate lente sur le clavier où ses mains dégoulinent d'un liquide mêlé de vase et de sang. Puis il s'ébroue, se lève, décide de fureter, d'inspecter la pièce pour chasser la vilaine vision.

Son regard est attiré, sur un petit guéridon, par un album ouvert où dorment des photographies recouvertes d'un papier vergé qui les protège de la poussière et de la lumière. C'est sa noyée qu'il aperçoit ! D'un geste tremblant, il prend l'album et le feuillette. Ce ne sont que des portraits de la comtesse, de profil, de trois quarts, de face, de dos, en buste, en pied, étendue, en des tenues sages ou extravagantes, jouant parfois de l'éventail ou du masque, regardant l'objectif ou l'évitant. Tous signés du photographe Pierson. Sa noyée, toujours sa noyée. Ni tout à fait la même, ni tout à fait une autre. À en avoir le vertige. Il tourne les pages, le souffle court, le cœur battant, chaque fois soulevant le papier comme il lèverait un linceul pour identifier une morte. La comtesse l'observe, de ses mille visages, de ses mille yeux écarquillés. La même élégance froide, parfaite, un peu hautaine.

À la dernière page, un cliché différent retient son attention : une jeune femme brune, entièrement nue, est couchée sur le ventre dans un lit défait, avec juste des pans de drap froissés lui recouvrant les reins. Mais elle dévoile ses fesses, petites et bombées, d'une blancheur d'albâtre que rehausse, à la naissance de la jambe, un petit grain de beauté. Le visage masqué d'un loup en velours noir, à demi tourné, semble défier le photographe qui l'a surprise. Et l'alchimie de ce corps dénudé et de ce regard effronté fait bouillir le sang de Dragan.

— Monsieur ?

Le dénommé Lorenzo, sans doute, se tient devant lui. C'est un homme grand, plus très jeune, le cou immense, la tête comme dévissée des épaules, avec un visage fermé, austère, terminé par une barbe frisottée comme celle taillée au ciseau dans le bois d'un saint d'église. Il a ce maintien, cette posture impeccable, très droite sans être insolente, des serviteurs fidèles et irréprochables. Il est sanglé dans une veste rouge, dont l'étoffe, tendue sur la poitrine et la rondeur massive de ses épaules, luit comme une armure.

— Je suis l'homme de confiance de la comtesse, dit-il. Je dirige sa maison. Auriez-vous l'obligeance de me répéter les raisons de votre visite ?

Dragan ne se fait pas prier. M. Lorenzo ne paraît pas plus impressionnable que la petite bonne. Quand Dragan évoque la forte probabilité que le cadavre repêché soit celui de la maîtresse des lieux, l'homme se contente de plisser légèrement le front d'un air vaguement contrarié.

— La comtesse assassinée ? répète-t-il d'un ton neutre. Je crains que vous ne soyez dans l'erreur, monsieur. Je l'ai entendue rentrer hier soir.

— Je suis navré d'insister, dit Dragan. Mme de Castiglione a été formellement reconnue par des personnes qui la connaissent très bien. Par ailleurs, je l'ai aperçue moi-même, ce soir, à l'Opéra, et la femme repêchée portait la même crinoline bleu ciel et argent.

Je vous demande juste de vérifier si elle est dans sa chambre.

M. Lorenzo examine plus attentivement Dragan, semble jauger la vraisemblance de la présence du jeune homme à la même soirée que sa maîtresse.

— Une crinoline bleu ciel et argent ?... Impossible, monsieur.

— Je vous demande de vous en assurer.

— J'ai déjà donné un ordre en ce sens.

Ils restent un instant l'un et l'autre silencieux. Ils sont debout devant un meuble étrange, une petite vitrine en bois marqueté, posée sur pied où des étagères recouvertes de velours portent des objets que l'on a peine, au premier abord, à identifier. Machinalement, Dragan se penche. Derrière la vitre, des chaussures usagées s'exposent comme des bijoux : une bottine courte, lie-de-vin, au laçage sur le côté, un escarpin grenat orné d'un ruché vert canard, une botte au talon torsadé comme un pied de chaise baroque et des mules d'appartement, extravagantes, en soie et en velours, surmontées de perles vernissées, incrustées de mosaïques dorées, bordées de duvet ou de fourrure, si petites qu'on dirait des souliers d'enfants. Elles portent toutes un chiffre brodé, deux V contorsionnés, entrelacés, sur lesquels trône une fine couronne.

— Madame la comtesse est très fière de ses pieds, dit Lorenzo d'une voix grave, et elle en prend le plus grand soin. En conséquence, elle est très exigeante pour ses chaussures, les faisant venir d'Italie. Ce sont des œuvres d'art et, après usage, elle aime à les conserver comme telles.

— Vous travaillez pour Mme de Castiglione depuis longtemps ?

— Depuis quinze ans, monsieur. Je suis originaire de La Spezia, près de Florence, comme Mme la comtesse. Ma famille habite non loin de la demeure du marquis Filippo Oldoïni, son père... Je l'ai suivie lorsqu'elle est venue à Paris avec son époux, le comte François Vérasis de Castiglione... Comme vous pouvez le constater, Mme la comtesse estampille à son chiffre la plupart des objets en sa possession, un ou deux V pour Virginia Vérasis, le plus souvent surmontés d'une couronne de marquis, le titre que possède son père.

— Madame n'est pas dans sa chambre, dit, d'un ton désolé, la petite bonne en surgissant. Son lit n'est pas défait.

Lorenzo lâche une sorte de soupir. Il paraît un peu contrarié mais sans plus. Il sourit même à Dragan.

— N'en tirez aucune conclusion hâtive, monsieur. Mme de Castiglione ne fréquente pas toujours son lit. Sans doute, après son retour, a-t-elle eu l'envie d'en visiter un autre.

— Convenez tout de même que cette absence renforce mes craintes. Cela rend nécessaire que vous m'accompagniez pour examiner le corps et nous assurer que ce n'est point celui de votre maîtresse.

— La comtesse m'a demandé de garder sa maison en son absence et je ne désobéirai pas à ses ordres. J'ai d'excellentes raisons pour croire que la femme que vous avez repêchée n'est pas Mme de Castiglione.

— Et lesquelles, s'il vous plaît ?

— Eh bien, monsieur, voilà plusieurs années que la comtesse ne porte plus de crinoline. Si vos amis la connaissaient un peu, comme ils le prétendent, ils sauraient qu'elle dédaigne les cerceaux et les cages qui ne rendent pas hommage à la pureté et à la perfection de ses formes. Elle leur préfère des robes et des corsages qui épousent davantage sa beauté. Par ailleurs, elle déteste le bleu ciel et l'argent, ces couleurs claires dont raffole l'Impératrice et toutes celles qui l'imitent. Elle aime le violet, l'amarante, le mauve, l'améthyste. Il est tout à fait impossible que votre morte soit Mme de Castiglione.

Chapitre IX

1

Dragan revient, songeur, par les rues mouillées, le regard perdu à travers la fenêtre de son fiacre. Le matin s'éveille sur Paris, parsemé d'amas grégaires, blêmes, d'une pâleur de malade saigné. La nuit partout se retire emportant avec elle des créatures monstrueuses, vieillards, mendiants, vagabonds à la bouche édentée, à la jambe traînante, ferrailleurs fouillant une dernière fois les ordures, troupeau dispersé et errant des prostituées – jupons sales, visages peints de couleurs fracassantes, grands yeux écarquillés sous le cerne. Avec l'aube, tout un monde range bagages et fuit, refoulé par les replis de l'ombre. Dragan observe sans le voir ce qui ainsi se défait, s'écarte, s'évanouit, ces masses étranges, informes, qui s'étiolent, se disloquent. Il ne pense plus qu'à la comtesse dont le visage lui apparaît sur les vitres, sur les murs, dans les flaques, avec toutes les variantes des photographies. Il roule au milieu d'un palais des glaces où dans chaque miroir se reflète la Castiglione.

À La Traboule, la situation s'est modifiée. Au réveil de Gamel Pacha et devant la colère de l'Ottoman à se voir embarqué malgré lui dans un meurtre qui ne le concerne pas, Jean-Sébastien d'Albrège a paniqué. Il s'est décidé à raccompagner les filles et à prévenir le cabinet du ministre. Il a fait venir deux sergents de ville pour boucler discrètement le restaurant avec consigne de ne laisser entrer personne jusqu'à son retour, sinon Dragan, présenté comme son collaborateur.

Dragan retrouve la cuisine et la morte. La femme, encore tout habillée, est étendue sur les deux tables qu'on a rapprochées. Les linges déployés en éventail ont séché et ont retrouvé leur volume. Mais rien ne bouge, ni la chair, ni le tissu. La robe figée, pétrifiée, révèle, dans toute son ampleur et tout son gonflement, dans les méandres de la superposition de ces étoffes, des failles, des glissements, des creux, des abîmes qui le subjuguent, tout un jeu de blancs et de bleus froids. Il pense à une fontaine gelée, à une eau changée en glace, cristallisée par une chute brutale de température au moment même où elle se déversait des deux côtés de la table.

Dragan se penche sur le visage. Le bleu argenté de la soie éclaire la peau dénudée, lui souffle des reflets de perle et de turquoise. Dans son cerveau, se juxtaposent l'image hautaine et distante de la comtesse à l'Opéra, celle de toutes les photographies du salon et celle de cette morte qui, encore dans la réalité charnelle de l'une et déjà dans l'immobilité des autres, paraît vouloir, tragiquement, les réunir.

— Est-ce vous, madame de Castiglione ? s'entend-il murmurer.

Est-ce elle, cette beauté nocturne, cet ange démoniaque qui a incendié la Cour, séduit l'Empereur, puis, les ailes en feu, s'en est allée mourir lentement, à l'abri des regards sur l'eau froide ? Est-ce elle qui s'offre à lui avec cette sensualité sourde, chaste, ensommeillée, la sensualité des belles qui dorment des éternités dans l'attente des baisers qui les réveilleront ?

Il commence lentement à tourner autour de la comtesse, les yeux clignotants, la gorge sèche, laissant ses doigts rêveurs errer à leur gré sur l'étoffe, flattant, balayant les jupons de percale et de coton, la gaze de la robe, les dentelles et le marabout bleu. Il ferme les yeux pour mieux sentir les chatouilles des étoffes, le gargouillis des ornements. À chaque passage, sa main s'enhardit davantage, traîne un peu plus, se fait caresse, cherche, au-delà des tissus, le contact de la peau froide, la main d'abord, paume ouverte, doigts rigidifiés par le froid du fleuve, cette main qui s'abandonne comme celle d'une femme pâmée dans l'attente d'un flacon de sels. Puis ses doigts vagabondent sur les épaules – admirables, dunes rondes, luisantes, dansantes sous la lumière –, sur la gorge, où les seins tendus sous le corset semblent, à son approche, se figer et humer le vent, sur le visage enfin, sur le menton et les joues, masque de cire où se reflètent les lumières, sur les lèvres d'un rouge de rose séchée, abandonnées et presque consentantes. Et ces caresses, ces frôlements, elle à les recevoir et lui à les donner, les rapprochent et les rendent complices.

Mais si ce n'était pas elle ? Il contourne la table, se retrouve devant le triangle déployé de la robe bombée par les jupons, les dessous foisonnants, labyrinthiques, cuirassés.

— Nous savons, vous et moi, ce que je dois faire pour m'assurer définitivement de votre identité. Vous le connaissez, n'est-ce pas, le moyen ? La photo de vous, nue. Voilà la clef. Je dois vérifier si vous avez ce grain de beauté à la naissance de la fesse.

La décision de Dragan est prise. Tout doucement, il défait le lacet des bottines, retire les chaussures, découvre les pieds de la femme, flatte encore, de la paume de sa main, le galbe des mollets recouverts de bas blancs. Ce qu'il veut, c'est l'éplucher, lui retirer une à une ses pelures. Il saisit le pan de la robe comme on lève une traîne, le rabat très haut vers le buste de la noyée, découvrant les épaisseurs de dentelles. Il fait de même avec le premier, puis avec le second jupon de flanelle, bordés de velours, destinés à recouvrir les cerceaux de la crinoline et à en masquer les marques. Deux autres en taffetas piqué les suivent.

— Je suis plus habile que la première fois, dit-il.

Sa concentration est religieuse. Ses gestes sont d'une extrême lenteur, pleins de respect et d'exaltation. Les trois jupons suivants doivent être en percale, brodés de soutache et garnis de volants. Enfin, le septième jupon relevé et sagement rabattu sur le buste, Dragan découvre le pantalon.

C'est le premier qu'il rencontre de sa vie. La mode en est arrivée avec la crinoline, copiée sur les dessous des petites filles, pour protéger des regards indiscrets que favorisent désormais les balancements de la cage, les chaloupés des robes dans les escaliers ou dans les tourbillons des danses à la mode – valse et polka. Auparavant – et encore à Boston –, le plus souvent, les jambes restaient libres sous les jupons. Celui-là est une pure merveille, en flanelle blanc ivoire, froufrouté de dentelles. Il descend juste en dessous des genoux. Il offre, dans le repli de sa fente, l'oursin sombre du sexe de la comtesse. Les mains de Dragan tremblent et son cœur s'emballe. Il prend la femme par les hanches, la fait basculer sur le côté, la fait rouler à demi dans l'étoffe. Il tire sur le pantalon. Les fesses apparaissent, plus blanches encore que les jupons, veloutées comme des pêches. Dans le trouble de ce cul tout blanc émergeant entre le pantalon baissé et le flot des étoffes, il sent, à ses joues, à sa verge, le sang de nouveau qui flue.

Cette fois, il n'y a aucun doute : même cambrure des reins, même perfection du postérieur et, à la naissance de la cuisse, même grain de beauté que la femme de la photo.

— C'est bien vous ! murmure-t-il, émerveillé, en levant les yeux vers la comtesse.

Lui, Dragan Vladeski, prince pour rire, fils de bâtard, dans une telle intimité avec la célèbre Mme de Castiglione ? Seuls des rois, des grands seigneurs ont eu pareil privilège. Et sans doute jamais la belle Florentine n'a été devant eux aussi désarmée, aussi offerte, aussi abandonnée.

C'est alors qu'il sent une présence derrière lui. Concentré dans son exploration, il n'a pas entendu qu'on venait. Il se retourne, gêné à l'avance que d'Albrège le découvre dans cette posture. Jean-Sébastien est bien devant lui, l'œil effaré, la bouche ouverte.

— Je vais t'expliquer, lui dit-il. C'était le meilleur moyen pour m'assurer que...

Mais il n'achève pas sa phrase. Son cousin n'est pas seul. Il y a des hommes avec lui, mais surtout, à sa droite, dans une toilette sobre, immobile et funèbre, se tient la comtesse de Castiglione.

2

Il y a un moment de silence. Un moment où ils se font face et cherchent à comprendre, à digérer la scène devant eux. Tous ont cette même grimace de stupéfaction, Dragan, bien sûr, mais aussi Jean-Sébastien d'Albrège, le petit homme au visage sombre qui l'accompagne, Lorenzo, qui se tient un peu en retrait et cette femme, cette comtesse-là.

Bien sûr, Dragan vient d'avoir la certitude que la morte est bien la vraie comtesse, celle qui a posé sur la photographie. Mais celle qui se tient devant lui, avec son visage fardé, sa lourde chevelure relevée et transpercée de peignes, ses yeux cerclés de noir et ce regard de ressuscitée est bien digne de la Castiglione de la légende. Elle se tient droite, hiératique et ruisselante, dans une robe couleur feuille morte, en épais satin, sans crinoline, s'évasant en grandes cassures brillantes sous la lueur oblique de la lampe. Un châle de tulle bleuté transparent recouvre ses épaules et ses bras, se lève et se soulève doucement à chacune de ses respirations. Elle bruisse en silence, palpite de colère retenue. C'est une créature surnaturelle, un mélange de libellule et de papillon de nuit, un grand insecte crépusculaire, enveloppé dans des ailes diaphanes.

Son regard balaie le charnier des jupons, les fesses découvertes, le reste de la robe et du corps de la fille. Puis elle se tourne lentement et pose sur Dragan ses yeux où brille une lumière lointaine, hautaine et méprisante, une lumière de cierge d'église dans l'immensité d'une cathédrale éteinte. Mais ce n'est pas à lui qu'elle entend s'adresser. Elle se retourne vers Jean-Sébastien d'Albrège.

— Si je comprends bien, dit-elle. On est venu jusque chez moi déranger mon secrétaire particulier au milieu de la nuit parce que l'on m'a confondue avec cette... cette fille... ?

— Eh bien, commence d'Albrège...

— Et, pensant que j'étais cette pauvre fille, on m'a troussée ? Moi, Virginia Oldoïni, comtesse de Castiglione, si proche de l'Empereur, on m'a dévêtue jusqu'aux reins ? Et le cabinet du ministre lui-même est complice ? Vous aussi, monsieur Contrucci... ?

La voix est gutturale et voilée, très belle, avec des mots placés, des syllabes qui tombent comme des cailloux dans l'eau. L'homme derrière d'Albrège est donc Jean Contrucci ? Dragan n'a que trop entendu parler de ce Corse, homme de confiance de Napoléon III, l'un des principaux agents de la police secrète impériale. Il prend la parole. C'est un petit homme très sec, au visage tout en os, regard noir et profil de buse.

— J'ai moi-même été réveillé par M. d'Albrège... Dès que l'on évoque votre nom, madame, la police de Sa Majesté s'inquiète. Quant à cette scène, je dois dire qu'elle me révolte comme vous.

Jean-Sébastien est blême. Son visage fatigué par les abus de la soirée et le manque de sommeil s'affaisse sur son sourire crispé.

— Je vous présente toutes mes excuses, bafouille-t-il, mais la ressemblance...

— La ressemblance ?

La femme n'a pas haussé le ton, mais ses yeux luisent tant la colère l'allume et la soulève. Elle flambe.

— Et cela vous autorisait-il, monsieur, à m'abandonner et à me laisser violer par le premier pervers de passage ?

— Je ne suis pas un pervers. Je suis celui qui a retiré du fleuve la véritable Mme de Castiglione !

D'un même mouvement, tous se tournent vers Dragan. La comtesse reporte sur lui, en silence, ses yeux glacés dont les paupières battent lentement, avec une immense lassitude. Elle paraît le voir pour la première fois, remarquer enfin son regard en demi-teinte, ce vert d'absinthe baigné d'une transparence d'eau, caché sous de longs cils.

— J'ai la certitude, reprend-il sans se laisser impressionner, que la femme que j'ai repêchée est bien Mme de Castiglione. Elle est vêtue de la même robe que portait la comtesse à l'Opéra et elle a, à la naissance de la fesse, le même grain de beauté.

La comtesse pousse un petit cri étouffé, mais c'est moins un cri de rage qu'un ricanement sonore et cinglant. Elle a ouvert son éventail et l'agite tout près de son visage. Dans ses yeux, la colère semble avoir laissé la place à une sorte de jubilation froide, comme si, soudain, ce long jeune homme au visage si beau l'amusait. Lorenzo, craignant peut-être que les choses ne dégénèrent se sent obligé d'intervenir.

— Monsieur Vladeski, je vous en prie. Je connais la comtesse depuis vingt ans. Votre morte n'a avec elle qu'une ressemblance lointaine.

— Mme de Castiglione n'était pas à l'Opéra, ce soir, ajoute Contrucci. Elle était chez Mme de Pourtalès.

— Et je suis sûre, mon cher Contrucci, dit la comtesse, que vous savez aussi où j'ai passé le reste de ma nuit et avec qui... Moi, ce que j'aimerais comprendre, c'est comment ce monsieur... Vladeski, c'est cela ?... peut prétendre connaître aussi bien mon anatomie.

Dragan rougit, bafouille. Il tente une justification confuse, parle enfin des photographies, de l'album feuilleté, du cliché de la femme nue portant le masque. Au fur et à mesure de son explication, il sent qu'il s'enfonce dans une zone dangereuse, qu'il perd pied. Le vertige le prend à analyser ses paroles à l'instant même où elles sortent de sa bouche. Il y a là de quoi l'envoyer devant les tribunaux. Alors qu'il n'est pas policier, il a fait croire le contraire, il a fouillé dans les affaires personnelles de la comtesse, il a troussé une morte... et plus que tout, ce qui le panique, c'est que ses explications mêmes témoignent qu'au fond de lui, quelque chose a déjà basculé pour le convaincre que la véritable comtesse est cette femme qui, en silence, le transperce de tout son mépris et de toute son ironie. Et quand il l'observe par en dessous, il la découvre pareille, sous sa chevelure lourde et sa silhouette cuirassée, à ces anges cruels et funèbres qui, dans la Bible, secouent leur épée de feu sur les villes foudroyées.

Pourtant, à sa grande surprise, elle rompt le combat. Elle se détourne de lui et glisse vers la table. Elle inspecte le corps, les fesses nues de la fille, puis elle rabat un peu des jupons et de la robe pour mieux découvrir la toilette, tâte de plus près le tissu.

— Je veux voir son visage, dit-elle.

Dragan se précipite comme si l'ordre ne s'adressait qu'à lui. Ses gestes sont hésitants, pataudes, alourdis d'hésitation et de prévenance, guettant presque dans les yeux de la comtesse debout devant lui si ses mouvements sur la morte ne la blessent pas ou ne la choquent pas, tant, dans son esprit, se confondent désormais le corps de l'une et le corps de l'autre. Il fait pivoter les épaules de la fille, la remet sur le dos, dégage son front et son cou des cheveux qui les cachent. La comtesse se penche au plus près. Elle se relève lentement.

— Comment avez-vous pu ? Comment avez-vous pu nous confondre ?

À cet instant, le contraste est tel entre le visage froid et inerte de la morte et le sien que la comparaison paraît, en effet, une monstruosité.

— C'est aberrant, j'en conviens, tente d'Albrège. Nous vous présentons encore nos excuses.

— Mais le grain de beauté ? murmure Dragan.

Contrucci s'est approché à son tour. Lui n'a pas la délicatesse de Dragan. Il saisit la fille par les pieds, la retourne de nouveau sur le ventre et relève à pleines mains sa robe et ses jupons. Les fesses blanches réapparaissent avec leur grain de beauté litigieux. Le Corse tend la main, tente, du bout des doigts, de gratter la tache noire. Il fronce le sourcil, humecte ses doigts d'un peu de salive, frotte cette fois énergiquement le cul de la morte.

— C'est un faux, dit-il. Une mouche, une simple mouche comme celles que mettent les coquettes sur leur visage.

Chapitre X

1

Les livres tremblent sur les étagères. Dans le bol, le café se ride de légers remous. Les terrassiers de M. Haussmann continuent jour après jour leur travail de sape. Les outils s'abattent en gestes cadencés. Leurs coups sourds secouent le sol et font rouler les pierres. De vieilles maisons, d'antiques hôtels, des rues qui ont connu Lutèce, s'effritent et tombent en poussière. De temps en temps, pour déplier sa longue carcasse, Dragan se lève et va à la fenêtre. Il aime le spectacle d'Apocalypse du chantier. Les ondes de choc courent en profondeur jusqu'au magma de la Terre. Chaque fois que quelque chose s'abat, des ombres solidifiées par le temps volent en éclats, des cachettes ancestrales sont retournées, des entrailles sont mises à nu. Des dieux muets, mi-hommes, mi-monstres, oubliés depuis des millénaires, sont soudain réveillés et courent dans les gravats, au milieu des pylônes abattus et des colonnes disloquées, et cherchent de nouvelles tanières. Dragan les aperçoit de la fenêtre de sa cuisine.

Après cette nuit épouvantable, il n'a pas même dormi une heure. Et cette matinée lui a semblé durer une éternité. Tout est encore en vrac dans sa cervelle. Il a un peu de mal à y remettre de l'ordre. La comtesse a menacé de porter plainte, mais Lorenzo a assuré qu'elle ne le ferait pas. Jean-Sébastien, lui, a à peine dit au revoir, persuadé que cette affaire va lui coûter sa place. Et lui, il se retrouve toujours sans avenir. Il se remémore les longues avenues de Boston, le ciel magnifique et les forêts sauvages. Peut-être s'est-il trompé. La vraie vie est là-bas et non ici. Et puis il songe à toutes ces femmes assassinées. Si celle qu'il a repêchée n'est pas Mme de Castiglione, que faisait-elle sous ce déguisement ?

Là-bas, sur le chantier, les pioches tombent, la poussière vole. Les flancs laqués de transpiration, la bouche blanchie d'écume, les ouvriers tapent et tapent encore jusqu'au bout de leur fatigue. Maintenant qu'ils ont commencé, sait-on comment les arrêter ? Ils ont dans les yeux une fureur, comme une rage à détruire. Leurs mouvements sont précis, pareils à une mécanique. Peut-être vont-ils labourer Paris jusqu'au fond des horizons, retourner la ville entière, sans rien laisser debout, pour le seul plaisir de voir leurs muscles rouler sous leur peau, d'entendre cliqueter le fer de leurs pioches contre la pierre. S'ils pouvaient, pense Dragan, faire voler en éclats les vies sans envergure et les espoirs déçus.

On frappe à la porte du bureau. C'est un sergent de ville.

— Monsieur Dragan Vladeski ? C'est pour une convocation. Au ministère de l'Intérieur... Le cabinet du ministre vous réclame.

2

C'est une pièce parquetée, un grand bureau dont les cinq hautes fenêtres sont abritées contre les clartés trop vives du jour par des rideaux somptueux tombant à plis épais. Un peu partout, des bibliothèques chargées de recueils de lois et de décrets. Un portrait de Napoléon III sur pied juste au-dessus de la cheminée devant lequel se trouvent Jean Contrucci et Jean-Sébastien d'Albrège. Le directeur de cabinet du ministre le reçoit sans un sourire. C'est un petit homme chauve, à favoris, deux fentes pour tout regard et une peau rugueuse, pleine de plis et de crevasses. Quelque chose du crocodile.

— Ainsi, vous êtes ce Vladeski à qui je dois une nuit sans sommeil ? Celui qui s'amuse à repêcher de fausses Castiglione dans la Seine ?

— Je suis désolé, mais...

— Vous avez été un temps des nôtres, n'est-ce pas ? M. d'Albrège nous a expliqué que vous étiez entré dans la police pour faire carrière ?

— En effet, monsieur. Mais je n'ai pas été gardé et...

— Je suis revenu sur cette décision. Vous êtes réintégré.

— Je vous en suis reconnaissant, mais...

— Sachez que nous avons beaucoup hésité à vous confier cette enquête. Tout d'abord parce que le commissaire Thomazeau, dans le rapport que j'ai sous les yeux, vous qualifie d'immature, d'inconsistant et d'insaisissable. Il y a de meilleures qualités pour un policier. Ensuite, parce que j'ai fait remonter le dossier de votre père. Curieux homme en vérité ce Janez Vladeski... Bâtard d'un prince croate, un peu tzigane, un peu autrichien, un peu français et il a fini citoyen américain. Ancien agent du baron Hager pendant le congrès de Vienne, hein ? Puis il a travaillé un temps pour le prince de Talleyrand, c'est cela ?... Il a servi la monarchie de Juillet. Mais, à ce que j'ai lu, ses préférences politiques ont beaucoup fluctué... Il n'était pas du bon côté, n'est-ce pas, au moment du coup d'État ?

— À vrai dire, il...

— Rassurez-vous. Les fils n'ont pas à payer pour les pères. M. d'Albrège répond de votre loyauté et cela me suffit. J'ai hésité, vous disais-je donc, mais M. Contrucci, qui ne se trompe que rarement, m'a convaincu, avec trois excellentes raisons, de vous confier cette enquête.

— Mais quelle enquête ? glisse Dragan.

— Eh bien cette femme que tu as repêchée ! répond Jean-Sébastien, exaspéré.

— Trois raisons, en effet, reprend le directeur en haussant un peu la voix. La première, c'est que vous avez de la chance : pour quelqu'un qui veut faire carrière, être là et à ce moment-là, il faut que la providence soit de votre côté : c'est un atout. La deuxième est que cette affaire est bien embêtante et que nous ne tenons pas à ce qu'elle s'ébruite exagérément. Elle est peut-être en relation avec ces autres meurtres sur lesquels vous avez travaillé. Bref, vous êtes déjà au fait de cette histoire, cela nous fait gagner du temps. Confier l'enquête à des services officiels, à des agents chevronnés, ce serait lui donner une importance qu'elle ne mérite probablement pas. Mme de Castiglione n'est pas n'importe qui. Peut-être est-ce par pur hasard que votre noyée avait avec elle quelque ressemblance et peut-être pas. À vous de faire la lumière sur tout cela. Il faut à la fois assurer la protection de la comtesse mais, en même temps, ne pas exagérer pour ne pas accréditer la thèse selon laquelle l'Empereur... comment dire ?...

— Sa Majesté a été mise au courant, ce matin, reprend Contrucci en se tournant vers Dragan. Cette histoire l'indispose au plus haut point. Nous savons tous ici quels liens l'unissaient à la comtesse. Il ne se méprend pas sur les espoirs que Mme de Castiglione entretient encore à son sujet. Et il ne tient pas à ce que l'Impératrice ait sur ce point le moindre doute. Or, elle a elle-même ses informateurs. Si nous confions sa protection à un de nos agents reconnus, elle le saura dans l'instant. Vous ne passerez plus inaperçu.

— Mais à vrai dire, reprend le directeur en se levant, ces deux premières raisons auraient été de peu de poids s'il n'y avait pas la troisième... M. Contrucci a discuté ce matin même avec Mme de Castiglione des modalités de notre collaboration. Et, à notre grande surprise... (il relève la tête et observe Dragan longuement), à notre grande surprise, la comtesse a exigé que si enquête était menée, elle ne soit confiée qu'à vous. Voici le dossier, monsieur Vladeski. Le commissaire Thomazeau a reçu ordre de vous donner un bureau à part entière et de vous laisser travailler à votre guise sur cette affaire. Mme de Castiglione a exprimé le désir de vous rencontrer le plus vite possible. Elle vous attend demain chez elle à cinq heures.

Tout va trop vite. Dragan n'a pas même le temps de réfléchir. Il pense à son père, à sa mère, à ces femmes mortes égorgées. Il est chargé de l'enquête ! Ses jambes vacillent. C'est dans le vestibule qu'il prend conscience de la situation. Jean-Sébastien l'étreint rapidement.

— C'est ta chance, lui glisse-t-il à l'oreille. Je compte sur toi pour ne pas déshonorer la famille.

Contrucci, lui, le prend à part.

— Discrétion et efficacité ! Je compte sur vous, monsieur Vladeski. Il va de soi que l'identité et le mobile de l'assassin de cette pauvre fille nous importent peu. Tout ce que nous voulons, c'est nous assurer que tout cela est sans lien avec la Castiglione et l'Empereur !

3

— Alors, monsieur Vladeski ? demande Mme Thomazeau en se penchant par l'encadrement de la porte. Vous avez retrouvé votre enquête ?

Dragan sourit à Mme Thomazeau. Son mari l'a mise au courant. Il la prie d'entrer, de s'approcher, de constater par elle-même. Il a étalé sur son bureau des collections entières de journaux de mode de ces dernières années. Depuis le matin, il cherche à retrouver l'image de la robe de la noyée. Pour l'instant, il fait chou blanc, mais il finira bien par la débusquer ! Il en a vaguement dessiné un croquis, de cette crinoline bleu-argent, à double tunique et à volants de dentelle au point d'Angleterre garnis de marabout bleu. Lady Hortense, Olympia Doll et Lili Boucle avaient raison : ce n'est pas une toilette de ce temps. Des cerceaux de huit mètres et métalliques au surplus ? Il la situe entre 1855 et 1857. Après, la mode est redevenue plus sage.

Que faisait cette femme à l'Opéra ? Car il l'a vue ! Dans cette robe et dans la loge de la Castiglione ! Et il y avait un homme avec elle. Son assassin, sans doute ! Que venaient-ils faire, l'un et l'autre, et pourquoi sont-ils repartis si vite ?

Dragan se lève, marche de long en large dans la pièce, fiévreux, enflammé. Il est fait pour ce métier, il n'y a aucun doute là-dessus. La question qui le taraude encore, c'est pourquoi cette jeune femme était-elle ainsi déguisée ? Allait-elle à un bal masqué, à une soirée travestie ? Il a fait demander copie de tous les rapports de police de la nuit dernière. Il veut dresser la liste exhaustive de toutes les fêtes publiques ou privées où pareille tenue aurait pu se montrer. Une femme aussi belle, cela ne doit pas passer inaperçu ! Ce n'est pas une ondine ! Elle est bien tombée dans la Seine de quelque part !

Et puis il y a autre chose. Autre chose de fort déroutant. La première morte qu'il a découverte, cette Camille que l'on a retrouvée nue dans un chantier : eh bien, son amie, cette Églantine, elle avait fait allusion, elle aussi, à une crinoline. C'est là une piste, à n'en pas douter ! Dommage que cette fille ait déménagé et qu'on en ait perdu la trace !

Mme Thomazeau écoute Dragan, mais elle ne l'entend pas plus que l'autre fois. Elle n'en revient pas qu'il reste là sans se méfier, qu'il puisse étaler ses charmes devant elle sans même songer à se protéger. Elle suit, de nouveau émerveillée, les mouvements de ses lèvres, les mille minuscules ludions dans ses yeux agités qui, lorsqu'il la regarde, finissent doucement par se réunifier dans le vert intense de sa pupille reformée. Alors, elle s'approche à pas de loup, à pas de fauve rampant vers la mare où la jeune antilope est venue boire. Et dès qu'il est à sa portée, elle saisit entre ses mains le visage de Dragan et elle l'embrasse jusqu'à suffoquer.

— Désolé de vous déranger, dit le commissaire, rond et blême, dans l'embrasure de la porte.

Mme Thomazeau se redresse d'un bond et rajuste sa toilette. Dragan farfouille dans ses fiches.

— Le cabinet du ministre me prie, monsieur Vladeski, de vous rappeler votre rendez-vous avec Mme de Castiglione.

— Bien sûr... bien sûr. Je vous remercie. J'y vais de ce pas...

Chapitre XI

1

Mme de Castiglione a accepté de recevoir Dragan à son hôtel de Passy en tout début d'après-midi. C'est auprès de la comtesse, il en est persuadé, qu'il trouvera l'explication à l'égorgement de sa noyée. Sans doute, la Florentine sait-elle ce qu'il est advenu de sa crinoline. Au moment de sonner, il se promet de tout observer, de tout noter, de traquer le moindre indice en fin limier. La petite bonne l'accueille d'un « Tiens ? Encore, l'assassin de madame ! » et le conduit jusqu'au petit salon couvert de boiseries au centre duquel trône toujours le piano d'Erard.

Un homme taillé comme un hercule, avec une chevelure grise abondante, une crinière de lion, y est occupé à dévisser une table en bois fixée sur un trépied. On devine que la chambre noire, en acajou, posée à son côté, devait y trôner quelques instants plus tôt. Il porte des pantalons bouffants, une veste à grands pans, un foulard à franges qu'il a noué autour du cou et qui lui donne une élégance de grand voyageur. On dirait un chef kabyle, un prince indigène, comme en montrent les dessins de *L'Illustration*.

Autour de lui, diverses mallettes sont ouvertes contenant des plaques de verre et des lentilles de diverses épaisseurs.

— Pierre-Louis Pierson, photographe, dit-il en se présentant. Mme de Castiglione vient d'achever une séance de pose. Elle m'a chargé de vous demander de l'attendre quelques instants.

— Dragan Vladeski. Ravi de faire votre connaissance. Pour avoir vu certains de vos portraits de la comtesse, je peux vous assurer que vous avez toute mon admiration.

L'homme a le visage tanné, chargé de rides, des yeux d'un noir luisant qui s'étonnent aux propos de Dragan. Il l'observe par en dessous, cherche, un court instant, à traquer l'ironie ou le sous-entendu. Puis, sans doute rassuré, ses yeux se plissent de plaisir.

— Ah, Virginie et moi, c'est tout une histoire !

Le sujet semble lui tenir à cœur. Tout en finissant de ranger ses instruments et d'enfiler sa redingote, il explique que leur collaboration est constante et fidèle. La comtesse s'intéresse de très près et depuis longtemps à la photographie. C'est un merveilleux modèle. C'est elle qui décide des poses, des costumes, des attitudes, elle qui introduit les masques, les miroirs. Elle, en vérité, insiste-t-il, qui construit une œuvre, multiple, étalée dans le temps, emprisonnant sans cesse l'instant. Une œuvre dont on ne comprendra l'extrême modernité que dans les siècles à venir.

— Tenez, dit-il en rouvrant rapidement l'une de ses mallettes. Puisque vous êtes un amateur éclairé, permettez-moi de vous offrir l'une de mes reproductions préférées de la comtesse... une épreuve d'après négatif sur verre au collodion, tirée sur papier salé...

Je le fais d'autant plus volontiers que l'on peine à deviner l'identité du modèle.

Ce n'est que lorsque le photographe sort que Dragan s'attarde sur le portrait. Une femme y est représentée, de dos, légèrement penchée sur un miroir. Elle est revêtue d'une sortie de bal, une cape blanche ornée d'un duvet de cygne qui a glissé de ses épaules, dévoilant ses clavicules et même un début de colonne vertébrale, suggérant la nudité complète sous l'étoffe. La masse brune des cheveux joue en contraste avec la double blancheur du vêtement et de la peau. Il y a dans la pose un mélange fascinant d'exhibitionnisme et de pudeur. On ne peut rien savoir, en effet, de l'identité du modèle. Mais, sur la silhouette reflétée, en arrière-fond, par le miroir vers lequel la dame se penche, on devine un regard caché, voyeur et moqueur, tout mobilisé à surprendre à son tour la curiosité de celui qui s'approchera pour l'observer par-derrière sans se croire lui-même guetté.

Et, du fait de cette identité dévoilée et cachée tout à la fois, il semble à Dragan que ce sont toutes ces femmes dont il a désormais la charge, mi-vivantes, mi-mortes, mi-réelles, mi-irréelles, aperçues et aussitôt disparues, toutes ces fausses ou vraies comtesses de Castiglione qui le regardent dans la photographie. Toutes, réunies dans cette femme penchée vers l'abîme d'un miroir sombre comme les eaux de la Seine, dans cette beauté nue qui s'apprête à laisser choir sa cape d'innocence et de plumes, à quitter la lumière de la vie pour le monde liquide et mortel de son image dans la glace.

— Je vous plais ?

Il ne l'a pas entendue venir. Mme de Castiglione porte une toilette faussement sage, une longue robe fourreau d'un gris d'améthyste qui la couvre des pieds jusqu'au ras du cou, ceinturée taille basse, mais qui, moulant le corps au plus près, dévoile plus qu'elle ne cache la perfection de la poitrine et le cassé de reins. La bouche est incandescente, les yeux soulignés de khôl, le chignon volumineux retenu par un filet. Le regard arrive sur lui avec la vitesse et la force d'un harpon qui frappe pour tuer.

— Chaque fois que nous nous rencontrons, dit-elle, je vous surprends à admirer une de mes copies dénudées...

— Cette fois, au moins, je suis sûr que c'est vous.

— Oh ! n'ayez sur ce point, monsieur, aucune certitude ! Sommes-nous bien sûrs, quand nous posons, qu'entre nous et l'appareil du photographe ne vient pas s'interposer une créature immatérielle, un démon, un fantôme, qui prend notre place ?... Je suis ravie que cela soit vous qui ayez été chargé de cette enquête... Je vous ai malmené l'autre jour.

— Vous aviez pour cela d'excellentes raisons.

— Là encore, monsieur, n'en soyez pas si sûr. Il y avait dans l'assistance des gens que je sais mes ennemis et je n'ai pas tout dit. Veuillez me suivre et vous allez comprendre.

Elle n'attend pas de réponse. Elle se retourne et regagne le hall, puis s'engage dans le grand escalier qui monte vers ses appartements. C'est à peine si elle se retourne une fois pour s'assurer qu'il lui emboîte le pas. Elle monte d'une cadence animale, avec dans le roulement des hanches quelque chose d'obscur et de sauvage, une grâce de statue païenne. Le tissu de la robe se tend à chaque mouvement des jambes, dévoile des hanches et des fesses magnifiques.

— Ma garde-robe, dit-elle en passant une porte. En vérité, c'est plus que cela : l'album de mes toilettes passées.

Elle s'efface pour qu'il admire. C'est une vaste pièce haute de plafond aux volets entrecroisés ne laissant passer qu'une faible lumière. Elle est meublée de grandes armoires, de commodes, de glaces et, surtout, de longues enfilades de portiques où sont pendus, quelquefois dans des housses, quantité de vêtements : crinolines complètes ou projetées, robes festonnées, manteaux militaires, vestes en soie molles comme des blouses, jupes dansantes, décolletés ouverts, tuniques bouillonnées, manteaux-capes.

Mme de Castiglione ne semble plus faire attention à lui. Elle avance avec les yeux qui scintillent. Elle ne marche plus, elle glisse, les mains tendues, les doigts flattant les étoffes, relevant les manches, caressant les plumes et les dentelles, esquissant des pas de danse entre chaque toilette. Elle fait sauter les portes des armoires pour dévoiler la perspective de ses jupons à volants et à falbalas. Elle entrouvre les tiroirs des commodes, en fait jaillir les contenus, froisse des bas de soie, fait mousser des paires de gants, s'éclabousse de mouchoirs de dentelle.

Au milieu des lueurs vacillantes des étoffes, entre les allées de toilettes suspendues, elle marche comme dans le silence d'un grand bois, comme dans le recueillement d'une haute futaie, à la fois craintive et émerveillée. Elle est là et ailleurs, aujourd'hui et autrefois.

— Ah, l'année 1856 ! dit-elle en s'approchant de la dernière rangée. L'année de mon entrée dans le monde parisien ! N'est-elle pas sublime, cette robe en tulle d'or symbolisant l'Aurore avec laquelle je me suis rendue au bal masqué du mardi gras chez la comtesse Le Hon, rond-point des Champs-Élysées ? Et celle-là, en tissu d'argent et d'or, doublée de velours rose... le corsage était de diamants avec six rangs de grosses perles, les bracelets en camée, le médaillon en onyx noir... Dieu que j'étais belle ! Mais voilà, mon ami, ce que je voulais vous montrer...

Elle saisit un bout de tissu, le déploie. Sous les yeux de Dragan, s'ouvre toute une crinoline bleu de ciel en gaze de Chine, une jupe à deux tuniques, garnies chacune de trois volants en point d'Angleterre à tête de marabout bleu. Dragan en reste bouche bée. C'est bien *la* crinoline ! La crinoline que portait sa noyée quand elle dérivait sur la Seine ! Il prend le vêtement dans ses bras sans le décrocher de son cintre, se laisse ensevelir sous son épaisseur et son ampleur. Il a, un court instant, l'illusion que c'est de nouveau la jeune femme fraîchement repêchée qu'il soulève ainsi et blottit contre lui. Aucune trace d'usure ou de saleté.

— Cette robe, dit la comtesse, n'a été faite qu'en un seul exemplaire, sur ma commande, confectionnée sur mesure et dans l'urgence. C'est la robe de mon triomphe, celle du grand bal donné aux Tuileries le 29 janvier 1856... Je ne l'ai mise qu'une fois et depuis, elle est rangée sur ce portique et n'en a pas bougé.

— Et pourtant, dit-il sans quitter le tissu des yeux, c'est bien cette robe dont vous étiez revêtue avant-hier soir à l'Opéra.

— Je n'étais pas avant-hier soir à l'Opéra !

— C'est cette robe que portait la jeune femme que j'ai repêchée !

— Tout au plus une copie ! Mais il y a plus incroyable encore...

Sa voix a pris une tonalité curieuse, très basse, presque sourde, qui pousse Dragan à se retourner. Mme de Castiglione est face à lui, le regard soudain plus sombre, plus souterrain. Il n'a que le temps d'apercevoir ses bras relevés, ses mains qui défont des boutons ou des agrafes dans son dos. Le fourreau glisse. Elle est nue. Entièrement nue. La peau est d'une blancheur glacée et brillante, tachetée de grains de beauté. C'est un corps tout en découpes, en arrondis, que le Créateur a dû prendre un plaisir inouï à façonner et à pétrir. Un équilibre subtil de courbes aériennes et de volumes lourds, toute une offrande de cachettes et de secrets, de places à conquérir. Elle est nue, comme de soie tendue, et, dans cette nudité, mi-loup, mi-biche, à la fois dangereuse et apeurée.

Dragan n'ose plus respirer. Il prie pour qu'elle ne bouge pas, qu'elle ne donne aucune vie à ces seins suspendus, d'une rondeur parfaite, sertis de larges aréoles où les pointes se tendent, qu'elle ne mette pas en mouvement ces hanches indolentes, ses cuisses luisantes, qu'elle ne découvre pas davantage le buisson soyeux de son entrejambe.

Mais elle se retourne. Chacun de ses gestes est gorgé de lenteur et d'éternité. Elle creuse les reins, se penche légèrement, tend vers lui un cul merveilleux, lui offre, sans aucune pudeur, le spectacle à couper le souffle de ses deux fesses et de son sexe.

— Le grain de beauté, dit-elle. Le grain de beauté à la naissance de la fesse. Le voyez-vous ? N'est-ce point l'emplacement exact ? Le même que celui que portait votre pauvre noyée ?

Il tente une réponse, gargouille quelques sons. Elle semble s'en satisfaire, se redresse, lui sourit. Puis elle se penche, ramasse le fourreau, le remonte lentement le long de son corps en se dandinant, le rattache...

— Je vais avoir besoin de vous. Nous devons parler. Vous prendrez bien une tasse de thé ?

2

Le parfum des petits gâteaux laisse traîner des écharpes de cannelle. Elles s'emmêlent aux lanières de la fumée du thé qui dansent au-dessus de la porcelaine. La comtesse est devant lui, assise, à demi renversée sur le sofa, balançant sa mule de soie rose au bout de son pied mignon, avec son corps ouvert comme une fleur, ses regards d'ange et de serpent coulant sous ses paupières baissées. Pour se donner une contenance, Dragan a porté la tasse à ses lèvres mais le liquide est brûlant et le force à souffler, ridicule, la bouche en cul de poule. Elle, elle se contente d'ouvrir son éventail et d'éventer lentement, de haut en bas, le thé trop chaud. Elle lui raconte la soirée du 29 janvier 1856, décrit son triomphe, l'empressement des hommes autour d'elle, la jalousie des femmes et comment l'Empereur, subjugué, est venu jusqu'à elle.

— Vous deviez faire un très beau couple.

— Beau ? Vous plaisantez ? L'Empereur était déjà ce qu'il est : un quinquagénaire souffrant de la goutte, un visage morose et terne, des yeux petits, un visage ridé, empâté et sans finesse, une démarche lourde et maladroite... Beau, certes non. Mais un couple envié, admiré, jalousé ! Ah ! ça oui !

Il l'écoute, le feu monté aux joues, le cœur lui battant plus vite qu'à l'ordinaire, prenant d'adorables airs de coupable quand elle le surprend à laisser ses yeux glisser jusqu'à sa gorge ou le long de ses hanches. Il se concentre pourtant, s'efforce d'oublier la scène de tout à l'heure, donne sans cesse des gages de la qualité de son écoute, hochant du menton ou haussant du sourcil quand il le faut. Elle revient à la robe. Par quel sortilège la noyée portait-elle cette tenue, créée en un seul exemplaire, montrée une unique fois et, depuis, n'ayant jamais quitté sa garde-robe ? Pourquoi cette robe-là, celle de son triomphe ?

— Mais ce qui m'étonne au plus haut point, monsieur, c'est le grain de beauté !

Car, souligne-t-elle, c'est là un détail qui démontre que la démarche va au-delà de la volonté d'établir une simple ressemblance. Il s'agit de créer une illusion parfaite jusque dans l'alcôve, jusque sous les draps, jusqu'à cet instant, précédant l'étreinte, où les corps se découvrent et s'observent ! Qui voulait-on berner ? Qui voulait-on séduire ? Elle baisse la voix. Elle se penche vers lui, le corsage ouvert, la gorge pesante, mouillée, parfumée. Ses yeux prennent une belle patine de vert de bronze florentin. Se pourrait-il que l'Empereur lui-même, nostalgique du couple qu'il formait, soit à l'origine du subterfuge ? Qu'il paye des jeunes femmes qui ressemblent à sa chère Virginie pour retrouver l'ivresse d'autrefois ? Ah, tant de personnes s'opposent à son retour en grâce ! Elle a tant d'ennemis !

Elle se lève, glisse vers la cheminée où entre deux flambeaux une petite Colombine en marbre, souriante et coquine, montre sous son jupon sa jambe blanche à un Pierrot. Elle s'observe dans le grand miroir, porte ses mains à ses joues pour les rafraichir, rectifie une mèche de sa coiffure. Puis elle se retourne lentement vers Dragan.

— Monsieur, vos propos l'autre jour m'ont convaincue de votre honnêteté. Vous n'êtes d'aucun parti. Vous ne défendez aucun intérêt. Votre absence de Paris, ces dernières années, vous donne même une certaine... virginité. C'est pour cette raison que j'ai insisté pour que vous soyez chargé de cette enquête. Je vous demande également d'enquêter pour moi. Chercher ce qui se trame derrière tout ça ! Votre prix sera le mien. Lorenzo a pour consigne d'accepter toutes vos conditions...

Il proteste, refuse tout argent, l'assure qu'il fera la lumière sur cette histoire sans besoin de gratification supplémentaire. Elle le raccompagne jusqu'au vestibule, lui donne sa main à baiser, demande à la bonne d'aller prévenir Lorenzo. Et quand l'homme de confiance de la comtesse revient à la charge en lui proposant une avance, Dragan, cette fois, s'offusque avec véhémence.

— Je ne voulais pas vous vexer, monsieur. Et à vrai dire, votre refus me soulage car, contrairement aux apparences, la situation de Mme de Castiglione n'est pas si confortable. Elle vit, principalement, de la rente que lui verse son mari et des largesses occasionnelles de quelques relations.

— Le comte de Castiglione ne vit pas à Paris ?

— Monsieur est sur ses terres, en Italie.

— Le couple est donc séparé ?

— On ne peut dire cela, monsieur. Le comte est officiellement en voyage. Et il vient à Passy de temps en temps pour voir son fils, le petit Louis. Il me semble encore très épris de madame.

3

La petite bonne le rejoint au moment où il s'apprête à franchir les grilles de l'hôtel particulier. Elle lui saisit le bras. Ce n'est plus la petite personne grise, transparente et l'ironie au bord des lèvres, qu'il a croisée jusque-là. C'est une furie, les yeux pleins d'une lumière froide et méchante, les muscles tendus sous la peau et toute la figure battue de ses longs cheveux blancs qui s'échappent de son fichu noir.

— J'ai tout entendu, dit-elle. Les jeunes femmes égorgées, leur ressemblance avec madame, la crinoline...

— Eh bien ?

— Eh bien, je connais le coupable, monsieur. Et vous l'avez croisé tout à l'heure !

— C'est-à-dire ?

— Ce Pierson ! Chaque fois qu'il plaque une image de madame sur ses photographies, il lui arrache un lambeau de l'âme ! Voilà dix ans que je la sers et je l'ai vue lentement s'éteindre, ne devenir que le fantôme de ce qu'elle a été.

Dragan hoche du menton en espérant que cela écourtera la conversation. Mais la bonne s'accroche à son épaule, le force à se baisser vers elle, à venir au plus près de ses lèvres sèches. Elle lui parle de ces « photographes spirites » qui tiennent boutique sur les boulevards et qui prétendent, contre quelques pièces, grâce à leur don, faire surgir sur la plaque, auprès de celui qui pose, le spectre d'un disparu. Dragan a déjà entendu ces histoires, nées de ce qu'au cours de leurs manipulations, les artistes daguerriens, réutilisant une plaque après l'avoir mal lavée, pouvaient voir parfois apparaître sur l'image nouvelle une partie atténuée du sujet précédent.

— Vous ne me croyez pas, je le vois bien, dit la femme, dépitée.

— C'est que je ne vois pas le rapport avec mes victimes.

— Allons ! Puisqu'à chaque photographie de Mme de Castiglione, cet homme tire son double du néant, puisqu'il a le pouvoir, grâce à son art, de donner vie à d'autres comtesses, comment ne pas comprendre qu'il s'autorise aussi, en symétrie, quand il croise un double de la comtesse, à lui donner la mort ?

4

Dragan a décidé de rentrer à pied. Les hauteurs de Montmartre, Passy en contrebas. L'hôtel de Lamballe dont le parc de cinq hectares s'étale depuis la rue du Roc jusqu'à la Seine. La lumière du jour commence à baisser. Dragan a pris une rue qui descend en pente douce vers le fleuve, entre des rangées de marronniers qui s'échangent des oiseaux, les jettent en l'air comme des jongleurs de quilles.

En deux jours, cela fait beaucoup, pense-t-il. Une soirée à l'Opéra, Lady Hortense et Gamel Pacha, une noyée en crinoline, un repêchage au bord de Seine, une fausse et une vraie Mme de Castiglione, une enquête qui lui est confiée, cette comtesse impudique et ce photographe accusé de jouer avec la mort... Comment démêler tout cela ?

La Seine coule, rapide et pressée, et roule lourdement ses eaux boueuses. Au bord et parmi les joncs pliés en deux par le cours de l'eau, il y a des bateaux amarrés chargés de planches et de vieux chalands échoués dans la vase. Le soleil couchant jette, par endroits, des poignées de pivoines, de tulipes multicolores et d'anémones. Sur la berge, des enfants, l'écharpe autour du cou et le bonnet enfoncé sur le crâne, lancent des cerfs-volants confectionnés avec des roseaux, du vieux papier et de la colle farine, et les regardent, à perte de vue, monter jusqu'au sommet de Montmartre, jusqu'aux moulins à vent aux ailes grises.

Faisons le point de l'enquête, pense-t-il. Le meurtre des deux filles a un rapport évident avec Mme de Castiglione. Elles se ressemblaient physiquement. La noyée portait, le soir de sa mort, cette crinoline mystérieuse à la confection de laquelle, selon une grande probabilité, la morte du chantier avait participé. Églantine, la jeune fille qui avait reconnu dans la première morte son amie, avait déjà parlé d'une robe d'exception. Elle avait évoqué une sorte de malédiction. Je tiens mon coupable, pense-t-il en souriant, je vais arrêter cette crinoline !

Il vagabonde ainsi pendant longtemps, d'un pas fatigué, son chapeau à la main, baignant sa tête brûlante dans la fraîcheur du crépuscule. La nuit est tombée. Des lumières s'allument sur les deux rives. Il s'arrête souvent, renifle l'air glacé, tend l'oreille, profite de la grâce apaisée de Paris. Une poussière d'eau délave le chemin, les pierres des quais, les silhouettes des arbres alignés le long des berges, et, brouillant les lointains, les dissout dans un gris sombre uniforme, triste, où se mêlent le ciel, la terre et le fleuve.

Sans s'en rendre compte, il a marché vers La Traboule dont les lanternes brillent sur sa droite. Il doit y avoir la fête ce soir. Une voiture arrive en trombe et lâche, de toutes ses portières ouvertes, trois couples emmêlés, les filles plus éméchées que les hommes, qui, éclats de rire et pas titubants, sont avalés par la porte du restaurant, ouverte un court instant sur un brouhaha lumineux de musique et de fumée.

À revoir ces lieux, il songe inévitablement à sa noyée. La jeune femme en robe de bal a dérivé dans la nuit jusqu'à lui, s'en est venue mourir dans ses bras. Elle a posé sa tête sur son épaule, a plongé en lui ses yeux d'égorgée, lui a confié, d'un pauvre sourire, le soin de la venger et d'éviter de nouvelles victimes. Il oblique à travers les arbres jusqu'à l'endroit où il l'a repêchée. Sur l'argent du fleuve, il cherche sa dame en crinoline emportée par le courant. Mais y affleurent seulement des taches d'un vert métallique, des ressauts d'écailles luisantes, tout un banc de serpents de mer qui sautent et replongent, dans un ballet somptueux et hypnotique.

— Hé ! monsieur ? Tu me reconnais ?

C'est le garçon de l'autre soir. Il se tient devant lui, la casquette enfoncée sur la tête, avec sa chemise en lambeaux et son pantalon retenu à la taille par une ficelle. Dans sa main, un peu cassée certes et maculée de boue, se trouve une parure de plumes, celle que portait la noyée, avec ses longs plumeaux rouges et bleu roi. Elle a dû tomber de sa tête pendant le sauvetage manqué.

Ça t'intéresse ? demande le gamin en lui montrant l'objet.

Bien sûr, dit Dragan en tendant la main

— Pas si vite. C’est ma coiffure de Peau-Rouge ! C’est à moi. Je l’ai trouvée...

— Je pourrais te la racheter un bon prix...

Le garçon réfléchit, puis approuve du menton. Dragan fouille dans sa poche et sort une poignée de pièces.

Chapitre XII

1

La plume occupe à Paris environ huit cents maisons et six à sept mille personnes, avec deux grandes spécialités : la plume d'autruche et la plume fantaisie. Il ne faut pas confondre les boutiques qui ne s'occupent que de la plume d'autruche blanche, celles qui ne traitent que de la noire et celles qui ne jurent que par la plume passée en couleur. L'atelier où Églantine travaille désormais, avec vingt-deux autres ouvrières, couvre tous les secteurs et elle en est fort contente.

M. Étienne qui dirige l'atelier n'est plus très jeune, même si cela fait vingt ans qu'on lui donne le même âge. Long, maigre, osseux, la bouche sèche, le visage anguleux couturé de balafres, souvenir du temps où, chercheur d'aventures, il courait les côtes de l'Afrique pour approvisionner les oiseleurs des quais de Seine, il n'est pas très beau. Quand il vous parle, il reste bien droit, guindé, raide, boutonné jusqu'au col. Mais c'est le meilleur plumassier de Paris. Il est gentil, très prévenant pour Églantine. Personne à l'atelier, pas même Églantine qui s'en défend pourtant, ne doute qu'il a un faible pour elle. Il s'adresse à la jeune fille sur un autre ton qu'avec les autres ouvrières. On dirait que chaque phrase le met en danger. Il vibre, à chaque mot, ainsi qu'une lame d'acier.

Aux premiers temps de l'atelier, Églantine n'était guère à l'aise. Elle avait la nostalgie des veillées du temps de Mme Roger, de son ancien travail d'aiguille, celle des belles tenues qu'il fallait confectionner. Le métier ne l'enchantait guère. Elle se sentait charognard à manier des dépouilles de volatiles. M. Étienne a été patient avec elle, lui a tout expliqué. Il l'a prise à part, a fait sauter le couvercle des caisses fraîchement arrivées, a plongé la main dans les plumes.

— De la première qualité, Églantine. On les sent à peine. Voulez-vous toucher ?

Églantine s'est peu à peu laissé faire et, maintenant, elle adore la sensation de douceur, de légèreté dans les doigts. Elle arrive, à ce simple contact, à rêver aux oiseaux, à les voir s'envoler et s'ébattre, à les imaginer sur les étangs, les lacs, les îles Sous-le-Vent, les savanes, les jungles luxuriantes. Au tout début, quand M. Étienne lui parlait de ses plumes, seuls les oiseaux qu'elle connaissait la faisaient décoller. Elle arrivait, par exemple, assez bien, juste en fermant les yeux, à s'asseoir dans les dunes, avec un peu de vent et de sable dans les cheveux, les soirs de lune, à l'époque des grands passages, et à contempler les beaux pêcheurs aux bras musculeux et aux visages hâlés installant des filets sur la grève et prenant dans leurs rets des hirondelles de mer, des macreuses ou des mouettes. Pour le reste, c'était plus difficile. Mais M. Étienne lui a montré des images. Dans le silence de son atelier, sous la chaleur étouffée du poêle de coke, il a mimé le vol des aigles, le pas sacré du marabout autour du point d'eau des oasis, la marche d'approche, dans les roseaux, des bengalis et des sénégalis, les noirs d'Afrique dont il parle encore couramment le langage. Et elle a ri de le voir ainsi, le pied cambré dans ses bottines vernies, ses bras soulevés comme des moignons d'ailes, danser et tenter de s'envoler pareil à ses autruches. Il lui a décrit l'avancée dans les jungles et l'envol brusque des perruches, « tout un nuage, comme un feu d'artifice de couleurs ». Il lui a raconté la magie des colibris, infimes perdus dans les forêts d'Amérique, ne vivant que des poisons qu'ils sucent dans les fleurs et qui donnent à leurs plumes, assure-t-il, ces reflets étranges pareils à l'acier, à l'or, aux pierres précieuses les plus éclatantes. Il lui a parlé, en chuchotant, comme s'ils avaient, à côté d'eux, des oiseaux-mouches :

— Si frêles qu'on ne peut les chasser avec le plomb, même le plus petit. Il faut les étourdir en leur lançant de l'eau avec une seringue, ou un peu de sable avec une sarbacane.

Alors Églantine a pris goût à son travail. Toute la journée, avec les autres, elle s'occupe des plus belles plumes, les taille, les retaille, les affine avec son couteau à parer. Il y faut un certain doigté. Maintenant, elle est devenue maîtresse dans l'art de redresser les plumes sans les casser, de les crosser, de les courber en appuyant avec son petit couteau en plusieurs endroits de la côte. Elle frise les barbes comme des rubans de cadeau, du bout de ses ciseaux. Si elle n'a pas pour lui l'once d'un amour naissant, elle est pleine d'admiration pour M. Étienne. Elle l'épie souvent quand il touille ses couleurs dans les grandes cuves à coloration ou quand, la langue entre les lèvres, avec posés devant lui sur l'établi sa colle, sa résine, ses aiguilles de tapissier et son fil en laiton, il compose, de ses longues mains sèches et osseuses, des parures à rendre jaloux les Peaux-Rouges ou des chapeaux aériens si surchargés de plumes qu'ils semblent déjà des oiseaux en vol.

Mais Églantine n'est pas aimée des autres filles. On la trouve trop particulière. Quelquefois, elle s'agite et évoque des poupées, des grandes robes à crinoline et des cadavres dans la neige. D'autres fois, elle a des moments d'absence. Son regard flotte ailleurs. « Jamais contente, mijaurée, pimbêche, princesse, Pompadour », disent les ouvrières, surtout celles, nombreuses, jalouses de la préférence de M. Étienne et qui, elles, ne feraient pas tant les difficiles si le patron leur portait quelque intérêt. On la moque et on la bouscule. Cette Églantine, on dirait toujours qu'elle est dans l'attente d'un événement, de quelqu'un qui franchirait la porte.

Alors, pour s'isoler, Églantine se porte souvent volontaire pour le travail de la vapeur. Afin de rendre les plumes plus volumineuses, il faut en effet les passer au-dessus d'une bouilloire, au fond de l'atelier, qui les humidifie, épanouit lentement leurs barbules, les frisotte. Églantine y passe des heures, les mains plongées dans la brume chaude, sa silhouette entière tout ennuagée et son esprit aussi, qui vogue, loin, dans l'attente, effectivement, de quelque chose qui viendrait donner consistance à sa vie. Elle rêve de celui-là – prince, mage, ogre, sorcier, qu'importe ? – qui la prendrait comme une plume, qui la ferait tourner doucement dans la buée, qui lui donnerait à elle aussi du volume, une légèreté humide et colorée, un gonflement de crinoline, de quoi s'envoler et flotter dans le vent d'une autre vie. Et souvent, dans ces moments-là, elle porte une certaine robe, une robe bleu de ciel en gaze de Chine, jupe à deux tuniques garnies chacune de trois volants en point d'Angleterre à tête de marabout bleu.

2

Un fourmillement continu d'allées et de venues, d'entrées et de sorties des boutiques et des ateliers. Des rues étroites, sillonnées de remous humains où se croisent les ouvriers en blouse bleue, les bonnes en tablier et bonnet de coton, les commis avec leurs échantillons sous le bras, les colporteurs poussant, sur le pavé cahotant, leurs chargements. Toute une humanité bruyante, enlacée, vive, confuse mais gaie, qui le pousse, le bouscule, s'amuse à le faire tourner, à l'emporter et à le ramener. Et lui, Dragan, il tangue, sans amarre, tenant la parure à bout de bras. Il est comme un roi déchu, sa couronne à la main, emporté par une foule frondeuse et insurrectionnelle.

Toute la journée, on le trimballe, du marché aux oiseaux, rue Montgolfier, dans le carré Saint-Martin, derrière le conservatoire des Arts et Métiers, jusqu'au quartier des plumassiers, dans le deuxième arrondissement, entre la rue Neuve-Saint-Augustin et la rue de Richelieu. C'est plein de petits ateliers aux fenêtres ouvrant sur la rue derrière lesquelles des ouvrières travaillent dans la bonne humeur devant des poêles chargés de coke qui ronflent. Et quand il s'approche de trop près, qu'il colle son œil à la vitre, qu'il s'aventure jusqu'à pousser la porte, qu'il se présente avec son élégance exagérée, ses mines de petit monsieur, son air de sortir d'une boîte, neuf comme une bottine à l'étalage, les filles rient et se poussent du coude, le foudroient d'œillades incendiaires. Il montre sa parure, écoute les réponses, hoche tristement la tête, s'excuse d'avoir dérangé. Les plus effrontées se lèvent, crient « C'est gentil de me la rapporter » ou « Alors, tu l'as faite, ta demande en mariage ? », font mine de vouloir le retenir, lui envoient des flots de baisers soufflés sur leurs paumes ouvertes. Lui rougit, bafouille, s'excuse encore, fait marche arrière, tente à nouveau sa chance dans l'atelier voisin.

À force, on le guide vers les maîtres plumassiers, les artistes, la crème de la profession, les seuls à même de confectionner un bijou comme celui qu'il tient entre ses mains. Et c'est ainsi qu'il finit, à l'heure où ferment les ateliers, chez M. Étienne, « Plumassier-panacher-bouquetier-enjoliveur », au 22, rue de Richelieu, non loin du comptoir de la Compagnie des Indes.

La maison Étienne, lui a-t-on dit, fait dans l'oiseau. Point barre. Pas de ségrégation. Elle est ouverte à tous les vents et c'est ce qui lui confère sa réputation. La seule spécialisation, c'est la plume jolie et peu importe l'identité des volatiles. M. Étienne pourra le renseigner assurément.

— Tenez, lui dit un charretier. C'est le grand maigre, tout raide, là, dans la cour, celui qui réceptionne les marchandises.

M. Étienne est fort occupé. Mais au prononcé de son nom, il se relève, redresse sa longue carcasse, sourit malgré ses balafres, bref, reçoit Dragan avec la plus grande amabilité. Il jette un œil rapide à la parure.

— Bel objet. Mais je vous demande un instant. Je vérifie les cargaisons de Londres. Le transporteur attend que je signe son bon.

Il explique que si les meilleurs ouvriers sont à Paris, capitale du chapeau pour dames, le grand marché de plumes brutes, de plumes en fagots et d'oiseaux divers, se trouve dans la capitale de l'Empire britannique où, tous les deux mois, il y a aux docks de la Tamise des ventes publiques où s'approvisionnent les plumassiers du monde entier. M. Étienne coche des noms sur un papier au fur et à mesure qu'il fait ouvrir les caisses entreposées dans la cour. Elles portent des étiquettes qui font rêver : Syrie, Tripoli et Algérie, Maroc, Égypte et Haut-Nil, colonies du Cap et du Natal, Arabie...

— Regardez ces merveilles, dit-il à Dragan avec l'œil gourmand, en déployant de grandes plumes blanches. Elles viennent du Sénégal. C'est celles que je préfère. Et vous savez pourquoi ? Parce que, là-bas, les autruches côtoient les flamants roses et supportent mal la comparaison. Cela leur donne des envies terribles d'imitation. Elles rêvent d'être, elles aussi, des oiseaux qui volent. Elles battent des ailes, n'y arrivent pas, persistent, essaient, essaient encore et cela, à la fin, donne à leurs plumes, abreuvées de sueur et de frustration, ce brillant incomparable.

À l'évidence, c'est un passionné. Il tient absolument à expliquer à Dragan comment on capture les autruches en Casamance : un chasseur attire à l'écart l'animal en lui jetant du grain. Pendant qu'elle baisse la tête, il la saisit par le cou. En même temps, quelques enfants noirs vigoureux se jettent sur la bête, se cramponnent aux pattes, aux ailes, et la forcent à s'accroupir. Maintenue dans cet état, on lui arrache les plumes des ailes et de la queue. Ce procédé barbare est souvent fatal à l'autruche qui, en se défendant, peut se briser une jambe, et à ses bourreaux à qui elle n'épargne pas de vigoureux coups de pied lancés en avant.

— Si bien, monsieur, que nous pouvons être sûrs, vous et moi, que chacune des grandes plumes de la parure que vous tenez entre les mains a coûté la vie à une autruche et a estropié quatre à cinq petits nègres... Montrez voir...

Il reprend l'objet avec la plus grande délicatesse, le met à la hauteur de son œil, l'inspecte de tous côtés, caresse, de sa paume, les grandes plumes qui dépassent, hoche la tête.

— De l'assyrienne – belle coloration ! Rouge splendide. Cochenille de figuier de Barbarie. Lima, sans doute – là, ces plumes droites, élégantes, superbe turquoise naturel : du martin-pêcheur ! Là ! et là ! Ces nuances d'émeraude : du paradisier ! Que de l'extrême qualité ! Fichtre ! Laissez-moi réfléchir...

Il se gratte la tête. Il est un instant dérangé par la cloche de l'atelier qui s'agite. C'est l'heure de la fermeture. À travers les vitres, on aperçoit les filles qui, déjà, enlèvent leurs blouses et passent leurs manteaux. Mais M. Étienne se concentre de nouveau. Tout son visage travaille. Son front se plisse. Sa mâchoire, en une sorte de mastication silencieuse, remue ses balafres comme s'il les brassait pour en faire sortir quelques mystérieuses figures.

— Il y a trois mois, finit-il par dire. Fin octobre, début novembre. Une commande urgente. Une dame blonde, la quarantaine. Elle est venue avec un schéma. Tout y était : origine et couleur. Sans doute pour reproduire une parure qui existait déjà. Je n'ai rien eu d'autre à faire que de choisir les plumes et de les fixer. Pas de facture. Elle a payé comptant. Je ne pourrai vous donner son adresse. Mais... Comment vous êtes-vous procuré cette pièce, monsieur ?

Dragan hésite, puis raconte. On ne sait jamais ce qui peut revenir à l'esprit des gens. Il ne cache aucun détail : la dame à la crinoline bleu-argent, le grand nénuphar de soie qui flotte sur la Seine, la tentative de sauvetage, le cadavre égorgé...

— Une crinoline ? Une autre fille égorgée ? Elle aussi ? Comme Camille alors ?

Derrière eux, emmitouflée dans sa capeline noire et son écharpe de satin vert, avec ses grands yeux bleus écarquillés sous sa chevelure blond vénitien, Églantine ressemble à la plume dressée d'un paon.

3

— Vous n'avez pas changé d'avis ? demande-t-il. Vous voulez vraiment revivre ça ?

— Oui. Je vous remercie d'avoir accepté de m'accompagner. Je veux constater par moi-même la ressemblance entre votre noyée et ma Camille. Et, surtout, je veux voir la robe.

Églantine est une jeune fille bien décidée. Elle porte une petite redingote d'homme, à collet de velours, avec des poches sur les côtés dans lesquelles elle met les mains. Boutonnée sur la poitrine par deux rangs de boutons, la veste serre le corps en dessinant les hanches. La robe que l'on voit danser sur ses bas gris est de couleur cerise, à deux rangs de jupons. L'ensemble est ravissant. Il est flatté de deviner qu'elle s'est fait belle pour marcher en sa compagnie.

Pour lui parler, elle doit lever la tête et lui pencher la sienne. Leurs yeux, quand ils se rencontrent, sont toujours ainsi un peu à l'horizontale, se mirant les uns dans les autres à l'image des choses qui se reflètent dans les flaques.

À la sortie de l'atelier, l'autre soir, il a pris le temps de tout lui raconter. En lui parlant, il est resté plongé dans ses yeux de porcelaine et il s'est abreuvé, à longues goulées, de la fraîcheur de cette jeune fille, blonde et bleue, petite et lumineuse, si différente de ces autres femmes mêlées à cette enquête qui tournent autour de lui, brunes et sombres, mortes ou jouant de l'obscurité.

À la morgue, la fausse Mme de Castiglione n'est pas exposée. Ou ne l'est plus car toutes les tables sont occupées par d'autres cadavres nus et gris. Il faut se renseigner. Le greffe de la morgue est à droite du vestibule. C'est une petite pièce tapissée d'étagères où se côtoient les classeurs modernes et les anciens registres de la basse geôle du Grand Châtelet. Le directeur-greffier les reçoit la plume à la main. Avec ce temps pourri, explique-t-il, il y a recrudescence de suicides et il est débordé par la paperasserie administrative. Dragan expose la raison de sa visite : ils voudraient voir la dame en crinoline retrouvée noyée dans la Seine.

— Vous êtes les assassins ? demande le directeur.

— Plaît-il ?

— C'est une plaisanterie. Mais sachez que la plupart des individus qui ont commis un crime viennent chez nous pour revoir leur victime. Ils veulent s'assurer que la personne est bien morte, vérifier les indices qu'ils ont laissés. Puisque vous êtes dans la police, monsieur, sachez qu'en dissimulant dans la foule quelques perspicaces agents de sûreté, vous arrêteriez nombre de coupables.

Il fouille dans ses registres. La noyée de Dragan n'est en effet plus exposée depuis la veille. Mais son cadavre n'est pas encore inhumé. Il est encore à la morgue et la robe aussi.

— Cloche 23, troisième rangée.

Il les conduit au rez-de-chaussée, dans la salle des morts, voûtée et lugubre, contenant les tables sur lesquelles sont déposés les corps qui vont être ou qui ne sont plus exposés à l'étage. Des demi-cylindres en toile métallique les recouvrent et les mettent à l'abri des insectes. On aperçoit, sous les combles, un endroit où sèchent les vêtements des noyés. Églantine, en entrant dans la pièce, ne peut s'empêcher de porter sa main à son nez.

— On s'habitue vite à l'odeur, dit le greffier avec un sourire, et même, d'une façon générale, à la présence des cadavres. D'ailleurs, le bâtiment lui-même est frappé de mort. Il est condamné par l'avancée inexorable du boulevard Sébastopol.

Il s'avance dans les travées, s'arrête devant le numéro 23 de la troisième rangée et soulève le demi-cylindre. Mais il n'y a rien. Il inspecte de même le grand panier posé juste à côté. Il est pareillement vide.

— Fichtre ! Baptistin ?

Baptistin, le garçon morgueur est occupé au lavoir, bassin pourvu d'une pierre longue et large en forme de margelle, une sorte d'évier contre lequel le derrière de la voiture qui apporte les cadavres peut s'appuyer. Il lave le corps d'une petite vieille à l'aide d'un tuyau de pompe. À la demande de son chef, il vient constater par lui-même. Pourtant, jure-t-il, tout était encore là la veille au soir.

— Le vol des vêtements est assez fréquent, dit le directeur-greffier. Nous sommes souvent visités de nuit par des rôdeurs. Pas étonnant que la magnifique crinoline de votre noyée ait fait des envieux. Mais qu'on dérobe un corps, c'est plus rare... Rare mais ça arrive. Votre noyée était jolie fille et son corps pas trop abîmé... Si vous saviez, mademoiselle, ce qu'il y a de détraqués...

— Je suis désolé, dit Dragan quand ils sont dehors.

— Oh ! ce n'est pas grave, répond Églantine. J'en ai vu d'autres, vous savez.

— Je fais un bien piètre policier. On me confie une enquête et j'ai déjà perdu mon cadavre.

— Je suis sûre que vous allez le retrouver. Tenez-moi au courant, s'il vous plaît. En général, je finis mon travail à dix-neuf heures.

Elle sourit. Il la trouve vraiment magnifique.

Ce n'est que lorsqu'elle est partie qu'il prend la mesure de la disparition. Le voleur ne peut être que l'assassin. Il a voulu récupérer le corps et la robe. Dans quel dessein ? Pour faire disparaître des indices qui l'accableraient ? Pour que l'on n'identifie pas la fille et qu'on ne reconnaisse pas la robe ? Ou pour poursuivre ce qu'il avait commencé ?

Chapitre XIII

1

La comtesse de Castiglione a la face figée, creusée dans la cendre, la bouche bée, livide, sous des yeux en extase, blancs, comme crevés. Sur son visage, il y a pourtant des lueurs de fête, un sourire triste et suspendu, une pâleur d'une élégance délicieuse. Des reflets de cire courent sur son cou, sa poitrine et ses hanches. Elle danse, tourne dans les lumières, dans l'enivrement de la musique que l'on n'entend pas, se perd dans le tourbillon de la valse arrêtée, cherche les compliments, les frôlements énamourés des mannequins immobiles et muets. Elle porte une robe magnifique, une crinoline bleu-argent, à double tunique, surchargée de volants en dentelle d'Angleterre et aux bouts ornés de marabout bleu. Elle semble heureuse, satisfaite d'avoir été ressuscitée, tout au plaisir de savourer ces instants de grâce supplémentaires volés à l'ennui éternel de l'outre-tombe, presque reconnaissante envers l'homme qui l'a enlevée. Lui, il a déposé sa canne à poignée verte torsadée contre le mur de l'immense salle sous la verrière et, œil sévère, mâchoire crispée, il la fait tourner sur son petit chariot. Elle a les bras écartelés, les pieds joints, la taille et le front ceints d'une corde, tout entière attachée au mannequin dressé sur le chariot. Elle tourne, tourne, pâle et douce. Elle jouit de cette dernière fête avant les ténèbres éternelles.

— Croyais-tu vraiment pouvoir m'échapper, Nicchia ? Croyais-tu qu'il te suffirait de sauter de la voiture et de plonger dans la Seine ? Me pensais-tu homme à renoncer ?

Elle lui sourit. Elle, égorgée, noyée, revenue de la morgue. Elle tourne et elle lui sourit. Non, mon ami. Je sais de quoi tu es capable. Tant de fois déjà, tu m'as fait tourner. Tant de fois déjà, nous nous sommes retrouvés, toi et moi, sous ce toit de verre et de fer, au milieu de ces marionnettes immobiles, sous les regards de la lune et des étoiles, à danser dans le silence et le désespoir. Mais cette fois, vois-tu, je n'ai pas peur puisque je suis déjà morte. Je n'ai pas peur puisque tu m'as déjà tuée.

À travers l'immense verrière, un peu de clair de lune tombe du ciel et vient se mêler à la lumière pâle des bougies. Tout cela n'est-il pas grotesque ? Ils sont seuls, elle et lui, dans cette pièce immense. Seuls, avec tous ces mannequins en osier qu'il a affublés d'uniformes et de robes de bal. Elle tourne, plus belle que jamais, ligotée au pantin en osier, si belle dans sa crinoline bleu-argent, dans sa robe de reine. Si belle avec son double sourire, celui posé sur ses lèvres et celui que forme, sur son cou, la cicatrice en forme de croissant. Elle valse, les orbites creusées, les yeux blancs, sous l'admiration des étoiles qui maintenant se pressent nombreuses derrière l'immense verrière, se bousculent, se poussent du coude pour être aux premières loges du spectacle qui va suivre.

— Croyais-tu, pauvre Nicchia, qu'il te suffisait de te cacher au sous-sol de la morgue pour échapper à ton juste châtiment ?

Il avance le mannequin de l'Empereur, pousse vers elle la poupée grotesque, avec ses yeux grossièrement dessinés, sa moustache et sa barbiche en crins. Et elle, insolente, insouciante devant la menace, le méprise une nouvelle fois. Elle n'en a plus que pour Napoléon, se penche vers lui pour boire ses paroles, puis rit, de nouveau, sans pitié, à gorge déployée.

Alors, encore une fois, il n'a pas d'autre choix. Il saisit sa canne, dégage la lame et, dans un cri de rage, il se précipite sur elle et lui tranche de nouveau la gorge.

La scène est étrange : un homme agenouillé – habit à la française, gilet blanc et cravate de la même couleur – pleure. Il tient dans sa main gauche gantée la poignée verte d'une canne au bout de laquelle brille la lame d'un couteau. Une femme en crinoline bleu-argent, dentelle en point d'Angleterre et marabout bleu, est serrée contre lui. Elle est morte, une fois, deux fois, trois fois. Des mannequins en osier grossièrement déguisés, les yeux fardés et peints, les observent.

La salle est immense et froide, décorée de bougies, baignée de la clarté lunaire qui tombe d'une grande verrière.

2

Églantine lisse les plumes à la vapeur, laisse les bouffées l'étouffer, l'envelopper de douceur et de rêve. Elle songe à ce policier, à ce Dragan et à ses yeux de faon. L'attendra-t-il vraiment ? Quelle folie de lui avoir demandé cela... Sera-t-il là à l'heure de la cloche ? Quel drôle de garçon ! Il a toujours l'air de sortir d'une boîte, propre comme un article à l'étalage d'un marchand, neuf comme un jouet de bois qui sent encore le sapin. Si attentif, si différent des autres. Elle croise le regard de M. Étienne, lui sourit.

Églantine lisse les plumes, avec des gestes au ralenti et des sourires suspendus. S'il n'était venu que pour l'enquête, aurait-il eu cette expression douce et mourante sur le visage ? Elle se reprend. Qu'espère-t-elle ? Vas-y ! Dis-le ! s'apostrophe-t-elle intérieurement. Ose le dire clairement, ce que tu espères !

Églantine lève les yeux vers les autres femmes de l'atelier. Au sortir de l'apprentissage, elles ont débuté petite main ou petite ouvrière, avec un salaire moyen de quatre-vingts centimes par journée de travail. Depuis, elles travaillent quatre-vingts heures par semaine pour une paye de misère. M. Étienne n'est pas un mauvais patron, mais qu'est-ce que cela change ?... Les plus âgées ont les doigts las et usés, les paupières alourdies et rouges, les yeux brûlés par le travail à la bougie. À quarante ans, ce sont des femmes finies. Les plus chanceuses ont un mari qui ne les bat pas et pas trop de bouches à nourrir. Les plus jeunes le savent bien qui cherchent à s'étourdir avant de tomber dans le piège. Il faut les voir, de midi à une heure, aller et venir tristement de l'atelier à la gargote et de la gargote à l'atelier. Elles sont peu instruites et peu réfléchies. Pour un qui est prêt à les emmener dîner chez le marchand de vin, elles sont prêtes à tout céder. Pas plus de deux ou trois dans le lot ont un semblant de moralité. Et comment le leur reprocher alors qu'elles gagnent à peine de quoi se nourrir et que les tentations dans le quartier sont incessantes ? C'est à cela, n'est-ce pas, ma Camille, pense Églantine, que tu voulais échapper ?

Des larmes lui viennent aux yeux, mais sans doute est-ce cette vapeur. Églantine se concentre sur son travail. Ses doigts caressent les nervures des pennes, ses paumes flattent le plat des plumes. Sera-t-il là tout à l'heure ?

3

Il pleut. Dragan s'est imaginé attendre Églantine, adossé à un réverbère non loin de la porte de l'atelier, dans une posture étudiée flattant sa silhouette. Il aurait abordé la jeune fille au moment même où, au milieu des autres ouvrières, elle serait sortie en riant dans le beau mouvement de ses bras levés pour attacher son chapeau. Mais il pleut. Il pleut et il n'a pas de parapluie. Il a pensé, un instant, ne rien changer à son plan et se tenir contre le réverbère, avec juste les gouttes s'accumulant dans le creux des plis de son chapeau. Mais il s'est trouvé bien vite ridicule. Alors, il a battu retraite. Il s'est réfugié sous un porche et il attend il ne sait quelle intervention de la providence.

Quand la cloche sonne, Dragan retient son souffle. La pluie oblique strie les façades, le noir des vitres. Il perçoit derrière les rideaux les silhouettes qui s'agitent, les mains qui montrent le ciel. L'essaim de filles apparaît d'un coup. Elles se pressent en grappe devant la porte. Il lui est impossible de reconnaître

Églantine à cause de tous ces foulards que ces demoiselles nouent sur leurs cheveux, de tous ces cols remontés et ces ombrelles et ces parapluies – jaunes, verts, rouges – qui s'ouvrent en corolle, au même rythme que les bulles qui se forment à la surface des flaques. L'averse croule. Très vite, la grappe des couleurs devant l'atelier se disperse, éclate dans toutes les directions. Par miracle, une silhouette arrive sur lui, vient se réfugier à son côté sous le porche.

— Vous n'êtes pas plus prévoyant que moi, on dirait ? Nous sommes bons pour la saucée.

C'est elle, avec sa petite bouille émergeant du foulard qu'elle a noué sous son menton. Ses grands yeux bleus lui mangent tout le visage et elle a cet étrange sourire qui danse au coin des lèvres. L'espace est étroit et ils sont presque à se toucher. Il la dépasse de la tête et des épaules.

— Je suis venu vous parler de l'enquête, dit-il. Il y a des détails que vous devez connaître.

— Ici ? Vous êtes trempé et moi je grelotte. Peut-être pourriez-vous m'offrir un chocolat ?

Elle sourit, plisse le bout de son nez. L'averse croissante croule, soulève au-dessus des flaques une multitude de stalagmites liquides, se disperse en poussières brillantes. Il ôte sa redingote, s'en sert de bâche pour les protéger tous deux et les voilà qui courent vers les cafés du Palais-Royal, l'un et l'autre riant aux anges sous la cachette du vêtement suspendu. Ils trouvent Paris magique sous la pluie. L'ondée vernit le vert des bancs, le vert des lampadaires, le vert des toits écailleux des kiosques et des colonnes réclames.

Dans la galerie couverte, Églantine regarde Dragan marcher. Sa redingote mouillée à la main, il avance tout en souplesse avec un balancement léger de la hanche, une grâce de chat, les épaules droites, le port de tête fier. Son dos creux se cambre. Les fesses sont petites mais pleines, musclées à l'évidence. Il n'a pas dans l'allure cette vigueur virile qui la gêne tant chez les autres hommes. Et puis il lui tient la porte du café, s'efface pour la laisser passer. Elle glisse, légère, sucrée, frôle son torse, son bras tendu, franchit le porche au ralenti pour savourer cet instant précis, cette passe improvisée de corrida. Elle l'en gratifie d'un joli mouvement de tête, d'un sourire aérien de remerciement.

Lui se laisse sombrer un court instant dans son parfum – du chèvrefeuille, du lilas –, émerge pour l'admirer qui retire son paletot et l'accroche au portemanteau, qui se faufile entre les tables du café. Sa toilette le ravit. Très chic pour une simple ouvrière : une robe grise à fines rayures vertes, sillon ombré dans le creux du dos, volutes de la robe bouffante, cassures, évanouissement lumineux du bassin. Les manches s'évasent. De fins poignets émergent des globes de mousseline, des mains blanches, des ongles soignés. Une jolie fille, blonde et bleue, une sucrerie de miel et de lavande offerte dans un cornet d'étoffes à la mode.

Ils se retrouvent face à face, gênés et émerveillés à la fois de se tenir là, l'un, l'autre, comme un couple d'amoureux. Le foulard a un peu écrasé ses cheveux. Elle a une façon merveilleuse de croquer dans sa madeleine, avec le nez et les yeux qui se plissent et sa petite langue rose qui apparaît entre les rangées de ses dents blanches. Une fine moustache de chocolat orne le bord de sa lèvre supérieure et cela la fait rire quand elle s'aperçoit dans le miroir. Il lui explique sa rencontre avec Mme de Castiglione. Il a un peu hésité à lui relater l'épisode du grain de beauté, mais a fini par s'y risquer. C'est à peine si elle a tiqué au récit de la comtesse toute nue, avec juste une flamme allumée dans son œil comme une allumette qu'on craque, une envie de dire quelque chose mais qu'elle a, semble-t-il, soigneusement gardé pour elle, se contentant de finir son gâteau.

Et puis elle est redevenue grave d'un coup, avec les yeux qui flottent sur d'autres pensées, les sourcils qui plongent vers le nez. Elle songe à Camille. À leur vie à toutes deux qui n'a jamais trop ressemblé à rien. Elle est un peu déçue. Il ne lui parle que de l'enquête, ne semble pas vraiment s'intéresser à elle. Elle aurait aimé un geste, un mot, quelques phrases un peu ambiguës. Mais un homme devant qui la comtesse de Castiglione s'est mise nue peut-il porter ses yeux sur une fille comme elle ? Et lui, par mimétisme, il s'est peu à peu plongé également dans son silence. Dehors, la pluie est devenue moins drue. Des passants se pressent de nouveau sur le trottoir, pataugent dans la boue, se projettent contre les murs pour éviter les éclaboussures des voitures. L'assassin vient peut-être de passer devant eux à la recherche d'une jeune fille à égorger.

— Je n'en reviens pas, dit Églantine en relevant la tête. La robe de la comtesse pour le bal de janvier 1856 ! La crinoline bleu azur, à double tunique et à volants en dentelle et en marabout bleu ! Celle sur laquelle nous avions travaillé avec Camille. Ce ne peut être une coïncidence.

— À l'évidence, non.

— Alors, la fille que vous avez repêchée dans la Seine serait morte de s'être déguisée en Mme de Castiglione ?

— Probablement. Est-ce elle, toute seule, qui a décidé de ce déguisement ou le lui a-t-on imposé ? C'est à cette question que j'aimerais répondre.

— Et Camille aussi ?

— Camille, je ne sais pas. C'est possible. Ne m'avez-vous pas raconté combien elle avait été marquée par la ressemblance qu'on lui avait trouvée avec la comtesse ? Mais j'ai une autre hypothèse. Le mystère, c'est que cette robe ressurgisse. Elle n'a été faite, vous me l'avez confirmé, qu'en un seul exemplaire. C'est donc une copie que portait la noyée. Or, depuis le bal du 29 janvier 1856, la comtesse m'a assuré ne l'avoir jamais remise ni sortie de sa housse. Elle n'a pu être reproduite que sur les indications de quelqu'un qui l'avait eue en main ou qui en avait pris copie à l'époque de sa confection. Peut-être que Camille...

— C'était il y a si longtemps...

— Peut-être que votre amie a aidé à la confection d'une copie de cette robe...

— Camille était tout à fait incapable d'en reproduire le dessin ! Tout comme moi, tout comme celles qui ont travaillé avec nous !

— Alors, si ce n'est pas elle, c'est l'assassin. Le meurtrier est quelqu'un qui a forcément travaillé sur cette robe...

— Peut-être, mais pas forcément... Admettons qu'il n'ait pas seulement fallu apercevoir la robe le 29 janvier 1856 pour être capable de la reproduire... Mais savez-vous comment votre diablesse de comtesse a fini la soirée ? Elle a bien dû l'ôter, sa crinoline. Elle se déshabille facilement à ce que j'ai compris. Elle a bien dû l'abandonner sur un tapis ou un fauteuil avant de la ranger dans sa penderie...

— Et l'assassin l'aurait alors dessinée ? Une copie au moment de la confection me paraît plus vraisemblable.

— Plus vraisemblable ? Vous oubliez un détail, monsieur le policier !

Elle sourit. Ses yeux se feuillettent de malice. Elle prend le temps de finir son chocolat sans quitter Dragan du regard. Dehors la pluie a cessé. Les parapluies se referment et les kiosques disposent de nouveau leur marchandise sur les trépieds.

— Le grain de beauté ! Ce n'est pas Camille qui en connaissait l'existence. Celui qui l'a aidée à s'habiller était bien renseigné. Si l'assassin n'ignorait rien de la robe, il avait aussi, ne l'oubliez pas, une science précise de l'anatomie de Mme de Castiglione. Si vous voulez découvrir le coupable, monsieur Vladeski, il va vous falloir demander à la comtesse la liste de tous ses amants ! L'enquête, à l'évidence, sera longue et difficile !

— Un amant ? Pas forcément... Prenez mon exemple... Je connais ce... « détail » et pour autant...

— Mais qui doute, monsieur Vladeski, que vous finirez un jour ou l'autre dans le lit de la comtesse et, par la même occasion, sur cette liste ?

Il n'en revient pas d'entendre de tels propos dans la bouche de cette gamine ! Quelle insolence ! Quel mépris des convenances ! Et elle est là, à sourire, à se moquer derrière son bol de chocolat.

— Je vous taquine, dit-elle... Mais vous voyez bien que j'ai raison. Il nous faut dresser deux listes, l'une des individus assez intimes de la comtesse pour connaître l'emplacement de son grain de beauté et l'autre des personnes qui ont pu prendre copie de la robe, avant, pendant ou après le bal du 29 janvier 1856. En les confrontant, vous...

— Ah ! Par tous les dieux !

— Eh bien, pourquoi tirez-vous cette tête ?

— ... Parce que j'ai déjà deux noms et non des moindres...

Elle le regarde intensément. Elle doit chercher aussi. Son œil flambe quand elle a trouvé, d'abord de satisfaction d'avoir été aussi perspicace que lui, puis d'émerveillement et de frayeur en contemplant sa découverte.

— Le mari et l'amant ! Le comte de Castiglione et l'Empereur lui-même !

Chapitre XIV

1

Dragan a ôté ses gants. Il tient entre ses doigts l'album de photographies, l'a ouvert au hasard. *Elvira à la psyché* : Virginie, dans une vaste robe blanche à plis et à volants, encore devant un miroir, opposant la courbe et l'arrondi de sa silhouette à la géométrie anguleuse du décor. Au premier plan, elle, vue de dos, blanche et mousseuse, baignant dans la lumière du jour, princesse immaculée, virginale beauté. Au second plan, dans la projection de la glace, elle ou une autre, sombre, de face, en buste uniquement, furieusement maquillée, créature nocturne, vampirique, les ailes repliées. Toujours ce malaise, cette étrangeté, ce sentiment que celle que l'on aperçoit dans la glace est plus vraie que celle qui s'y reflète.

Que cherche la Castiglione, se demande Dragan, à creuser les miroirs, à masquer sa beauté sous des tonnes de fard, à vouloir que M. Pierson emprisonne sans cesse ces fausses images d'elle ? Quels rapports secrets entre la plaque sensible du photographe, le gouffre qu'ouvre le miroir, la surface poudrée du visage avant le maquillage ? Trois surfaces frémissantes, fragiles et impatientes, figées dans l'attente de ce quelque chose que l'on va fixer sur elles et qui va tout à la fois les salir et les combler. Dans la tête de Dragan, des liens se tissent et se défont, des chemins s'ouvrent et se referment. Toujours se cacher, se pencher, toujours chercher celle qui se dissimule derrière soi. Il fixe de nouveau le cliché. Sont-ce bien les mêmes personnes, cette vierge blanche et cette vierge noire ? Sont-elles amies ou jalouses l'une de l'autre ? Et si toutes ces fausses comtesses – l'une noyée, l'autre égorgée, la dernière retrouvée morte dans la neige – n'étaient que les reflets ressuscités de la vraie, des spectres, des avatars, que Mme de Castiglione, avec l'aide de Pierson, serait parvenue à tirer du néant ? Des créatures improbables et fragiles tirées de l'au-delà vers ce monde-ci, mais qui n'auraient pas survécu longtemps ?

Il lui vient soudain à l'esprit que la maison ne comporte aucun tableau, aucun portrait de la comtesse. Si celle-ci pose volontiers pour le photographe, elle semble rechigner à s'exposer devant un peintre. Sans doute seule la photographie lui offre la certitude d'une image fidèle, ni plus laide ni plus belle qu'elle. Dragan se souvient d'une histoire que lui racontait son père, une légende croate, celle de ce seigneur qui, fier de la beauté de sa jeune épouse, l'avait fait poser pour qu'un peintre l'immortalise, un artiste si doué qu'au final, le portrait était plus beau que l'original. Le seigneur, tellement subjugué par la séduction supérieure de la reproduction, avait fini par quitter sa femme réelle pour vivre avec sa femme peinte.

Mme de Castiglione ne supporte pas de rivale, pense-t-il, même à sa ressemblance. Et cette pensée en engendre une autre qui, sur l'instant, le glace. Celle d'une Castiglione jalouse de toutes celles qui pourraient lui porter ombrage, parcourant Paris à la recherche de filles épousant en partie ses traits, les déguisant de sa crinoline bleu-argent pour juger jusqu'à quel point elles lui ressemblent et, ne supportant pas au final de découvrir des images d'elle qu'elle ne contrôle pas, plus jeunes, plus jolies peut-être, capables, sans doute, autant ou mieux qu'elle de séduire l'Empereur et, au désespoir, égorgeant sans pitié ses sosies.

Allons, pense-t-il, en entendant les pas de Lorenzo, ne divague pas, mon ami. Sauf preuve du contraire, la comtesse est victime et non coupable. C'est un amant que tu cherches.

2

— Puisque je vous dis que madame est absente.

— Mais que m'importe, cher Lorenzo, puisque la comtesse s'est engagée à ne rien me cacher. Qu'importe, puisque c'est avec vous que je veux m'entretenir.

Dragan inspecte le cabinet de toilette. Trumeaux copiés de Fragonard, fauteuils de bois blanc tendus de soies à fleurages, partout des glaces, rondes, carrées, droites ou inclinées, des éventails à paysages bleus où s'esquissent des fillettes pâles qui jouent avec des cygnes. La coiffeuse lui plaît beaucoup, avec sa mosaïque d'incrustations en bois de rose, en nacre, en thuya, en écaille, couronnée d'une galerie en bronze doré et ventrue de tiroirs à poignées de bronze.

Des boîtes à fard, miroirs, peignes d'écaille, là, une boîte pour les épingles à cheveux. Dans des sachets de satin, du rouge de Chine, de l'incarnat, du noir indien, du blanc azuré, du khôl. Encombrées de flacons, d'onguents, de teintures et de poudres, les tablettes projettent des sculptures, des têtes de loup saillant en manière de gargouilles. Le cabinet de la magicienne ! Il l'imagine devant la glace, se grisant le dessous de l'œil, le cernant de bistre, étalant son rouge chinois sur ses pommettes et sur ses lèvres, guettant dans tous les miroirs qui l'entourent le moment où « l'autre » apparaîtra.

— Vous connaissez la comtesse depuis longtemps, n'est-ce pas ? Parlez-moi d'elle, de son enfance.

— Madame la comtesse est plus apte, sans doute, à...

Dragan se retourne. Il a l'œil noir, le sourcil sévère.

— Monsieur Lorenzo ! Des jeunes femmes ont été assassinées parce qu'elles ressemblaient à Mme de Castiglione. Il est hautement probable que c'est à sa personne que l'on en veut. J'ai besoin de connaître tous les détails de sa vie, non pas tels qu'elle entendrait les embellir ou les sélectionner mais tels qu'ils sont. Et, pour cela, j'ai besoin de votre collaboration.

— Bien... Mais ce que j'en sais, monsieur, n'est que de la seconde main. Des propos entendus, colportés, déformés sans doute...

— Où est-elle née ? Qui sont ses parents ?

— Madame est née à Florence, d'où sa mère, Isabella Lamporecchi, est originaire. Son père, le marquis Filippo Oldoïni, est issu de l'aristocratie génoise. Il a été député entre 1848 et 1849, secrétaire de légation dans différentes capitales européennes. Il est actuellement ministre de Sardaigne à la Cour de Russie.

— Elle a donc grandi à Florence ?

— Madame la comtesse a été élevée au palais d'Antonio Lamporecchi, son grand-père maternel, jurisconsulte toscan, un homme brillant, mais peu causant. Elle préférait à ce palais austère la vaste demeure familiale entourée de jardins et de terrasses nichée sur les hauteurs de La Spezia. Le village dont je suis moi-même issu.

— Vous avez dû, alors, la connaître jeune ? Parlez-moi d'elle.

— Que dire, monsieur, que vous ne pouvez deviner ? C'était pour nous, les gamins de La Spezia, une princesse de conte. Elle était riche, de noble naissance et d'une beauté à dégoûter la lune de se montrer. Nous nous cachions pour l'apercevoir le soir sur sa terrasse ou pour la surprendre, avec sa gouvernante, se désaltérant à la fontaine. Nous nous dissimulions derrière les piliers de l'église pour l'admirer prenant l'hostie.

— Vous étiez donc amoureux d'elle ?

— Oh, monsieur ! Comme on peut l'être d'une icône. Toute la région l'appelait « l'Unique ». Elle n'avait pas quinze ans quand on l'a demandée pour la première fois en mariage. Elle a été très vite mariée.

— Mais ne lui a-t-on pas connu des aventures ? Aucun d'entre vous ne s'est vanté d'avoir eu ses faveurs ?

— Eh bien... Il y a eu cette histoire avec les frères Doria... On raconte que, jeune mariée, elle a séduit tour à tour les frères de la noble famille des Doria – tous les trois, l'un après l'autre. C'était le début de sa légende. Quant à nous autres, quand nous la croisions dans les rues du village, nous étions si impressionnés que nous en tombions le cul par terre dans la poussière.

Dragan sourit en imaginant cet homme lourd et guindé, en culottes courtes, subjugué par la belle adolescente, et s'écroulant comme un ballot.

Il continue à tourner dans le cabinet de toilette. Il s'arrête devant un grand miroir, sans doute celui de la photographie, imagine un court instant que la comtesse a dû parfois s'y admirer dans toute sa nudité. Il se penche, machinalement, y cherche l'image qui pourrait y demeurer encore, tout au fond. Mais c'est la scène de la garde-robe qui l'y attend et qui, lentement, remonte à la surface. Il ferme ses paupières, revoit la comtesse, son geste pour dénouer sa robe, sa peau blanche et brillante, ses seins, son sexe. L'emplacement exact du grain de beauté. Il sent distinctement son sang qui bat, son érection qui gagne.

Quand il ouvre les yeux, il aperçoit Lorenzo dans le miroir, impassible, droit et silencieux. Dragan, pour se donner une contenance, fait mine de s'inspecter, vérifie si sa cravate est bien dans l'axe de la raie centrale de ses cheveux, arbore un sourire stupide, comme s'il était satisfait de s'être découvert parfaitement distribué des deux côtés d'un méridien imaginaire.

— Je vais être franc avec vous, Lorenzo. Je crois que l'assassin que je recherche connaît intimement la comtesse.

— Intimement ?

— J'ai besoin de connaître la liste de ses amants !

— Eh bien, monsieur... C'est fort embarrassant...

— Vous ne me comprenez pas ! L'assassin sait que Mme de Castiglione a un grain de beauté à la naissance de la fesse. Il me faut absolument le nom de tous ceux avec qui elle a couché.

— Peut-être pourrais-je vous renseigner, monsieur ?

L'homme s'est posté à l'entrée de la pièce et il en mange toute la lumière. Il est grand, très sec, osseux de visage. Il n'a pas plus de la trentaine mais le front dégarni, des cernes sous les yeux, la peau mate, des pupilles très sombres, un début de barbe. Il porte un pantalon de nankin, une veste blanche et un gilet à fleurs mauves. Un foulard passé en cravate orne son cou et lui donne une certaine élégance.

— Je suis le comte de Castiglione, dit-il avec un grand sourire. Le mari, en quelque sorte... et vous, monsieur ? À qui ai-je l'honneur ?

3

— Le soleil est revenu, dit le comte de Castiglione. Voilà un certain temps que je ne me suis pas promené dans Paris. Que diriez-vous de m'accompagner au Bois ? Nous serions plus à l'aise pour discuter.

Une voiture tourne sur le gravier de la cour, un landau à hauts panneaux perché sur des roues maigrelettes. Elle est attelée à des chevaux magnifiques, des steppers isabelle, têtes hautes casquées d'œillères, poitrails musculeux, jambes fines et laiteuses au-dessus du sabot. Sur le pelage lisse des bêtes, les cuirs se courbent avec des luisances, le soleil se réfléchit comme sur du métal.

Veut-il parler loin de Lorenzo ? se demande Dragan. Loin d'oreilles indiscrètes susceptibles de rapporter à son épouse les propos qu'il pourrait tenir ? Il accepte bien sûr, prend place à côté du comte. Le cocher manœuvre, passe la grille. Lorenzo, impassible, les observe du haut de l'escalier.

La voiture glisse par les rues, par les boulevards. Elle file entre les doubles haies d'arbres sans feuilles encore glacés de givre. Enfin, une journée d'hiver sans neige et sans pluie. Le soleil flue sur les toits bleus, sous le ciel gris-rose. Il fait un froid vivifiant qui jette dans les poumons des bris de verre. Le cliquetis des sabots résonne clair le long des grandes façades. Avec le retour du beau temps, tout un Paris de désœuvrés joyeux cahote, vogue sur les trottoirs.

— Ah, Paris ! dit le comte. Quel plaisir d'admirer les Parisiennes ! Les voyez-vous trotter sur les boulevards ? Devinez-vous leur joie de sortir seules, gaies, triomphantes, de montrer leurs tenues d'hiver, d'entendre les talons de leurs jolies chaussures qui claquent dans les flaques, le cliquetis de leurs bijoux et le froufrou de leurs robes ? Devinez-vous leurs œillades rapides aux glaces des vitrines pour vérifier la perfection de leur silhouette et l'élégance de leur allure ?... Il n'y a qu'à Paris que l'on voit ça. Ah, mais c'est vrai. Où ai-je la tête ? C'est la liste des amants de mon épouse qui vous intéresse...

— Une jeune personne, après d'autres, a été retrouvée morte et elle portait un faux grain de beauté, à l'emplacement exact où...

— Je sais. Virginia m'a tout raconté. C'est une femme splendide, n'est-ce pas ? Lorenzo vous a dit la vérité. À quatorze, quinze ans, aucun homme déjà ne pouvait lui résister. Quand je l'ai rencontrée, à La Spezia, tout un cercle d'officiers de marine tournait autour d'elle, ébloui. On l'appelait encore « Virginicchia » ou, plus familièrement « Nicchia ». Pas un nobliau des environs qui ne brûlait de la demander en mariage. Mais je n'étais pas n'importe qui. J'avais vingt-huit ans alors. J'étais le comte François Vérasis de Castiglione, gentilhomme écuyer de la reine Marie-Adélaïde. Je m'étais illustré dans la guerre contre l'Autriche en 1848. Jeune, riche, séduisant, décoré, proche de la Cour, j'étais considéré comme l'un des meilleurs partis d'Italie. Je l'ai épousée le 9 janvier 1854, à Florence. Elle était sublime, vraiment, vêtue d'une robe virginale ornée de broderies à jours de Venise. Une gerbe de plumes et de neige ! J'en étais fou. Sur un mot d'elle, je me serais fait sauter la tête ! Depuis ce jour jusqu'à aujourd'hui – jusqu'à aujourd'hui, monsieur – je n'ai cessé de l'aimer.

Il a dit cela d'un ton détaché, sans cesser d'être accaparé par le spectacle. À mesure que l'on s'approche du centre, la vie se fait plus dense. Malgré le froid, les terrasses des cafés commencent à se remplir. Les tables sont encombrées de hauts-de-forme, de cannes, de parapluies repliés. Les hommes sont en habit sombre, le col relevé, les filles en toilettes claires, bordées de fourrures colorées, coiffées de toques ou de chapeaux à plumes. Les garçons glissent dans la draperie volante de leurs tabliers, élèvent par-dessus les têtes les plateaux et offrent au soleil givré la transparence des verres où tanguent le blond des bières et le vert pastel de l'absinthe.

— Elle, je ne crois pas qu'elle m'ait jamais aimé. Elle a tout de suite fait preuve d'une certaine réserve. Elle a toujours exigé, par exemple, que l'on se vouvoie même dans l'intimité. Et elle m'a trompé, bien sûr. Et ce, dès les premières années de notre mariage... D'abord avec les frères Doria. Les trois, l'un après l'autre. Vous devriez en parler avec Lorenzo. Mais il y en a tant...

Il cite des noms, des aristocrates, des officiers, des marins de passage, explique qu'il a longtemps feint de ne rien voir, de ne rien savoir.

— Cela a été plus difficile quand la rumeur lui a attribué comme amant Victor-Emmanuel, le roi lui-même, ce vieux bouc. À partir de là, tout a basculé. Les autres, il n'est pas exclu que Virginia les ait aimés. Mais lui, ce n'était que pour le prestige, pour le plaisir de se retrouver dans la couche d'un roi. Cavour a tout de suite compris le parti qu'il pouvait tirer d'une fille comme Virginia, ambitieuse, sans scrupule ni morale, attirée par les paillettes. Il l'a envoyée à Paris pour qu'elle devienne la maîtresse de Napoléon III.

— Vous saviez donc ?

— Cette liaison-là, comment aurais-je pu, monsieur, feindre de l'ignorer alors que tout Paris était au courant ?

Il ricane, s'adosse à la banquette. Maintenant, quand il parle, il ne quitte pas Dragan des yeux. C'est un homme élégant, certes, mais trop sec, trop nerveux. Le contraste entre ses propos et le ton monocorde de sa voix est dérangeant. De temps en temps, il retire son chapeau pour s'éponger avec le mouchoir qu'il cache dans sa manche. On ne voit alors plus que son front, immense et bosselé, ses joues tendues comme un tambour, ses orbites creusées. Quelque chose de vif et d'inquiétant passe, parfois, dans son regard, donnant le sentiment que, derrière cette prison d'os et de peau, se cache une sorte de furet cruel, devenu fou à force d'être enfermé dans un crâne.

— Vous me soupçonnez, n'est-ce pas ? Si vous saviez, c'est d'un risible ! Mais, mon pauvre ami, il y a à Paris plus de cent personnes qui connaissent mieux que moi l'anatomie de Virginia. L'emplacement exact de son grain de beauté ? Je serais bien incapable de vous le donner. Je n'ai pas assez bonne mémoire. Demandez à l'Empereur, au comte Baciocchi, son pourvoyeur de plaisirs qui, dit-on, teste toujours avant d'offrir ! Demandez à Morny, à Poniatowski, à Nieuwerkerke, le surintendant des Beaux-Arts, aux dizaines d'hommes qui ont eu ses faveurs ! Interrogez sa femme de chambre, Lorenzo devant qui elle se promène nue sans se formaliser ! Sans compter ceux qui, comme vous, n'est-ce pas, l'ont admirée dans sa plus totale nudité sur les photographies de Pierson !

Des chevaux aussi beaux que les leurs, luisants, souples, à l'encolure de cygne, passent au petit galop, les dépassent. Dans un landau découvert, deux femmes emmitouflées dans de la fourrure entourent un homme rond et chauve enfoncé loin dans la banquette. Dragan reconnaît Gamel Pacha, Lady Hortense et Olympia Doll. Lady Hortense lui envoie un baiser et Gamel Pacha soulève son chapeau et les salue.

— Tenez, dit-il. En voilà encore un à qui Virginia s'est donnée.

— À Gamel Pacha ?

Le comte ne répond pas. Mais à son regard, on devine que le furet qui vit sous son crâne s'agite de plus belle et se heurte violemment à la cloison.

4

Mme Thomazeau est entrée dans le bureau sans frapper et, de surprise, Dragan a lâché le document qu'il avait en main. Elle s'est fait belle. Son éventail a, contre sa poitrine, un battement pâmé, une palpitation mourante d'aile d'oiseau blessé. Sa bouche détendue, ses lèvres doucement entrouvertes semblent aspirer une volupté qui vole.

— Mon mari s'est absenté, dit-elle. Je vais m'asseoir là et ne pas faire le moindre bruit. Je ne vous dérangerai pas. Je vais vous laisser travailler.

— Écoutez, dit-il, je ne pense pas que cela soit une bonne idée. Je ne voudrais pas qu'il y ait de malentendu et que vous puissiez croire que...

— Oh ! vous pensez aux autres fois ? Des moments d'égarement ! Mon mari a très bien compris que ce n'était là que deux instants de vertige... Faites comme lui : n'y pensez plus... Regardez, je me mets là et je ne bouge plus...

Elle s'est assise, avec toutes ses dentelles, ses colliers, ses bagues et ses colifichets, avec ses yeux qui dansent et son sourire poudré. Elle paraît si heureuse de cette nouvelle parenthèse. Après tout, pense-t-il, si cela lui fait plaisir. Mais il craint qu'un commis, qu'un collègue d'à côté n'entre soudain dans son bureau et ne soit surpris de la trouver là, silencieuse, pendant que lui travaillerait. À tout prendre, il préfère encore lui parler, lui raconter où en est son enquête. Et cela l'aidera à réfléchir. Dragan se lève, expose ses pistes, parle de Mme de Castiglione, montre les dossiers qu'il a fait sortir des archives. Tous les comptes-rendus des années 1856-1857-1858, la grande époque de Mme de Castiglione. Il sait à peu près tout d'elle, désormais, les soirées où elle est apparue, les amours qu'on lui a prêtées, sa liaison surtout, avec l'Empereur, qui inquiétait au plus haut point le ministre de l'Intérieur et le cabinet secret. Cet épisode curieux où, à son domicile, quelqu'un a failli assassiner l'Empereur. Il exhibe la liste qu'il a pu obtenir des invités de ce fameux bal du 29 janvier 1856.

— C'est à tomber par terre ! dit-il. Si vous saviez quels noms figurent sur ce papier ! C'est à croire que l'on a invité tous ceux qui, dans le passé ou dans le futur, peuvent se vanter d'avoir couché avec la comtesse ! L'Empereur et le comte de Castiglione, bien sûr. Mais aussi Morny, Poniatowski, Nieuwerkerke, autant d'amants connus de Virginie. Même Gamel Pacha et Pierson sont de la fête ! Et quand on regarde la délégation de Piémont-Sardaigne, on trouve même un certain Doria qui doit être l'un de ces trois frères que l'on m'a cités !

Mme Thomazeau se fait attentive, intéressée, même si elle l'écoute d'une oreille souvent discrète, tout à cette gourmandise des yeux de ce jeune policier qu'elle adore, ce romanesque caché dans chacun de ses gestes, dans la moindre de ses attitudes.

— Moi, dit-elle soudain, si j'étais vous, je soupçonnerais la comtesse en personne.

— Pardon ?

— Eh bien, cette dame m'a l'air bien obsédée d'elle-même, à se faire photographier sans cesse, à revenir toujours à ses années de jeunesse ! Le genre à ne pas supporter de rivale...

Il la regarde, abasourdi, pris d'une sorte de vertige à peser de nouveau cette hypothèse qu'il avait chassée de son esprit. Et tellement déstabilisé de constater que cette femme futile qui ne l'écoute qu'à moitié ait pu aller si vite dans cette voie qu'il a mis, lui, si longtemps à emprunter.

— Non, c'est absurde, dit-il. Rien ne permet de...

Des lambeaux de rapports lui reviennent à l'esprit et l'étourdissent. Des rapports qui font mention de la fascination de Mme de Castiglione pour les miroirs, pour les masques, pour les doubles. Ses propos mêmes soulignant qu'une autre se substitue peut-être à elle-même devant l'objectif. Il cherche dans son dossier les deux photographies qu'il possède de la comtesse, celle en sortie de bal et celle devant le miroir. Mme Thomazeau s'est levée pour contempler elle aussi les images. Ses doigts furètent sur le bureau à côté de ceux de Dragan.

— Non, non, dit-il, l'idée est séduisante, mais cela ne colle pas du tout.

Et il lui en expose les raisons. La robe de la noyée ne peut pas être la même que celle de la comtesse, soigneusement rangée, impeccable, sans la moindre trace d'un séjour dans l'eau. Et peut-on imaginer la comtesse aller jusqu'à placer une mouche sur la fesse de son sosie ? Et quelle actrice ce serait si ce soir-là, à La Traboule, découvrant la noyée, elle avait joué la comédie ! Mme Thomazeau l'écoute mais ne l'entend pas. Ses yeux flambent de le sentir si près.

— Je suis désolée, dit-elle. Je ne peux pas m'en empêcher.

Et elle lui prend le visage dans ses mains et, frénétiquement et voluptueusement, elle colle ses lèvres sur les siennes.

— Excusez-moi, dit le commissaire Thomazeau dans l'encadrement de la porte. J'ai croisé une jeune femme devant l'entrée. Une certaine Églantine. Elle a déposé un billet pour vous.

Il reste là, aussi large que haut, son chapeau encore sur la tête et son écharpe autour du cou, tenant au bout de ses doigts boudinés un petit papier plié en deux. Et il fixe Dragan avec un regard figé entre la stupeur et l'émerveillement.

Chapitre XV

1

Dès qu'il a lu le mot, Dragan est allé chercher Églantine. C'est pourtant la fin de l'après-midi, bien avant l'heure de la fermeture. Il a poussé la porte de l'atelier de M. Étienne et s'est contenté de rester là, sur le seuil, devant l'assemblée des ouvrières occupées à trier et à lisser les plumes. Cette fois, personne ne s'est moqué. Toutes les filles sont restées bouche bée, leur travail suspendu à la main, conscientes que quelque chose d'essentiel était en train de se jouer. Églantine a été l'une des dernières à lever la tête. En l'apercevant, elle a rougi sur l'instant, un peu par honte et beaucoup par bonheur. Dans sa cervelle, la clause du règlement selon laquelle toute sortie prématurée avant l'heure mérite l'exclusion a défilé à la vitesse de l'éclair. Elle n'a pourtant pas hésité. Toute la nuit, elle s'est dit que Dragan était dans sa vie une chance inespérée et que si jamais il réapparaissait, il faudrait qu'elle ne le laisse pas filer. Quitte à forcer le destin.

Elle s'est levée lentement en reposant les plumes d'autruche sur la table, avec un petit sourire modeste qui disait à ses collègues : « Eh oui ! désolée, ce monsieur sapé comme un milord, ce jeune homme à l'élégance merveilleuse, ce prince charmant tombé des pages d'un conte n'est pas venu pour vous mais pour moi. » Elle a évité le regard de M. Étienne – le regard désemparé et infiniment triste de M. Étienne –, elle a pris son manteau et son chapeau et, sans un mot, sans un regret, elle a rejoint Dragan, l'a poussé avec elle vers l'extérieur.

— Je ne voulais pas que vous quittiez votre travail avant l'heure, s'est-il excusé. J'ai vu votre mot. Je suis si content que vous ayez retrouvé Mme Roger. Je voulais juste que vous me donniez l'adresse.

— En vérité, vous voulez beaucoup plus que cela, lui a-t-elle répondu. C'est moi que vous voulez. Mais vous n'osez pas vous l'avouer. N'ai-je pas raison ?

Elle lui a souri de toute la malice de ses yeux. Et il est resté un peu désarmé face à cette fille trop forte pour lui, trop maligne, trop délurée, conscient qu'à ne pas réagir, à ne pas nier, il serait désormais à sa merci, offert à son bon plaisir. Elle s'est penchée vers lui et elle a déposé un petit baiser sur sa joue.

— Vous voulez rencontrer Mme Roger ? Je vais vous y conduire.

Elle lui a pris la main et elle l'a entraîné avec elle. Et les voilà qui courent sur le trottoir, le long des files de voitures, parmi la boue et la bousculade de la rue tandis que le soir s'installe.

Paris s'allume dans la nuit qui tombe. Le gaz des réverbères miroite dans les flaques d'eau. Des nuances blondes, fauves, havane dansent avec le crépuscule. Églantine emmène Dragan sous un passage couvert bordé de boutiques à la mode.

C'est une caverne d'Ali Baba, une longue travée de

fer et de verre, pleine de monde et de lumière. Églantine pousse des cris de joie, bat des mains, saute comme une gamine un matin de Noël. Tout à son admiration, elle saisit le bras de Dragan et se blottit contre lui. Lui, il ne sait trop quoi faire, trop quoi penser de cet amour qui va trop vite. Est-ce que cette fille se méprend ou est-ce qu'elle est plus clairvoyante que lui, d'une intelligence plus apte à saisir ce qui lui échappe encore ? Mais il la trouve jolie, si jolie. Il l'admire, devant un comptoir de parfumerie, tandis qu'elle hume les flacons casqués de bouchons dorés, qu'elle soulève les boîtes en carton rose, ouvre les fioles et tâte les sachets. Il l'admire, devant la boutique d'un modiste, tandis qu'elle passe sous l'arche des robes transparentes.

Églantine trouve facilement, au bout de la galerie, la boutique de Mme Roger. Et elle reconnaît de loin, en ombre chinoise, la silhouette tout en rondeurs de la couturière. Elle n'a guère changé.

— Elle seule, dit-elle à Dragan, pourra nous expliquer qui a créé cette robe, qui en a eu le modèle entre les mains et ce qu'il en est advenu. Peut-être même en a-t-elle refait un exemplaire à la demande de notre assassin.

2

C'est un des plus beaux magasins du passage. Les boiseries qui garnissent à mi-hauteur les murs sont en vieux chêne à multiples moulures, feuillues d'acanthe, ornées de rinceaux. Une élégance de bon aloi qui, par contraste, fait ressortir la fraîche gaieté des jupes et des corsages.

Mme Roger a mis un peu de temps à reconnaître Églantine. Mais quand cela a été fait, elle l'a serrée volontiers dans ses bras. Et, ancienne coquette, elle a caressé d'un regard appuyé la longue silhouette gracile de Dragan, l'a salué de son plus doux sourire. Les années vont d'ailleurs plutôt bien à Mme Roger. La commissure des yeux se creuse de jolies pattes-d'oie. Le corsage un peu fendu laisse deviner, sous une dentelle blonde, le soulèvement moelleux de ses seins et chacun de ses gestes a cette nonchalance, cette grâce que donne la perfection dans la répétition.

Ils sont maintenant tous les trois assis dans le salon d'essayage, dans le profond de fauteuils en velours d'Utrecht, cernés, en alternance, par des miroirs sur pied et des mannequins de bois. Mme Roger tient à montrer à Églantine quelques-unes de ses dernières créations : une cape en fourrure d'organza dégradé écru et moka sur une robe de mousseline brodée de cristal fumé, une robe de bal ivoire finement rebordée de motifs rappelant les faïences de Delft, une crinoline à bustier de soie voilée de dentelle noire, ceinturée de taffetas, sur une jupe boule en dentelle rose brodée. Même Dragan, peu expert, est subjugué par la beauté de ces toilettes. Mais Mme Roger soupire. La maison ne marche plus guère. Elle n'est plus dans l'air du temps.

— La faute à M. Worth, cet Écossais. Il a tout chamboulé, tout modifié. Comprenez-vous cela ? Un homme et un étranger, en plus...

Elle explique que, désormais, si l'on veut suivre Worth, il faudrait tout contrôler, de la production du tissu jusqu'à la coupe, de la confection jusqu'à la vente. Il faudrait engager des sosies, organiser des défilés, chercher des idées nouvelles dans l'excentricité et le mauvais goût des cocottes et des actrices.

— C'est fini, le travail artisanal comme nous savions le faire, ma pauvre Églantine !

Et puis, comme elle s'inquiète de la raison de leur visite, Dragan lui expose l'essentiel. Il cache soigneusement le décès de Camille pour ne pas lui faire de la peine, mais parle d'une jeune femme noyée, égorgée, volée et retrouvée, du fait qu'elle était déguisée en Mme de Castiglione, de l'enquête et de la piste de la robe.

— La comtesse de Castiglione ? répète Mme Roger dans un soupir. Quel couple nous formions ! C'était au temps de ma splendeur. Pendant quelques années, j'ai été sa couturière attitrée et tout le temps qu'elle a brillé, j'ai brillé avec elle.

Elle s'enflamme, explique que les toilettes d'exception sont des œuvres de collaboration, des miracles qui naissent des talents conjugués de la couturière qui suggère et de la cliente qui exige. Or, quelle imagination que celle de Mme de Castiglione ! Quand, dans les soirées, « la Castiglione » apparaissait, c'était toujours un moment de panique parmi les beautés invitées. Elle pouvait, en l'espace d'un instant, selon ses toquades de l'après-midi, détrôner des tendances, rendre obsolètes et « vieille France » des modes encore prisées avant son arrivée.

— Je me rappelle, dit Mme Roger, ce soir-là, où elle est entrée dans une robe améthyste bordée d'hermine ! Une robe améthyste – entendez-vous ? –, quand Paris n'aimait que le vert pré, le bleu ciel et le rose ! Il y eut un silence, un silence terrible parmi toutes les toilettes claires. Plus un éventail ne battait.

Églantine l'écoute, subjuguée. Elle l'imagine, la comtesse, s'avançant, mystérieuse et glaciale, égyptienne et gothique, au milieu de toutes ces dames figées, pétrifiées sous leur guimauve et leur sucre candi, se fendillant sur son passage, et s'écroulant, elles et leurs coiffures en chantilly, leurs crinolines en berlingot, dans un grand bris de bonbons qui se brisent.

— Mais quel caractère ! ajoute Mme Roger. Quelle exigence ! En ce temps-là, Mme de Castiglione transformait ses appartements en atelier de confection, s'exaspérait des imperfections, déchirait les robes mal coupées, les faisait refaire après avoir changé d'avis.

— Parlez-nous de la première robe, insiste Églantine, celle du premier soir officiel aux Tuileries. Celle sur laquelle nous avons travaillé, Camille, moi et les autres... la crinoline bleu-argent...

Les yeux de Mme Roger brillent. Elle raconte, la voix tremblante, la crinoline bleu de ciel en gaze de Chine.

— Avez-vous gardé une copie de cette robe ? Ou un dessin, des papiers, quelque chose que l'on aurait pu utiliser pour la refaire à l'identique ?

— Mais non, voyons, jeune homme. Tout se faisait à l'intuition, je vous l'ai dit, et en exemplaire unique. Cette robe n'existe que dans la penderie de Mme de Castiglione.

Elle explique comment, à l'époque, le travail devait se distribuer entre différents ateliers. Elle évoque Mlle Bienvenue, la manufacture d'Isaac Berstein, la boutique de MM. Ransons et Yves, l'atelier de Mlle Annabelle, là où Églantine et les autres ont passé de longues soirées.

Une tristesse musicale et contagieuse enveloppe maintenant les mots de Mme Roger, les dore d'une jolie croûte, leur donne une belle couleur et un moelleux de brioche. Églantine est tout à autrefois. Elle pense de nouveau à Camille, à Marthe, à Mélanie, à toutes celles de l'atelier de Mlle Annabelle. Elle interroge le temps passé depuis à l'aune de ses rêves de gamine et Dragan a sa place dans cette réflexion. Ses yeux ont pris des demi-teintes. Ils se sont doucement ombrés de bleu, se sont baignés d'une transparence d'eau. Dragan l'observe discrètement. Il la préfère ainsi, désarmée, sans la défense de sa malice. En Madone reposée, il la trouve infiniment plus belle.

— Une crinoline de sortilège, d'envoûtement ! conclut Mme Roger. Quand je l'ai aperçue, une fois montée, je me suis dit que personne, à la porter, ne pourrait en ressortir indemne !

Églantine blêmit. Bien sûr que c'est cette crinoline qui porte malheur, qui fait tourner les têtes ! Camille n'a plus été la même depuis qu'elle l'a essayée. Et moi aussi, pense-t-elle, un soir à l'atelier, je me suis glissée dans la crinoline et j'ai valsé devant la glace. Est-ce encore la malédiction de la crinoline qui me pousse, moi aussi, à voir plus loin, plus haut, à rêver qu'avec Dragan... ?

— Mais enfin, dit le jeune homme, pour réaliser si vite pareille crinoline, il faut bien avoir un modèle, un dessin, quelque chose. Qu'est-ce qui, à l'atelier, guidait les ouvrières ? Est-ce que...

— La poupée ! s'écrie Églantine en se redressant. Il existe un autre exemplaire de la robe ! Celle, miniature, que portait la poupée !

— C'est vrai, dit Mme Roger. J'oubliais la poupée. Pour les détails, bien sûr, le modèle est rudimentaire, mais pour les couleurs, les volumes, l'assemblage final, c'est tout à fait fidèle. Rappelez-vous, Églantine, quand vous vous éloigniez du modèle, je n'étais pas contente.

— Et cette poupée, demande Dragan, qu'est-elle devenue ?

— Comme les autres, elle est retournée à celui qui les confectionnait, à ce cher Léonard, au Paradis des fées, rue Vieille-du-Temple. Il les conservait pour moi dans des boîtes en carton et me les ressortait à l'occasion.

3

L'homme s'avance à travers le chantier. Il y avait là, autrefois, un lacis de ruelles, le brouhaha joyeux d'un Paris populaire, avec des commères qui s'interpellent, des gamins qui font flotter des bateaux en liège dans l'eau des caniveaux, des ouvriers en chemise, à cheval sur des chaises de paille, fumant la pipe sous les portes cochères. Mais Haussmann et ses terrassiers sont passés par là.

Dans le ciel fumant de froid, rouge de vent, ce ne sont que des ruines mâchées de pluie, des baraques éventrées, des étendues retournées, désertées. Aucune vie ne bat. Ce chantier-là a fait plus de dégâts que les autres. Il a éventré des galeries souterraines, des catacombes, peut-être, d'anciens puits. L'homme à la canne avance à pas prudents, le regard balayant les profondeurs de la terre, les gouffres d'ombre révélés par la percée du nouveau boulevard. C'est comme si Haussmann avait débusqué d'autres villes endormies dont on aperçoit désormais les entrées, porches secrets, cours mystérieuses, galeries ouvertes plongeant vers les entrailles. En se penchant et en tendant l'oreille, on y entend battre des cœurs, grouiller des vies, on croit y deviner des yeux qui vous observent et vous suivent.

L'homme à la canne se dirige sans hésiter vers la seule lueur qui tremble dans l'obscurité, une sorte de cave ou de tanière. Il frappe à la porte, puis rentre.

Le tailleur lève ses grosses lunettes vers lui, mais se replonge aussitôt dans son ouvrage. Il travaille, à la chandelle, à finir un ourlet. Sur la table, des ciseaux, des pelotes, du fil, tout un arsenal d'épingles et d'aiguilles. Sur des cintres derrière lui, des vestes et des pantalons.

— Elle est prête, dit-il. Mais cette fois, cela m'a pris du temps pour la remettre en état. Je ne pourrai pas faire éternellement des miracles.

— Je vous paierai en conséquence, vous le savez bien. Je suis un peu pressé...

— Tout ne s'achète pas, monsieur...

Il se lève, traîne des pieds jusqu'à un placard, en ouvre les deux battants. La robe est là. Magnifique, plus resplendissante que jamais. La crinoline bleu-argent, avec sa double tunique, ses volants en point d'Angleterre. Elle palpite sur son portique, dans la demi-obscurité de sa cachette. Les dentelles et le marabout bleu frémissent à ses extrémités comme des grappes de papillons.

L'homme ressort avec son paquet. Comme chaque fois qu'il serre la crinoline contre lui, il titube comme s'il était saoul. Le quartier tout entier lui semble soudain baigner dans la lueur cendreuse, la lumière froide et bleutée de la robe. Des brouillards laissent au bas des murs des traînées de bave argentée. Il avance au milieu de maisons ouvertes, de planchers suspendus sur l'abîme, d'escaliers qui ne conduisent plus à rien. L'homme et la crinoline se glissent entre les ombres louches, les lumières frelatées, sous la féerie cassée d'édifices dont les ruines fument.

— Ne trouves-tu pas que c'est beau, ma Nicchia ? Il faut envoyer une pétition au baron Haussmann pour que les grands travaux de Paris s'arrêtent à la phase de la démolition.

Il serre le paquet contre lui, danse un instant au milieu des gravats. Des lambeaux de papier peint claquent dans le silence. Le Paris du baron Haussmann élève vers le ciel ses monstrueuses blessures.

— Je n'ai eu aucune satisfaction, sais-tu, l'autre fois ? Tu étais déjà morte, comprends-tu ? Je vais devoir recommencer.

Chapitre XVI

1

— Oh ! Une mare de bouc ! s'écrie Églantine en battant des mains. Je ne vais pas pouvoir passer sans vous. Portez-moi !

Sans attendre de réponse, elle enroule le bas de ses jupes avec beaucoup de soin, se tourne vers lui, d'une invite muette. Il soupire, se penche, l'enlève dans ses bras comme dans un berceau. La tête nue de la jeune femme repose, un peu renversée, sur le bras qui la soutient. Ses lèvres sont entrouvertes par un sourire presque méchant qui laisse entrevoir ses dents fines et blanches. La même expression de malice farouche brille dans ses yeux bleus qui s'attachent à ceux de Dragan avec une persistance pénétrante, se voilent enfin sous la frange de ses paupières.

Elle songe que c'est ainsi que des jeunes mariés franchissent le seuil de leur nouvelle demeure et elle le regarde en espérant qu'il ait la même pensée. Mais lui, tout au contraire, a pris un air sombre, pensif. Il se revoie portant pareillement la noyée de la Seine. Et, sur le moment, il se trouve bien peu sérieux alors qu'on lui a confié la tâche d'identifier et d'arrêter un meurtrier. Et il se dit que cela a peut-être été une erreur que de vouloir associer à son enquête cette Églantine qui, à l'instant même, se blottit contre son épaule et ne semble voir dans tout cela qu'un jeu de séduction. Alors, il franchit sans un mot la mare de boue et la repose de l'autre côté.

— Quelque chose ne va pas ? lui demande-t-elle.

— C'est votre insouciance qui m'effraie. Je ne sais pas trop ce que vous voulez, pour quelles raisons vous m'accompagnez...

Elle semble sur l'instant désarçonnée. Mais, très vite, elle réagit. Son visage prend une expression dure qu'il n'y a encore jamais vue, un mélange de déception et de colère rentrée.

— Je vous accompagne pour deux raisons. D'abord parce que vous êtes venu me chercher, ensuite et surtout, parce que Camille, mon amie, le seul être au monde que j'aimais, a été retrouvée nue au fond d'un trou, la gorge tranchée, et que je veux la venger... Cela vous paraît-il suffisant ? Mais si vous ne voulez pas de moi, je m'en vais...

Elle s'élance dans la mare de boue et il doit, de ses deux mains, la saisir aux épaules pour l'arrêter.

— Je suis désolé, Églantine. Je vous demande de me pardonner. Si je suis venu vous chercher, c'est en effet que j'ai besoin de vous. Et pas seulement pour m'accompagner dans mon enquête...

Elle l'observe par en dessous. Ce Dragan sait-il ce qu'il veut ? En tout cas, il est vraiment très beau. Sa silhouette est dessinée comme un coup de crayon, d'une grande pureté, hachée d'un dégradé de faux noirs, de noirs colorés où seuls brillent ses yeux et dans ces yeux, une tristesse sincère et touchante. Elle finit par hausser les épaules et elle revient vers lui.

— Vous êtes content ? Me voilà toute crottée ! Tant pis... Alors, ce fabricant de poupées, on le rencontre ?

Des fumées montent des cheminées. Tout un quartier d'artisans et de boutiquiers se déploie, un monde affairé où le bruit des outils marque les heures, où l'air sent l'encre fraîche, la colle, la peau tannée et le copeau de bois. Le ciel est sombre et les lampes à huile brûlent au fond des échoppes.

Avec la boue et la buée, on a du mal à distinguer les boutiques. Églantine oblige Dragan à coller son nez aux vitres, à jouer au premier qui devinera le métier des occupants. C'est d'abord l'atelier d'un chapelier, mais c'est facile, avec sur le devant, pendues à des crochets, des peaux de castor, de ragondin et de lièvre. Puis c'est un fabricant de fleurs artificielles et c'est plus difficile parce que l'homme est de dos et qu'il faut toute la malice d'Églantine pour surprendre, dans un miroir, ses mains entortillant du fil de fer dans du papier joseph, puis contournant, autour d'une boule de buis, des bandes de papier de soie dentelé pour en faire des pétales. C'est ensemble et très vite qu'ils démasquent la petite fabrique de gants malgré ses fenêtres minuscules, avec son coupeur-gantier occupé à calibrer les peaux et ses deux brodeuses s'appliquant à piquer le cuir et à festonner les bords des gants à coups précis de molette.

— Ce doit être ici, dit Églantine.

Elle a couru devant pour arriver la première et gagner. Elle s'est arrêtée devant une boutique de jouets. Dans sa jolie robe à volants, avec sa peau de miel, alors que le vent léger, au-dessus d'elle, fait cliqueter le bois des marionnettes suspendues, il la trouve de nouveau très belle. Plus que belle, adorable.

L'enseigne porte bien le nom donné par Mme Roger, Au paradis des fées, mais ce n'est pas là l'atelier d'un fabricant, plutôt la boutique d'un commerçant. La poupée n'est d'ailleurs plus qu'anecdotique. Dans la devanture, on aperçoit des lanternes magiques, des boîtes de jeux, des sébiles emplies de billes multicolores, des chevaux de carton peint et des cerfs-volants pendus à des fils d'argent. Quand ils poussent la porte, ils font tinter les grelots d'une rangée de polichinelles.

— Ah, non, dit le patron quand ils l'interrogent, je ne fais plus ce genre d'article. De l'ancien fonds que j'ai racheté, je n'ai gardé que le nom. La poupée de mode, c'est fini. La faute à Worth. C'est ainsi et c'est tant pis !

C'est un petit homme ficelé comme une corde à boyaux, bonnet de castor sur des cheveux blancs, tablier de cuir, lunettes minuscules posées sur le bout du nez. Il leur explique que la poupée de mode, la poupée « parisienne », aux formes et aux allures de femme, celle que les couturières montraient à leurs clientes ou envoyaient aux ateliers, c'est de l'histoire ancienne. Maintenant, depuis que le couturier Worth en a eu l'idée, ce sont de vraies femmes qui défilent, des « sosies », de jolies filles qu'on engage pour se pavaner devant les clientes. Désormais, les poupées sont des jouets pour les petites filles. Et ce sont d'autres modèles, d'autres standards ! Fini les formes trop voyantes, les seins et les hanches marqués. Il tient d'ailleurs à leur montrer ses derniers modèles.

Il monte sur un escabeau, descend des cartons, des petites malles. Il déballe des poupées sorties des moules de Mlle Huret, en gutta-percha, des poupées

Barrois, à la tête en biscuit, au corps articulé par des goussets, des poupées Jumeau, en porcelaine vernissée, l'œil bleu, la perruque en mohair. De beaux objets, assurément, mais toutes ont un visage enfantin, des formes potelées, des joues roses. Ce ne sont que des reproductions de petites filles qui s'habilleraient comme des grandes.

— Mais quand vous avez racheté le fonds, demande Dragan, qu'avez-vous fait du stock des anciennes poupées ?

— J'ai tout mis à la cave ! Chacune était grande comme ça ! Elles prenaient une place folle.

2

— Moi, leur a-t-il dit, je ne m'aventure plus par là. Cet endroit me fait peur. Mais si cela vous chante, voici les clefs.

À la main de Dragan, la lampe se balance, brasse les ombres sur le mur, y jette des phrases brèves remuées de signes énigmatiques. Toute la nuit feutrée de la cave bat à cette pulsation légère. C'est une longue pièce voutée, non éclairée, avec des grains de mica qui brillent dans la pierre et de larges travées d'étagères couvertes de poussière. Sommeil et bercements, chorégraphies muettes, gestes figés, positions éternelles, les poupées absorbent, pensives, le silence. Une tristesse infuse les rayons d'un bleu d'encens, s'émiette sur les bras qui pendent, les bas des robes qui flottent, les gorges penchées qui se dérobent ou s'offrent.

Les premières demoiselles découvertes les accueillent dans l'indifférence. Elles lèvent vers eux un œil d'ennui. Tout d'abord, une marquise du XVIIIe, à la robe bleu de lapis, au lampas semé de boutons de rose, nouée par une dentelle d'argent frisée dont le nœud et les deux petits bouts détachés pendillent recroquevillés sur l'étoffe. La lumière couvre ses lèvres de velours. Elle pose sur eux des yeux froids, à la transparence dérangeante. Puis c'est une brune très belle, avec sa robe de jour bleu roi, corsage à manches longues, rehaussé d'une passementerie à pendeloques de velours noir et d'un petit col à revers en dentelle. Elle les laisse passer, immobile, dans une vacuité terrible de regard, perdue sous son immense chapeau d'Artagnan. Sa voisine est une rousse portant une cape burnous en fin lainage de cachemire, couleur crème, doublé de pongé de soie. Elle tient à la main une ombrelle-marquise. Elle tourne vers eux un visage las, comme lustré par l'usure, où flottent des reflets de détresse étonnée.

— Je vais prendre cette allée, murmure Dragan d'une voix qui fuit. Vous me suivez ?

— Je suis là, mais ces regards me rendent mal à l'aise.

Toutes les poupées ont des yeux extraordinaires qui lapent au passage la lumière et brillent en un éclair dans la nuit, des yeux en émail, foncés et brillants à la fois, humides, en pleurs et en feu, presque fermés sous le poids des cils et où dansent, comme sur le mur les ombres, des expressions somnolentes et engourdies.

Églantine et Dragan avancent un peu à l'aveuglette. Ils glissent très vite le long des rayonnages, se contentant d'un balayage furtif, comptant sur un peu de chance pour tomber, par hasard, sur la crinoline bleu azur et ses volants au point d'Angleterre. Ils dérivent en vérité, sans carte et sans boussole. Et au fur et à mesure que le couple s'enfonce dans l'obscurité de la cave, les reflets de la lampe jettent sur les rayons une mélancolie de nécropole, transforment les boîtes en carton en rangées de sarcophages. Les poupées devant lesquelles ils passent ont maintenant des poses hautaines, des immobilités de déesses païennes. Elles les suivent des yeux, dans des mimiques désapprobatrices, figées entre l'incrédulité et l'agacement.

— Celles-là me font très peur, chuchote Églantine. Protégez-moi !

Dragan a, d'instinct, tourné la lampe vers sa compagne. Le bleu des yeux d'Églantine brille bien plus que de la porcelaine et ses cheveux, sous la lumière, ont une douceur de soie. L'envie le saisit de la prendre sous les bras et de la remettre sur l'étagère, dans la boîte en carton d'où elle est forcément tombée.

— Prenez mon bras, lui dit-il avec un sourire tendre. Serrez-vous contre moi.

— Croyez-vous qu'il soit bien prudent d'avancer encore ?

L'homme les a mis en garde, les a dissuadés de s'aventurer jusqu'à la troisième travée. Au fond, leur a-t-il dit, règnent les poupées cassées, les poupées mutilées et même des poupées redevenues sauvages, furieuses et rancunières qu'on les ait délaissées. Ces poupées-là ne se contrôlent plus. Elles sont cruelles et dangereuses. Elles ne chassent qu'en meute. Probable qu'elles vous sauteront dessus à cent, à mille, vous arracheront les yeux et vous trancheront la gorge.

Dragan lève la lampe pour éclairer le fond de la cave. Les reflets dévoilent, de-ci, de-là, des crânes nus, des jambes pendantes, des têtes borgnes. Il y a des boîtes enfoncées, d'autres couchées et d'autres vides. Quand il éclaire celles occupées encore, les occupantes se reculent, se blottissent au fond de leur carton. Babines relevées, elles grondent, montrent les dents. Et puis, là-bas, dans l'ombre, brillent des yeux méchants. On devine des frôlements, des piétinements, des courses minuscules dans les recoins.

— Regardez, dit Églantine. Il y a des étiquettes sur les étagères, cachées par la poussière. Les poupées sont rangées par année. Nous nous sommes aventurés trop loin.

Elle lui lâche le bras. Déjà, elle lui a pris la lampe d'une main et de l'autre, au passage, elle nettoie chacune des étiquettes. Et à comprendre comment tout cela est agencé, quelle est la logique qui préside à l'aménagement de l'espace, elle regagne de l'assurance. Elle ne marche plus, elle court, tout enrubannée de la lumière où flottent les grains de poussière qu'elle soulève du bout de ses doigts. Et l'on dirait un être surnaturel, un elfe, un farfadet, dansant dans de la poudre de fée.

— 1832... 1838... 1842... 1848... 1852...

Elle n'a plus peur. Elle connaît désormais le secret de la cave, la formule magique, l'abracadabra du désenvoûtement. Devant elle, d'ailleurs, dans l'ombre, les poupées semblent s'incliner devant ses nouveaux pouvoirs, se résigner à n'être plus que des objets. Avant même qu'Églantine ne les rejoigne, elles regagnent sagement leurs boîtes, s'alignent et se rangent, se figent de nouveau dans leurs poses éternelles.

Et, sous les lueurs de la lampe, ce sont toutes les modes des dernières années qui défilent : « Élégantes » de la Restauration, dans l'éclat neigeux des mousselines claires, des fleurs de lys, des écharpes et des cocardes blanches ; « Coquettes » de 1830, flottant dans des robes d'organdi peint, corsages décolletés à la vierge, mains cachées dans des douillettes de satin d'orient ; « Amazones » de Charles X, arborant fièrement bottines, gants en peau de renne et cravaches en poil de rhinocéros ; « Romantiques » évaporées, exaltées par les romans de Walter Scott et les poèmes de Lord Byron, noyant sous le tulle et la mousseline leur souffrance muette et diaphane ; « Lionnes » de 1840 rugissant dans leurs robes « fumée de Londres », dans leurs corsages ouverts sur chemises à jabot ; « Fashionables » de la Seconde République, la tête adorablement prisonnière de capotes de taffetas ornées de blondes de soie, croulant sous les fleurs velours, pensées, oreilles-d'ours et primevères ; « Tapageuses » de 1850, minaudant sous leurs jolis bonnets de tulle blanc et leurs marmottes de dentelles noires nouées sous le menton ; « Mystérieuses » de 1852, diamants en cache-peigne étouffés dans les nattes de leurs cheveux, robes en velours grenat surchargées de dentelles blanches.

— Ah ça ! s'écrie Églantine en s'arrêtant. C'est une blague !

— Une blague ?

— Cela s'arrête là ! Il n'y a plus rien à partir de 1854 !

Ce n'est pas tout à fait vrai. Les étagères portant les étiquettes des premières années du Second Empire sont simplement vides, avec, dans un coin, un unique carton éventré au fond duquel une blonde dénudée, aux yeux vides, aux mains mutilées, la tête posée sur son épaule gauche, semble se moquer d'eux. Dragan s'approche, reprend la lumière de la main d'Églantine, la rehausse, inspecte les rayons désertés, laisse traîner le bout de son index.

— Regardez, dit-il, on voit encore, dans la poussière, les traces des cartons. Quelqu'un a enlevé les boîtes des poupées.

— Vous croyez que c'est l'assassin ?

3

De grandes flammes vives mènent leur danse au bruit craquant du bois et des étincelles. Elles viennent allumer sur l'établi la blondeur des pièces de bois. Églantine s'est plantée devant le poêle. Elle fait bouffer ses lourdes jupes comme le faisait Marthe dans l'atelier de Mlle Annabelle, laisse la chaleur monter le long de ses jambes. Les paupières closes, un sourire déposé sur ses lèvres, elle jouit de cette caresse sans pudeur, du chatouillis de la fumée jusqu'en haut de ses cuisses.

L'homme les a conduits dans l'arrière-salle qui, autour du poêle à charbon, lui sert d'atelier, d'archive et de pièce à vivre.

— Vous auriez dû me dire que c'étaient ces poupées-là qui vous intéressaient. Quand j'ai repris le fonds, j'ai reçu une offre. Un homme est venu me proposer de racheter tout un lot. Pour sa collection, m'a-t-il dit. Il en donnaït un bon prix et j'ai accepté.

Il a déposé devant lui un volume oblong recouvert d'un fin velours vert pelé par le temps, coins et dos renforcés de ferrures. Son livre de comptes, a-t-il dit. Il en feuillette chaque page, suivant ligne par ligne, du gros bout de son index, l'écriture. Parfois, de la poche fendue de son paletot, il tire un mouchoir à carreaux et s'éponge le front, puis, devant ses yeux un peu fatigués, il replace son binocle sans monture.

— Là ! dit-il. Je savais bien que j'en avais gardé la trace. J'ai tout : le montant de la transaction et même le nom de l'acquéreur.

D'un même mouvement, Églantine et Dragan s'approchent. L'écriture est un peu penchée mais parfaitement lisible. On distingue très nettement le nom : Pierre-Louis Pierson, photographe de profession.

4

Ils sont revenus vers le cœur de Paris. D'instinct, ils sont allés là où il y a le plus de bruit et de mouvement, vers les rues animées et les commerces. Comme elle avait faim, ils sont entrés dans la première brasserie venue, se sont installés contre la vitre parce qu'elle voulait voir l'animation du boulevard et il l'a laissée commander. Elle riait en regardant la carte. Elle n'avait jamais vu tant de choses à manger. Elle a demandé si elle pouvait prendre ce qu'elle voulait et comme il a acquiescé, elle a dit : « Des huîtres et du vin blanc ! » Il n'a pas grand appétit, mais il prend plaisir à la regarder manger. Et boire. Églantine aime le vin. Il colore ses joues et fait briller ses yeux. Mais cela ne l'empêche pas de l'écouter.

Pierson ! reprend Dragan. La bonne de Mme de Castiglione avait donc, d'une certaine façon, vu juste ! Voilà un homme qui remplit toutes les conditions pour faire un bon assassin. Sans aucun doute, il connaît le détail du grain de beauté : la comtesse a dû se mettre nue devant lui plus d'une fois, ne serait-ce que lors de la prise de ce portrait où elle est à demi dévoilée dans un lit, avec pour seul vêtement son masque. Il était au bal du 29 janvier 1856. Il a dû être subjugué par la crinoline. Quand il a découvert la poupée revêtue de cette robe magique – cette robe ensorcelée, Églantine ! –, il n'a pu résister. Il l'a achetée et il a fait reproduire la crinoline à l'identique.

— Mais pourquoi votre Pierson aurait-il tué Camille, la noyée et les filles avant elles ?

— À l'évidence, notre bonhomme est obsédé par la comtesse. Il a tiré tellement de portraits d'elle ! Ah, ça ! Églantine, il ne se lasse pas de la prendre. De la prendre... mais en photographie seulement ! Voilà le hic ! Quelle frustration, s'il est amoureux d'elle, s'il la désire secrètement ! Mme de Castiglione se déshabille sans aucune pudeur devant lui, l'excite, l'échauffe et notre homme ne peut pas la toucher ! Il ne peut la coucher que sur les plaques sensibles de son appareil ! De quoi devenir fou, Églantine ! De quoi devenir un assassin !

— Vous voulez dire qu'il aura déguisé les filles pour...

— Ce n'est qu'une hypothèse. Mais elle est tellement cohérente ! Chaque fois qu'il rencontre une fille qui a une ressemblance avec la comtesse, il lui offre de l'argent. Il la déguise, la revêt de la robe qu'il a fait reproduire. Et il joue à la séduire, à l'amener dans son lit ! Mais le jeu tourne mal et il la tue !

Elle fait la moue et hoche la tête de haut en bas, si bien qu'il ne sait pas si elle l'approuve ou le désapprouve. Elle remplit de nouveau son verre, le vide d'un trait, le regard perdu à travers la vitre. De là où ils sont, ils ne manquent rien du spectacle de la rue. La lumière des magasins ruisselle sur les trottoirs, pousse sa flamme jusqu'au milieu de l'asphalte. Devant la vitre de la brasserie, passent d'étranges équipages, des dames emmitouflées dans du renard et de la zibeline, suivies de majordomes disparaissant sous des cartons quadrangulaires couverts de papier cadeau, ou de servantes croulant sous des paquets tachetés de dessins de réclame. De l'autre côté du trottoir, c'est un grand magasin de mode qui flambe. À travers les vitrines, de jolies vendeuses passent et repassent, vantent, suggèrent, proposent. Elles sont elles-mêmes des gravures de mode, avec leurs casaquins blancs, leurs jupes à courtes basques, leurs tabliers de burat vert ou leur indienne à mouches rouges. Derrière elles, des commis en habit bleu ficellent les achats sur de grandes tables de chêne lisse. Des étoffes s'entassent, se déplient, se froissent et s'écartèlent entre des mains fluettes et voraces. Voilà la vie que voudrait Églantine. Boire du vin et manger des huîtres. Puis traîner dans les boutiques et se parer des dernières nouveautés. Une vie d'insouciance et de dépense.

— Qu'allons-nous faire ? demande-t-elle en vidant un autre verre.

— Vous buvez trop. Ce que nous allons faire ? Eh bien, rendre visite à ce Pierson, je pense. Lui demander quelques explications...

— Vous, vous devriez boire un peu plus, dit-elle. Cela vous donnerait peut-être l'idée de me parler d'autre chose que de cette enquête. Vous êtes un ennuyeux, monsieur.

Elle a l'œil un peu vitreux et le sourire un peu trop appuyé. De la fatigue sans doute dans le regard, mais pas seulement. Un peu de tristesse aussi. Et de l'ivresse. Elle se balance sur sa banquette, d'avant en arrière, et s'arrête soudain, penchée vers lui. Elle pose sa main sur la main de Dragan qu'il a imprudemment abandonnée près de son verre.

— Qu'allez-vous faire de moi, monsieur Dragan Vladeski ?

— Je ne comprends pas.

— Je viens de quitter l'atelier de M. Étienne. Je n'ai plus de travail. J'ai pris le parti de vous suivre. Qu'allez-vous faire de moi ?

— Eh bien, je ne sais pas. Je...

— Ah ! J'étouffe ! Partons, s'il vous plaît... j'ai besoin de prendre l'air...

Églantine se fait lourde au bras de Dragan. Paris brille dans la nuit, plein d'étoiles et du feu des becs de gaz. Elle titube et cela la fait rire. Il la soutient pour qu'elle ne tombe pas. Mais le pavé est glissant. Il est obligé de l'asseoir sur une marche, de l'adosser contre un mur.

— Vous avez raison, dit-elle avec un grand sourire. Je crois que j'ai trop bu.

Des couples les croisent et leur jettent des rires complices. À l'évidence, elle est incapable de marcher.

— Je vais appeler un fiacre et vous raccompagner, dit-il. Quelle est votre adresse ?

Elle ne répond pas. Elle dort.

5

Il délace ses bottines, découvre ses mollets, masse avec la plus grande douceur ses petits pieds qui sont froids entre ses mains chaudes. Il a hésité à enlever sa robe, et puis il s'est dit qu'il avait déjà vu son amie Camille toute nue, qu'il avait fouillé dans les dessous de la noyée et qu'il avait vu Mme de Castiglione dans le plus simple appareil. Au point où il en était. À l'évidence, Églantine ne s'en offusquerait pas. Il dégrafe la toilette dans le dos. Pour cela, il est obligé de la plaquer contre lui, de laisser sa jolie tête abandonnée venir mourir contre sa joue. Elle sent bon, une odeur de frangipane, de chèvrefeuille un peu aussi. Il dégage ses épaules, tire sur l'étoffe, fait glisser la robe sur ses hanches et ses jambes. Elle porte en dessous une chemise blanche, un simple jupon de percale, des bas mauves qui montent haut sur ses cuisses. Son corps est menu, bien fait. Il le craignait un peu osseux et il est au contraire tout en rondeurs.

Quand il la prend dans ses bras pour la porter dans le lit, elle ouvre les yeux un court instant. Elle sourit dans un battement lent de paupières. Et quand il la pose, elle ronronne comme un gros chat, frissonne de plaisir en sentant qu'il rabat sur elle les draps. Puis elle s'endort, sa blonde chevelure répandue sur l'oreiller. Il l'observe un long moment avec une grande tendresse, fasciné par la fragilité qui se dégage de ce petit bout de femme qui est venu s'incruster dans sa vie. Et, de nouveau, il la trouve adorable, ainsi abandonnée entre les draps blancs, posée comme un signet doré entre les pages d'un beau livre.

Elle se réveille brusquement vers deux heures du matin, panique un court instant de ne pas reconnaître les lieux. Enfin elle l'aperçoit sur le canapé, roulé dans une couverture, ses bottes et son habit posés sur le fauteuil. Elle se lève, pieds nus. Il fait froid. Elle va jusqu'à la fenêtre. Au loin, des terrains vagues trouent les ténèbres. Des hôtels en construction dressent leurs échafaudages sous le ciel noir. Mais la nuit est belle, avec par instants de grands murmures de feuilles dans la voûte des arbres, suivis de moments de silence. Est-elle chez lui ? Il lui a expliqué que l'appartement était à son père, acheté avec une parcelle de l'héritage qu'inexplicablement, après tant d'années d'indifférence, le prince croate dont il était le bâtard lui avait transmis. Elle n'ose respirer tant l'endroit lui paraît magique. Des parquets cirés, de grands lustres, des commodes damasquinées, des fauteuils en velours bordeaux, un piano. Sans doute un portrait de sa mère, là, sur un guéridon. Et là, accroché au mur, peut-être le violon de son père. Son cœur bat fort en imaginant qu'ils pourraient vivre ensemble, là, tous les deux. Elle rit aussitôt d'elle-même, se moque d'un tel projet alors qu'elle ne le connaît presque pas.

Elle s'approche du canapé, soulève la couverture. Dragan ne porte plus que sa chemise. Elle l'observe longuement, détail par détail. Toujours cette impression qu'il a été modelé pour l'endroit, en parfaite harmonie avec les choses qui l'entourent. Elle se glisse contre lui. Il embaume une bonne odeur d'homme, un mélange d'eau de toilette et de sueur. Sa peau est tiède et douce. Elle ondule pour se faire une place, pour se coller au plus près de lui. Il ouvre un œil. Il sourit. Il ouvre ses bras et elle vient se lover encore plus près. Elle sent ses mains qui se posent sur elle, une au creux de ses reins et l'autre sous son jupon. Des mains de propriétaire. Elle en pleure de joie.

Chapitre XVII

1

En ces années 1860, toute la fleur des photographes s'est regroupée sur le boulevard, là où bat le cœur de Paris, près des théâtres des Nouveautés, du Gymnase et des Variétés. Les cafés à la mode y drainent une foule d'élégants promeneurs, oisifs et dilettantes, gens de théâtre, hommes d'affaires, intellectuels et grisettes qui ne demandent qu'une bonne occasion pour tâter de l'invention nouvelle et se faire tirer le portrait. Pierson et Mayer ont investi dès 1849 le 13, boulevard des Capucines. En 1856, Le Gray, ancien élève de Delaroche, s'est installé à quelques pas. Depuis 1860, la façade de l'atelier de Nadar claque de tout son rouge pimpant au 35 du même boulevard. Les autres ne sont pas loin. Warren-Thomson a ouvert au 14 *bis*, boulevard Poissonnière ; Bisson et Leblanc, Gueuvin, Zacharie, Disdéri ont leurs ateliers boulevard des Italiens. Toutes ces maisons se tirent la bourre, rivalisent de luxe et d'originalité pour profiter du formidable engouement des Parisiens et des étrangers de passage.

Pour se différencier, certains se sont orientés vers les clichés paysagers, d'autres vers les photographies équestres, d'autres encore vers la carte de visite ou la reconstitution historique. La spécialité de Pierson et Mayer, c'est le portrait colorié. Dans la vitrine, sont exposées des miniatures retouchées de ministres en habit et de grandes dames en crinoline, témoignage de leur titre officieux de photographes de la Cour. Des articles de réclame vantent les mérites du portrait colorié : la couleur masque la violence du noir et blanc, atténue l'effet de réel, gomme les imperfections, adoucit les traits d'un pinceau spirituel et galant. « Un portrait de chez Pierson et Mayer, lit-on, c'est l'assurance de combiner la ressemblance et l'œuvre d'art. »

— Églantine, je ne sais pas si nous avons raison de prendre ce Pierson de front.

— Allons, que risquons-nous en pleine journée au milieu de ses employés et de ses clients ?

— Je ne voudrais pas vous mettre en danger...

— Montons ! dit Églantine en prenant le bras de Dragan. Allons voir à quoi ressemble notre assassin !

Elle est si gaie depuis le matin. Depuis qu'il l'a réveillée avec un bol de chocolat et des croissants. Là, quand elle a ouvert ses yeux gonflés, avec ses cheveux défaits, sa gorge nue, ses jambes découvertes, quand elle a ri en l'apercevant, qu'elle a passé ses bras autour de son cou et qu'elle l'a embrassé d'un baiser sonore sur les lèvres, il s'est dit qu'il était peut-être bien tombé amoureux de cette étrange fille. Et il en a eu la certitude tout le temps qu'elle a mangé, avec toutes ces poses magnifiques, ces paresses adorables tandis qu'elle croquait dans ses viennoiseries, ces yeux brillants, la molle courbe de son bras retenant sa tête, la couverture refusant de cacher sa gorge et ses hanches nues et elle, riant et ne cessant de l'envelopper de mouvements tendres délicieusement maladroits et naïfs, de baisers aussitôt suspendus par une hésitation timide.

Elle entre et l'entraîne à sa suite. Mais la maison a soin, d'emblée, de calmer les ardeurs. De la porte de l'établissement à la chambre de pose, ce n'est qu'un dédale de couloirs, de salles sombres décorées de luxe. Objets rares, guéridons de Boulle, tables en acajou, peintures, panneaux sur bois, sculptures, collection d'oiseaux naturalisés, c'est tout le bric-à-brac d'un cabinet de curiosités qui s'expose aux clients, les aspire loin de la trivialité du boulevard, les plonge peu à peu dans un monde onirique. Marche par marche, pièce par pièce, tout est fait pour que s'élève autant l'âme que le corps. Et quand ils arrivent enfin à l'escalier à balustrade, rampé de velours rouge et de crépine, qui conduit au studio vitré et au laboratoire, Églantine a perdu son insouciance. Impressionnée par cet univers étrange où se combinent le sérieux de la science et le mystère de la magie, elle se serre contre Dragan.

2

Perché comme un nid d'aigle par-delà les terrasses et les toits, l'atelier de Pierson et Mayer domine la ville. Une immense verrière, ouverte large sur le ciel, se balance, en équilibre, sur le vide irradié de lumière. Opérateurs, peintres, miniaturistes, préparateurs, colleurs et retoucheurs, une quarantaine d'ouvriers travaillent sous cette chrysalide de verre finement veinée de structure métallique, fragile face aux bourrasques, aux orages, à la grêle.

Quand Pierson reconnaît Dragan, il vient franchement vers lui, la main tendue, le sourire aux lèvres. Il porte cette fois de grandes guêtres de cuir bouclées jusqu'aux genoux, une sorte de cape rouge qui flotte sur ses épaules. Et, sur sa tête, dodeline sa belle crinière de lion.

— Monsieur Vladeski !

Il remarque aussitôt Églantine, jette un regard amusé vers Dragan, s'incline devant la jeune fille et lui baise la main. Des mouvements trop appuyés, trop lents, pense Églantine, pour être ceux d'un honnête homme. Une sorte d'insistance de prédateur. Cela met d'emblée Dragan de mauvaise humeur.

— Toujours à votre enquête ? dit le photographe en lissant sa moustache. Il est vrai que si vous voulez faire toute la lumière sur cette affaire, c'est ici l'endroit idéal !

Il éclate de rire en écartant les bras. Et c'est vrai qu'ici tout n'est que lumière. Les verrières boivent avidement la luminosité du jour. Des réflecteurs, des miroirs, des écrans en verre bleu montés sur des châssis dirigent et canalisent le feu du ciel, le cajolent et le flattent, le diluent, le condensent. Des lampes à magnésium, des becs de gaz, des lanternes à pétrole attendent de suppléer, si nécessaire, à toute défaillance de la nature. Pierson déclame d'ailleurs qu'un photographe est avant tout un sculpteur de soleil. C'est lui qui donne les ordres pour que se disposent les appareils. C'est lui qui décide, au vu du modèle, ce que sera son éclairage : lumière intense pour donner du relief, pour insuffler de la force au sujet ou lumière tamisée, nuancée, frisante, adoucie, corrigeant les défauts du modelé du visage et des mains.

Mais il est soudain obligé de s'interrompre. L'atelier grince et frémit sous les rafales du vent et les grands rideaux suspendus sous la verrière se gonflent en vue de quelque mystérieux appareillage. Les ouvriers s'arrêtent. Tous s'accrochent aux cordages et lèvent instinctivement les yeux vers le ciel, vers les nuages qui passent à les frôler, avec cette stupeur émerveillée des passagers sur le pont d'un navire soudain emporté, ballotté, l'ancre arrachée. Puis tout se calme.

— Savez-vous que je vous attendais ? dit Pierson. Je savais que, tôt ou tard, vous en viendriez à me soupçonner.

— Tiens donc ? Et pour quelles raisons, monsieur ?

— Parce que la comtesse m'a tout raconté. Je sais sa ressemblance avec la jeune femme assassinée, sa ressemblance jusqu'au grain de beauté... Je sais l'existence de cette crinoline... Et je me suis dit qu'à votre place, je penserais : ce Pierson est le photographe attitré de la comtesse ; il a dû faire son portrait dans cette fameuse robe et il n'est pas exclu, par ailleurs, qu'à la faveur d'un déshabillage, ce fameux « détail anatomique » lui ait été dévoilé.

— Oh ! sur ce dernier point, j'en ai plutôt la certitude, répond Dragan.

— Je vous le confirme, sourit Pierson. Et je devine la suite de votre raisonnement. Vous ne comprenez rien à la photographie. Vous m'imaginez alchimiste penché sur mes cuves, opérant d'étranges transmutations dans le secret de mon laboratoire et capturant les âmes... Ai-je tort, mademoiselle ?

— Eh bien, monsieur, votre activité est si mystérieuse...

— Commençons à dissiper ce mystère. Laissez-moi vous présenter mon atelier.

Il prend Églantine sous le bras. Elle se laisse faire, un regard désolé en direction de Dragan. Pierson leur montre de loin les portes fermées du laboratoire. Il leur explique que la maison utilise désormais des négatifs au collodion humide. Avec cette technique, qui a supplanté le daguerréotype et le calotype, le verre remplace le papier comme support de l'image négative. Le développement se fait à l'acide pyrogallique, les temps de pose sont plus courts, de trente secondes à deux minutes selon l'exposition à la lumière.

— Mais savez-vous pourquoi il est rigoureusement interdit d'entrer dans mon laboratoire ?

— Eh bien, je suppose, commence Églantine, que c'est pour éviter que la lumière...

— Point du tout ! s'écrie Pierson en haussant les sourcils et en écarquillant les yeux. C'est parce que cela ressemble à l'enfer ! Plein d'alambics, de cuves, de chaudrons ! C'est l'antre de mes monstres ! Y travaillent seize heures de suite des êtres difformes et gris, exposés en permanence aux dangers des produits toxiques. Des êtres qui ne voient jamais le jour ! L'absorption d'oxyde d'arsenic à petites doses a déformé leurs traits. Le nitrate d'argent a cloqué leur épiderme. Le cyanure de potassium, employé comme fixateur des négatifs au collodion, y a causé des gerçures, des crevasses. Ils sont ivres des émanations d'éther ! Leur peau, leurs muqueuses sont attaquées par les effets corrosifs des substances ! Ils sont rongés d'ulcères et d'eczémas, à moitié aveugles sous la toxicité des vapeurs mercurielles et dépendants des vertus hallucinogènes de la substance ! Ce ne sont plus désormais que des créatures de l'ombre, des sous-hommes terrés, oubliés de Dieu. Voilà, mademoiselle, les êtres avec lesquels je travaille !

Cela fait rire Églantine. Elle imagine Pierson dans ses habits d'apprenti sorcier, psalmodiant ses incantations au-dessus des plaques argentées, évoquant les forces maléfiques pour qu'émergent des fantômes du fond de ses mixtures, tandis qu'autour de lui s'agite une armée de gnomes difformes et grimaçants.

Plus sérieusement, Pierson leur explique qu'après la pose, de la sensibilisation de la plaque négative au titrage, au satinage, à la présentation des épreuves positives, le portrait passe par une vingtaine de postes. Il leur montre « ses instruments de torture ». Prêtes à l'usage, trois chambres noires massives, l'une en bois de rose, la seconde en acajou et la troisième en noyer, attendent derrière lui, dans la torpeur de leur œil cyclopéen.

Pierson leur présente le dénommé Ballue, son premier peintre, un petit noiraud avec de grosses moustaches à la capitan. L'homme règne sur un petit coin de l'atelier, entouré de sa boîte à couleurs, de soucoupes pour l'or, de mortiers, de brosses et de trumeaux. Bien qu'Églantine se penche sur son travail à maculer son nez de taches de peinture, il reste imperturbable, tenant fermement son pinceau fin, tout occupé à transformer des photographies en peinture à l'huile et en aquarelle.

— Je retouche la nature, mademoiselle, répond-il à Églantine quand elle l'interroge sur l'intérêt d'une pareille tâche. Je ne me contente pas de la reproduire comme la plupart de mes collègues. Je l'embellis.

J'ajoute ma touche à l'aile d'un papillon, au velouté d'une robe, à l'éclat des yeux d'une jolie femme.

— Vous voyez, dit Pierson : point de mystère, point d'alchimie. Mme de Castiglione n'est qu'un modèle parmi les autres, si ce n'est qu'elle m'est fidèle depuis de longues années. Compte tenu du travail singulier que nous accomplissons ensemble et, je dois le reconnaître, de la part significative des sommes qu'elle me verse, c'est sans doute la dernière cliente qu'il me viendrait à l'idée d'assassiner si, d'aventure, pareille envie me prenait.

L'élégance et le drolatique du propos font encore pouffer Églantine.

— Et quant à la crinoline, ajoute le photographe, j'ai fouillé dans mes archives, mais je n'en ai pas trouvé trace. En aurais-je eu, d'ailleurs, cela me paraît bien difficile d'en reproduire le modèle à partir d'un simple cliché.

— Mais à partir de sa poupée ?

Dragan a décidé de rabattre un peu le caquet de l'homme. Il raconte comment l'enquête les a menés de la crinoline jusqu'au marchand de poupées et comment celui-ci leur a livré le nom du photographe. Tout en parlant, il fixe Églantine du regard et appuie sur les mots qui pourraient rappeler à la jeune fille que cet homme qui l'amuse tant est probablement l'assassin de son amie Camille. Il lui en veut sur l'instant terriblement de ce demi-sourire qu'elle arbore, de cette complaisance qu'elle affiche envers ce poseur. Cela lui est une injure, une trahison.

— Diantre ! Vous me soupçonnez donc vraiment ? s'écrie Pierson en se reculant, mais sans perdre son ironie.

— Pour la poupée... niez-vous ?

— Mais point du tout ! J'ai toujours adoré ces miniatures de mode. Je les collectionnais et, croyez-moi, je n'étais pas le seul. Nous étions, au début de l'Empire, une bonne vingtaine à arpenter les ateliers et les brocantes pour nous procurer ces petits bouts de femme. C'est en les photographiant que j'ai fait mes gammes dans la profession. Avec nos poupées, vêtues de leurs belles toilettes, mes amis et moi, nous nous amusions à reconstituer les bals d'autrefois.

— Dont celui du 29 janvier 1856 ?

— Oui, bien sûr ! Ah, quelle splendeur que cette soirée-là ! Tous ceux qui y ont participé en ont été marqués à jamais. Alors quand j'ai eu l'opportunité d'acheter les poupées qui avaient servi à la confection des robes de ce 29 janvier de légende, quelle joie, monsieur Vladeski ! Avec mes camarades, nous les avons fait valser, croyez-moi ! Et celle de Mme de Castiglione, avec sa belle crinoline bleu-argent, était la préférée de tous !

— Pouvez-vous nous montrer cette poupée ?

La fin de la phrase de Dragan se perd. L'atelier est de nouveau emporté par la bourrasque. Voiles gonflées, verrières qui tanguent, ancres qui lâchent. La structure s'arrache et dérive au-dessus des vagues compliquées de l'océan de tuiles. Tant que dure le grain, les deux hommes se regardent, s'observent et se défient. Tout l'atelier respire, plus ample, plus réveillé, remué de signes énigmatiques, attentif jusqu'au fond de ses recoins et de ses caches à la douce musique des craquements des carénages qui s'égrènent subtilement dans le silence suspendu. Puis tout retombe dans une tristesse déçue de rêve de voyage reporté.

— Je ne l'ai plus. Je n'ai plus aucune poupée. J'ai vendu ma collection à un riche Brésilien qui l'a emportée avec lui à l'autre bout du monde. La petite comtesse de Castiglione doit danser maintenant au son des maracas.

— Quel dommage ! s'écrie Églantine.

— Ma passion s'est éteinte, mademoiselle, parce qu'il n'y a plus rien à collectionner. Les sosies ont remplacé les poupées. La faute à M. Worth !

— La fin d'un monde, conclut Pierson. Mais le siècle est à l'innovation et il faut bien s'adapter au mouvement...

3

La trouée lumineuse du boulevard cadre les omnibus cahotants flanqués de fanaux rouges et la longue file des passants, sur les trottoirs, qui se pressent avec des gestes d'automates. Dans le ciel fumant de froid, rouge de vent, le soleil est comme une baudruche dont on aurait coupé la ficelle. Il flotte et dérive entre les immeubles.

— Alors ? demande Dragan à Églantine.

— L'homme est amusant, dit-elle en plissant le bout de son nez. Il ne manque pas de charme.

— C'est ce que vous pensez vraiment ? C'est incroyable ! C'est un poseur, un prétentieux ! Je ne comprends pas comment vous pouvez vous laisser séduire par pareil individu ! Avez-vous cru un seul instant à son histoire de poupées achetées par un Brésilien ?

Elle lui sourit. C'est si bon de le deviner un peu jaloux, de le faire doucement souffrir.

— Pierson est un artiste, dit-elle. Les artistes ne tuent pas.

Elle lui prend le bras et ils marchent, lui, le visage renfrogné, et elle, heureuse comme jamais.

— Oh ! Regardez ! Une photographie de Rigolboche !

C'est une petite boutique sur le boulevard. Un marchand d'estampes et de petits tableaux. Mais la vitrine est pleine aussi de photographies d'actrices célèbres, de comédiennes des théâtres voisins reproduites sur des cartes que l'on peut acheter pour quelques sous. À la grande surprise de Dragan, Églantine est en mesure de presque toutes les nommer : non seulement la célèbre Rigolboche, mais aussi Mlle Fodon de l'Opéra-Comique, qui triomphe dans le rôle de la Sirène ! Là, Célini de l'Ambigu et là, Marie Cabel des Folies-Dramatiques ! Elles ont toutes fait rêver les filles de l'atelier de M. Étienne.

— S'il te plaît, dit-elle. J'en voudrais une...

Toujours sous le coup de sa jalousie, il est consterné qu'elle puisse avoir pareille envie. Il se dit qu'il ne connaît rien de cette fille, qu'il y a peut-être un écart considérable entre ce qu'elle est vraiment et ce qu'il souhaiterait qu'elle soit. Mais il accepte de la suivre, de pousser la porte vitrée.

L'intérieur est encombré de tableaux accrochés au mur, de cadres sur des étagères. Dans un coin, sur un tréteau, s'alignent des boîtes à chaussures remplies de photographies qu'il faut regarder une à une. Chaque boîte porte une étiquette : portraits d'enfants, d'actrices, paysages, monuments célèbres, danseuses, numéros de cirque... Le vendeur se lève de sa chaise derrière le comptoir. C'est un homme petit et sec, vêtu d'une simple blouse, les cheveux gominés, la moustache en pointe et une coquetterie dans l'œil droit. Il laisse Églantine farfouiller, un pas en arrière, en se frottant lentement les mains. Dragan, lui, ne sait pas trop où se mettre. C'est en choisissant de s'adosser au seul mur nu de la pièce qu'il aperçoit la photographie de la comtesse. Dans un petit cadre. C'est celle-là même que lui a donné Pierson : Mme de Castiglione découvrant son dos nu sous une cape blanche.

Trouver ici pareille image le stupéfie ! Dragan se saisit du portrait, les doigts tremblants. La comtesse est bien là, tout aussi fascinante, revêtue de sa sortie de bal, de cette cape blanche ornée d'un duvet de cygne qui glisse de ses épaules. Toujours cette suggestion de nudité complète sous l'étoffe et ce regard, là-bas, émergeant du miroir, luisant dans l'ombre, comme jouissant de l'effet produit sur celui qui la surprend.

Églantine a choisi son cadeau. C'est la première photographie, celle de Rigolboche, qui a eu sa préférence. Elle est si gaie de ce présent qu'elle se fait toute câline au bras de Dragan tandis qu'ils déambulent encore sur le trottoir. Ils croisent des jeunes filles délurées, de jeunes actrices – sans doute – qui forment un groupe rieur, agité, un fouillis de hanches un peu pointues, de nuques élégantes, de sourires fleuris, qui, au passage de Dragan, plient avec une souplesse de jeune bête et lui lancent des œillades et des baisers. Églantine, au lieu de s'en offusquer, s'en amuse au plus haut point, toute fière que son amoureux fasse tourner les têtes.

— Allons, dit-elle, ne soyez pas désespéré ! Ce n'est pas parce que je ne crois pas que Pierson soit le coupable que votre enquête est arrêtée. Vous avez d'autres pistes à explorer.

— Et lesquelles, s'il vous plaît ?

— Eh bien, tous ces noms sur la liste du fameux bal ! Ce Gamel Pacha ? Ce mystérieux Doria qui apparaît dans la délégation de Piémont-Sardaigne ? Et avez-vous renoncé à soupçonner le comte de Castiglione alors que, ce me semble, il est le seul à pouvoir se prévaloir légitimement d'un excellent motif pour vouloir assassiner son épouse ?

— Justement. Ce n'est pas son épouse qui a été assassinée. Et si le meurtrier recommence, ce ne sera pas elle qu'il voudra atteindre.

4

Mlle Annabelle tape dans ses mains et la fille devant elle se redresse, se cambre, ses deux bras levés. La fille porte une crinoline du début du règne, pas la crinoline bleu ciel de dix mètres de diamètre, bien sûr, mais une robe d'essayage blanche qui, pour l'heure, peut suffire. Cheveux noirs ramenés en chignon sur le front, parure rouge et bleu turquoise, nuque lisse, profil aigu, seins menus et hauts sous la robe à longs plis, le modèle n'est pas vraiment ressemblant, mais Mlle Annabelle, cette fois, n'a pas eu beaucoup de temps devant elle. Cette fille pourra-t-elle, tout de même, faire l'affaire ?

— Approchez, dit Mlle Annabelle. Le pli tombe mal.

Elle allonge sur l'étoffe sa main toute potelée, sa main de belle sensuelle, nacrée de rose et surchargée de bagues. Ses doigts s'attardent et s'égarent. Elle se relève, juge du bout de l'œil, donne à la fille, d'un mouvement du menton, la permission de reprendre sa marche. Le sosie va et vient, tandis que, près d'elle, dans l'ombre, Mlle Annabelle plisse ses yeux de chat, phosphorescents, striés comme des agates. Elle soupire. À l'arrêt, cela va encore quand, ses épaules grandes découvertes, la fille, droite sous le lustre, en sa blanche robe, semble un cygne dormant sous la frondaison d'un lac. Mais dès qu'elle commence à bouger, à tourner sur elle-même, la grâce fuit. Elle arbore alors un air de chèvre danseuse, par des bohémiens dressée, trottinant sur la pointe de ses sabots, déhanchée, un rien vulgaire.

Mlle Annabelle l'observe, un doigt sur ses lèvres posé, d'un air d'impatience méditative. Elle-même est une belle femme aux formes pleines, les oreilles piquées par des saphirs, les yeux striés d'ondes d'ébène. Un air de Circassienne échappée du sérail d'un bey, grasse, odorante, lascive. Elle soupire de nouveau. Peu de chance, à vrai dire, que celle-ci convienne. Il lui manque dans l'allure un peu de dédain, un zeste de souverain mépris. La fille est belle, pourtant. Elle, elle s'en contenterait bien. D'ailleurs, à la contempler ainsi sous toutes les coutures, il lui vient des envies de laisser, en une douce caresse, ses lèvres effleurer le duveteux de son épiderme, de sentir sous ses doigts l'incurve et plastique moiteur de ses seins à travers la soie. Mais ce n'est pas pour elle qu'elle recrute.

La fille s'ébroue. Elle a parfois des gestes qu'elle ne contrôle pas. Elle est sèche et nerveuse comme une jambe de cheval anglais. Ses omoplates, du fait de sa taille ployée, fuient et s'enfoncent avec des repliements et des courbures d'aile.

— Vous pouvez ôter la robe, je reviens.

Mlle Annabelle sort de la pièce, passe de l'autre côté du miroir sans tain. L'homme l'attend, impassible. Il porte un pantalon collant et des guêtres, un gilet de soie noire. Il appuie la paume tendue de son gant sur sa canne torsadée à poignée verte.

— Qu'en pensez-vous ? demande Mlle Annabelle. Avec un peu de pratique, elle pourrait peut-être donner l'illusion que...

— Ne soyez pas grotesque ! Elle n'a rien de Mme de Castiglione. Rien ! Je la refuse.

Il a parlé d'un ton sec et définitif, le sourcil encore froncé par la concentration, inspectant toujours, de ses yeux mi-clos, la fille qui, de l'autre côté du miroir, commence à se déshabiller. Il lustre son chapeau d'un coup de coude et le remet sur sa tête.

— Je vous paye assez cher pour que vous évitiez de me faire déplacer quand cela n'en vaut pas la peine. La prochaine soirée est à peine dans quelques jours. Trouvez-moi une fille ressemblante. Et vite !

Chapitre XVIII

1

Chaude et douce, la chemise relevée jusqu'aux reins. Avec sa tête au creux de son épaule, ses mains qui serrent les siennes. Son ventre contre son ventre et le balancement cadencé de son bassin. Elle jappe comme un petit chat qui joue au chien, ronronne comme un chien qui joue au chat. Églantine goûte, les paupières à demi baissées, l'humiliation superbe d'être une belle proie. Elle jouit de sa chair offerte. Une fille ! Être une fille, rien qu'une fois, avec ce petit prince, ce « petit mari » qu'elle a trouvé et en qui elle a pleine confiance. Puis le spasme, le renversement du buste, les yeux qui se ferment, la tête qui s'en va un rien en arrière. Églantine roule de côté. Elle reprend son souffle, le sang à la tête et les prunelles noyées. Son regard est posé sur lui tandis que, doucement, elle rit ou pleure, il ne sait pas.

À travers les vitres de l'appartement, c'est un matin virginal d'un vert d'amande. Tout est pistache et lait tremblé. Dragan se lève. Elle, elle se rendort entre les draps parfumés, la tête enfoncée sous l'oreiller, cherchant une autre volupté dans ce nouveau sommeil où il y a un peu d'ivresse et d'asphyxie. Elle se laisse emporter dans un bonheur tiède de vivre, une sorte de contentement très doux, un engourdissement à la fois jouisseur et léthargique.

Quand elle ouvre un œil, plus tard, il est déjà tout habillé, lavé, rasé, agacé un peu aussi de la voir ainsi, à traîner. Mais il lui a préparé un chocolat. Elle se soulève sur les oreillers. Elle n'a gardé que sa fine chemise qui, glissant en écharpe sur l'épaule, découvre un sein et voile l'autre dont la pointe rougit à travers le tissu. Les draps froissés dévoilent ses cuisses. Il ramasse maintenant, en des gestes un peu secs, ses vêtements qui, la veille impatiemment jetés, jonchent encore le plancher. Elle s'en amuse. Elle a d'ailleurs le cœur à s'amuser de tout. Elle aperçoit dans le miroir toute la séduction de sa chair dévoilée et elle songe, heureuse : Et si j'étais faite pour l'amour ? Elle l'aime tant de lui offrir, ainsi, juste pour un instant, juste pour une journée, le plaisir de croire que la vie peut n'être qu'insouciance et volupté et non pas cette lutte ininterrompue, sans merci, qu'elle a toujours connue.

— Où vas-tu si tôt ?

— Il n'est pas tôt, presque midi. J'ai rendez-vous avec Jean-Sébastien d'Albrège, mon cousin. Je vais peut-être aller traîner aussi du côté de ce Worth dont on n'arrête pas de me parler depuis que je suis sur cette enquête. D'après ton M. Étienne, la parure de plumes pourrait venir de ses ateliers.

— Ce n'est pas mon M. Étienne. Tu me laisses seule, alors ?

— Il me semble que tu ne me laisses pas le choix. Et puis, manifestement, cet appartement et en particulier son lit ont l'air de beaucoup te plaire.

— Tu veux savoir ? Eh bien, non ! Je le trouve un peu trop poussiéreux, ton appartement, trop chargé des souvenirs de tes parents. Donne-moi un peu d'argent, laisse-moi dévaliser les boutiques de décoration et tu verras : j'en ferai quelque chose de très joli.

Un court instant, il fait l'effort de se projeter avec elle, elle et lui, dans une maison qu'elle aurait mise à sa main, qui ne serait rien pour lui. Lui et cette fille qui, à l'instant même, s'étirant comme un acrobate, gardant un peu du maquillage de la veille, découvrant sans pudeur ses cuisses et son sein droit, ressemble à toutes les lorettes entretenues, frivoles et superficielles. Il sourit tristement, se penche vers elle et l'embrasse sur le front.

— À la fin de cette enquête, il faudra que je me décide à choisir si ma vie est ici ou de l'autre côté de l'océan. Ces derniers temps, Paris me fatigue un peu et Boston me manque.

Elle en reste pantoise, incapable de répondre, et c'est sans un mot qu'elle le laisse prendre son chapeau et quitter lentement la pièce.

2

Dragan se tient debout, au seuil du bureau du ministère, là où l'huissier lui a demandé d'attendre. Jean-Sébastien d'Albrège occupe un bureau petit mais coquet, avec table en marbre et belle bibliothèque aux murs, couverte d'ouvrages damasquinés. Il est, comme à son habitude, sur son trente et un, occupé à rédiger un courrier.

— Un instant, je te prie, je finis cette lettre.

Dragan observe chacun des gestes de son cousin, le crissement de la plume sur le papier, le tic-tic de pivert dans l'encrier, le glissement de la main sur le buvard pour assécher la ligne d'encre, puis, le travail achevé, la plume que l'on égoutte et enrubanne d'un carré de tissu pour que la pointe ne s'émousse pas. Des gestes d'homme qui cherche à occuper le temps. Jean-Sébastien lève enfin la tête et sourit à Dragan.

— Sais-tu, mon cousin, que ton rapport a fait forte impression ? J'ai entendu, de mes oreilles, le directeur de cabinet faire compliment à ton style direct et au sérieux de ton enquête. L'avenir est à toi.

Il se lève et vient vers lui, le sourire franc, le serre contre lui. Mais presque aussitôt, il se recule et fait la moue, revient, tripote la cravate de Dragan.

— Ah non ! dit-il, pas le col évasé louis-philippotard ! Quelle faute de goût ! C'est d'un provincial ! Regarde-moi ! Un homme élégant doit adopter le col droit et raide qui donne un maintien au port de tête.

Tous les deux dans le même miroir. Cela ferait rire Mme Thomazeau tant Dragan écrase Jean-Sébastien d'Albrège de toute son élégance naturelle. Mais le cousin est sûr de son fait. Il prend, sur son bureau, sa boîte à cigares, la propose à Dragan qui refuse poliment. Lui se penche et allume un havane au feu de sa lampe.

— M. Contrucci m'a fait passer les documents que tu avais demandés. J'ai là une fiche sur le couturier Worth, une autre sur le comte de Castiglione. Et j'ai même un rapport du cabinet noir sur les collectionneurs de poupées et leurs reconstitutions de bals de la Cour. Ce photographe, Pierson, ne t'a pas menti, il a bien vendu sa collection à un Brésilien. Tout est à toi. Fais-en bon usage.

— Et sur les Doria ?

— Sur les Doria, rien. Mais, en revanche, à la lecture de ton rapport, je me suis permis de demander à ta place des renseignements sur cette Camille Putaux et sur son amie, cette Églantine...

— Eh bien ?

— Elles partageaient le même appartement, une chambre minable au quartier Saint-Victor, rue Traversine. J'ai là l'adresse. En interrogeant les voisins, on a appris que cette Camille était d'une moralité bien douteuse. Elle changeait souvent d'amoureux. Le bruit court qu'elle posait pour des photographies... comment dire ?... où elle était « dans le simple appareil d'une beauté qu'on vient d'arracher au sommeil... ».

Jean-Sébastien se rassoit derrière son bureau, les bras accoudés sur les papiers épars, le menton aux mains, les yeux fixés sur son cousin avec l'air de celui qui hésite à donner un conseil.

— Autre chose ? demande Dragan.

— Oui. Comme je te l'ai dit, on t'a remarqué. Une belle carrière se présente. Il ne faudrait pas la gâcher bêtement.

— Je ne comprends pas.

— Ne fais pas l'idiot. Cette Églantine, elle n'est pas faite pour toi, tu le sais bien. Une ouvrière.

— Tes cocottes sont plus fréquentables ?

— Absolument. Mais ne sois pas agressif. Je ne veux que ton bien. La connais-tu vraiment ? Sais-tu bien d'où elle vient ? Connais-tu la rue Traversine ? Va voir ! Tu comprendras qu'elle ne vaut pas mieux que l'autre.

3

Procéder par ordre. D'abord résoudre cette question du Doria de la liste du bal du 29 janvier 1856. Comprendre les liens entre la Castiglione et cette famille.

Il l'a guetté selon les indications de la petite bonne et il l'aperçoit à l'heure dite. Lorenzo file d'un bon pas, rue du Faubourg-du-Temple. Raide comme un piquet, brossé comme un sou neuf. Dragan lui saute dessus.

— C'est que je n'ai guère le temps, monsieur Vladeski... Je vais récupérer une commande pour Mme de Castiglione. Des cheveux postiches, pour une coiffure.

— Puis-je vous accompagner? Je voudrais vous poser quelques questions.

L'homme est d'une courtoisie infinie. C'est à peine si son visage trahit combien cette proposition l'indispose. Il s'incline, bien sûr, en signe d'acquiescement. Et les voilà partis tous deux sur le pavé glissant.

— Je voudrais que vous m'en disiez plus sur ces frères Doria dont vous m'avez parlé.

— Monsieur, ce n'est pas à moi de...

— Mais si, bien sûr ! J'indisposerais la comtesse et davantage encore, sans doute, le comte de Castiglione à les questionner sur ce sujet. Sans compter qu'ils déformeraient, l'un et l'autre, à l'évidence, la réalité.

— Mais il en irait de même de moi, monsieur. Je ne connais cette histoire que par des racontars, des confidences lâchées par les femmes de chambre des deux familles...

— S'il vous plaît. Je vous le demande comme un élément indispensable à mon enquête !

M. Lorenzo hésite encore un instant. Il jette un regard un peu désespéré vers Dragan et puis, à mots hésitants tout d'abord, il se lance. Il parle bien, dans un français soigné, à peine une pointe d'accent. Il raconte à Dragan que les Doria étaient trois frères, Ambrogio, Marcello et Andrea, fils du marquis Girogio Doria dont le palazzo jouxtait, à La Spezia, celui des Oldoïni. Enfants, ils jouaient sur les rochers en compagnie de Virginia et des enfants du village. Si, en cet été 1855, Mme de Castiglione n'était pas venue se reposer de sa grossesse, sans doute n'aurait-elle pas revu Ambrogio. C'était devenu un beau jeune homme de vingt-huit ans, aide de camp de Son Altesse régnante, le duc de Gênes. Il s'était battu avec courage dans les campagnes militaires de 1848 et 1849 et avait été décoré par le roi de la médaille d'argent. Il devint intime du couple et, peu à peu, sans doute, tomba amoureux de la comtesse. Il lui fit une cour empressée. D'après sa femme de chambre, elle se donna à lui un soir de juillet 1855.

— Elle était mariée depuis moins de deux ans et mère depuis seulement quatre mois, relève Dragan.

Lorenzo soupire, esquisse une petite grimace. Tandis qu'il avance de son pas cadencé, quasi militaire, il explique que l'on ne saurait porter de jugement sur Mme de Castiglione sans avoir vu le village de La Spezia, situé sur le rivage d'un des plus beaux golfes du monde, entre Gênes et Livourne. Il raconte, avec de l'émotion dans la voix, ce décor de montagne qui plonge dans la baie, le sable des plages, les eaux violettes et argentées, les pentes rougeâtres des Apennins et leurs sommets immaculés qui se dessinent sur le bleu du ciel. Quelques maisons de pêcheurs, quelques vieux palais où sommeillent d'antiques familles, dont le palazzo Oldoïni, avec ses terrasses qui s'ouvrent sur la mer dans l'écrin d'une forêt vierge miniature, avec ses jardins suspendus où les roses grimpent aux cyprès, où les citronniers plient sous les fruits et où les vases de Carrare sont enfouis sous la marée montante des lauriers-roses, des pampres et des lianes. Un lieu d'amour. Un lieu où le cœur a besoin de battre.

— Nous arrivons, dit-il. C'est ici que je dois récupérer la commande.

C'est une boutique étrange, étroite, avec des fenêtres dont les volets sont presque clos. Une enseigne avec une énorme paire de ciseaux et, sur la porte, un écriteau *Cheveux naturels, mèches, postiches et perruques. Achat-vente. Bons prix.*

À l'intérieur, un air de wigwam d'Indien, pense Dragan. Éclairées par des bougies, des chevelures de toutes couleurs, comme scalpées au tomahawk, s'étalent sur des étagères. Des nattes à une, deux ou trois branches pendent accrochées à des poutres. On se croirait chez un chef huron ou pawnee, en plein roman de Fenimore Cooper. Une dame un peu forte, un foulard sur la tête, est assise sur une chaise. Elle regarde avec attention le fond de la boutique où l'on devine, derrière un paravent à peine tiré, une jeune fille couchée sur un banc, les mains jointes, le visage inondé de larmes et un petit homme debout, grosses lunettes et gilet de laine grise, qui lisse la longue chevelure de la gamine avec une brosse épaisse. À côté de lui, sur un appentis, toutes sortes de ciseaux sont disposés. Quand il entend la clochette de la porte, il délaisse sa proie et vient vers eux.

— M. Lorenzo ! Je vous attendais. Tout est prêt. Nous avons eu du mal, cette fois. Mais je crois que la comtesse sera satisfaite.

Il se penche sous le comptoir et en ressort un paquet entouré de papier de soie. Un sanglot de la fille traverse la pièce et fait frémir, presque en même temps, la dame un peu forte et Dragan.

— Cette fille est venue vendre ses cheveux ? demande-t-il.

— C'est sa mère qui l'a traînée. Mais elles n'en tireront pas un bon prix. Ce qui est rare, c'est le cheveu « épi de blé » qui possède d'un bout à l'autre la même nuance. Là, la fille est bretonne et comme chez toutes les Bretonnes, le cheveu, s'il est blond et lourd, est gâté à la pointe qui est rouge, « queue de bœuf », comme on dit dans notre jargon... Regardez, monsieur Lorenzo... regardez ces merveilles...

Il a défait le paquet avec d'infinies précautions. Devant lui, couchées sur le papier de soie, trois groupes de mèches s'étalent, tassées en tampons et liées à leur sommet par une cordelette. Elles sont toutes d'une couleur étrange, dérivé du blond et du roux. Dragan pense pour l'une au sable, pour l'autre au tabac, pour la troisième à de la cire d'abeille. L'homme a sorti, reliés entre eux par une grosse épingle, des échantillons de tissus et, un à un, il les met en avant pour les confronter aux mèches auxquelles ils correspondent.

— Voyez... c'est la nuance exacte... comme Mme de Castiglione l'exigeait.

Et, sans doute pour préparer déjà le prix exorbitant qu'il s'apprête à réclamer, il explique combien cela n'a pas été facile de trouver pareilles perles rares. Comme Dragan semble lui prêter une oreille attentive, il lui expose doctement que si la population de l'Europe, prise en masse, du nord au midi, présente dans la couleur de ses cheveux une gradation parfaite, dans laquelle le blond clair des latitudes les plus froides passe, par des transitions insensibles, au noir bleuâtre des bords de la Méditerranée, permettant à certains endroits, de descendre de village en village pour dégoter la nuance recherchée, cela devient beaucoup plus dur lorsque, comme en l'espèce, on sort des couleurs ordinaires et qu'on recherche de l'intermédiaire.

— Pour la qualité du cheveu, il nous faut du cheveu de vierge, en première coupe. Pour le reste, j'ai lancé mes limiers, hommes et femmes avertis qui ne travaillent qu'au résultat. Ils ont d'abord écumé l'Ardèche, la Lozère et l'Auvergne, ces provinces montagneuses et quelque peu sauvages où les chevelures n'ont pas été perverties par les mélanges. Mais que de déceptions ! Telle chevelure, souple et veloutée sur la tête, s'est révélée, après la tonte, cassante et sèche ; telle autre était mêlée de cheveux bifides ou trifides qui se détortillaient comme du chanvre !

Il raconte, encore et encore, la traque menée par ses coureurs des bois, ses chasseurs de scalps. Il glisse que les mèches sable, repérées sur la tête d'une jeune novice, ont été achetées à prix d'or dans un couvent, que les suivantes, couleur tabac, ont été acquises, au contraire, contre un bonbon et un collier de perles auprès d'une petite fille, longuement approchée dans un jardin d'enfants où la menait chaque jour sa nourrice et qui, s'étant laissée aller à s'asseoir sur les genoux de sa chasseresse, n'a pas vu venir le coup de ciseaux. Quant à la troisième nuance, la cire d'abeille, dit-il à voix plus basse, c'est au fin fond du Limousin qu'on a fini par la débusquer. Une chevelure magnifique. Mais ni la jeune fille qui la portait, ni son père, médecin, n'ont voulu céder quelle que soit la somme qu'on leur proposait. Alors, il a fallu faire comme vous supposez... Alors que la fille passait sous un arbre... deux hommes à moi... tombant des branches... enfin, vous me comprenez...

— Vous avez versé une somme colossale, glisse Dragan quand ils sont dehors. Je croyais que la comtesse connaissait des difficultés.

— Cela varie. Mais c'est vrai que c'est beaucoup d'argent. La comtesse ne calcule pas quand il s'agit de sa beauté. C'est tout cela qui fait sa légende.

— À propos de légende... Les frères Doria ? Vous n'avez pas fini...

Lorenzo grimace pour la forme, puis reprend, avec ses mots qui chantent en fin de phrase. D'après lui, Ambrogio Doria était le premier amant de la comtesse. Nul doute qu'elle l'a profondément aimé. Mais, très vite, Ambrogio a dû rejoindre son corps d'armée. Elle n'avait de nouvelles qu'en fréquentant le reste de la famille, qu'en invitant Marcello et Andrea, les deux frères, à se mêler à ses sorties. Andrea était encore un gamin. Il devint vite son confident. C'est par son intermédiaire qu'elle put, durant ces longues semaines, se livrer à un échange secret de correspondance avec son amant. Andrea lui amenait en cachette des lettres d'Ambrogio et elle lui confiait les siennes. Seul Marcello ignorait la liaison. Et, à voir la comtesse si souvent chez lui, il a fini par se faire des idées. Ah, Marcello ! Le beau Marcello, fort séduisant, coureur ! Des trois frères, c'est celui qui avait le plus de succès dans les cœurs des Turinoises et des Florentines. Il s'est mis à son tour à assiéger Mme de Castiglione et celle-ci, désœuvrée, ravie d'attiser la jalousie des filles des autres familles, s'est laissé entraîner à un jeu ambigu en lui laissant des espérances.

— C'est à la fin du mois d'août que Paula, qui travaillait au palais Oldoïni, m'a avoué un soir qu'elle les avait vus s'embrasser. Vous imaginez ce qu'il s'est passé ensuite...

— Pas trop...

— Andrea, le troisième fils, le plus jeune, le confident, sans doute le plus amoureux des trois, a tout révélé à ses frères, à Ambrogio qui s'est su trahi, à Marcello qui a découvert sa forfaiture.

— Et la comtesse, qu'a-t-elle fait ?

Il commence à pleuvoir. Une pluie fine, pénible, qui grossit lentement. Le ciel se charge de nuages cuivrés. Lorenzo remonte son col et baisse son chapeau. Ses yeux ne sont plus qu'un mince trait qui brille dans l'ombre.

— Entre-temps, elle avait été présentée au roi, le roi Emmanuel. Et elle est devenue sa maîtresse...

4

Dragan est passé à l'appartement. Il aurait bien voulu parler avec Églantine, lui rapporter peut-être les propos de Jean-Sébastien, lui demander de lui raconter la rue Traversine. Mais elle n'est pas là. Où peut-elle donc être à cette heure ? Elle a mis un peu d'ordre dans le salon. Ses affaires sont encore dans son sac. Elle n'a pas osé les défaire, les ranger avec ses vêtements à lui. Il l'attend un bon quart d'heure. Et puis il se décide. Il note l'adresse indiquée dans les papiers que lui a remis son cousin, prend sa canne et son chapeau et sort.

Le quartier Saint-Victor, situé sur la rive gauche de la Seine, va en s'élevant par une pente rapide de la rue du même nom jusqu'au sommet de la montagne Sainte-Geneviève. Depuis le redécoupage des quartiers et arrondissements parisiens en 1860, il est bordé au nord par la Seine, à l'est et au midi par les rues Cuvier et de Lacepède et, à l'ouest, par le quartier de la Sorbonne. Quand on y arrive par les quais, comme Dragan, on y découvre d'emblée la place qu'y occupe la halle aux vins, avec tous ses bâtiments, ses salles de vente, ses celliers surmontés de magasins, l'activité incessante des portefaix qui vont des bateaux amarrés sur le quai Saint-Bernard jusqu'aux caves vers lesquelles ils roulent les barriques.

C'est un vieux quartier, emmailloté dans un lacis de rues et ruelles insalubres que le percement du boulevard Saint-Germain, en 1861, a à peine effleuré. Pour l'aérer, il faudrait, comme le réclament les habitants, se décider à prolonger la rue des Écoles et élargir la rue Saint-Victor qui forme un coude à la hauteur de la halle et se prolonge en se rétrécissant vers la place Maubert, ou alors s'attaquer à la rue Monge. L'entassement de la population dans les voies situées au bas de la montagne Sainte-Geneviève et près de la Seine étonne Dragan. Pour la plupart ce sont des rues « à garnis », où les migrants se sont regroupés par régions ou par activités, portefaix bretons, ouvriers creusois, ramoneurs auvergnats... Plus Dragan s'enfonce et grimpe et moins il comprend la langue de toute cette population qui s'interpelle du haut des fenêtres et du bas des portes. La proximité de la halle explique sans doute la prolifération des « détaillants de vins et liqueurs». Il compte deux cabarets pour cinq maisons. Il croise des femmes ivres, qui titubent et l'insultent, enjambe même quelques corps allongés sur le pavé. Est-ce de là que vient le goût d'Églantine pour la boisson ?

La rue Traversine est une ruelle sans air et sans soleil, impraticable aux voitures du fait de son étroitesse et de l'irrégularité de ses pentes et contrepentes, fermée d'un côté par la rue d'Arras, de l'autre par la rue des Carmes. Le pavé y alterne avec la fange et il faut faire attention où l'on met le pied. Des enfants traînent en guenille dans la rue et lui tendent la main quand il passe devant eux. Est-ce possible qu'Églantine ait grandi là ? Par les portes ouvertes sur les cours, Dragan aperçoit des montagnes d'ordures. Elles sont recueillies chaque jour dans les rues de Paris et apportées ici. Des femmes et des enfants les trient, les amassent dans des chariots.

Il est soulagé de constater que l'adresse que Jean-Sébastien lui a donnée correspond à un immeuble qui, comparé à ses voisins, fait plutôt bonne figure, accolé presque à l'École polytechnique : un bâtiment sur rue, double en profondeur, élevé de quatre étages carrés, le cinquième lambrissé, relié au bâtiment du fond de cour par la cage d'un escalier.

— Hé, le bourgeois ! Qu'est-ce que tu cherches ?

C'est une femme qui l'interpelle, jeune mais tout en ventre et en seins, un enfant dans les bras et un autre qu'elle tient par la main. À côté d'elle, assis sur une chaise à l'enjambée, les bras sur le dossier, un vieil homme tète une pipe à vide et l'on voit ses joues se gonfler sous le poil de sa barbe.

— Je... On m'a dit qu'habitaient ici deux jeunes femmes, Camille et Églantine et...

— Connais pas ! dit le vieux en retirant sa pipe. Faut pas rester là, mon gars !

Mais la femme a froncé le sourcil. Elle a posé le marmot par terre et fait un pas vers la lumière pour mieux apercevoir Dragan.

— Mince alors ! Eh ! Je te reconnais ! Tu es le prince d'Églantine !

Elle lâche un rire qui fait trembler toute sa poitrine. Elle prend le vieux à partie.

— C'est lui, celui dont je te parlais, celui qui est venu l'autre jour chercher Églantine à l'atelier ! Pas vrai qu'il n'est pas croyable ? Où est-ce qu'elle est allée s'en dégoter un pareil ?

Elle crie dans l'escalier. Des têtes apparaissent aux fenêtres. La femme continue de tressauter d'un rire nerveux, de montrer Dragan et de raconter l'histoire. Des filles descendent, certaines en chemise, avec juste un châle sur les épaules. La femme exhibe le jeune homme comme un bateleur montrerait un monstre à la foire du Trône. Et c'est une fois calmée qu'elle se préoccupe de lui et condescend à répondre à ses questions. Elle lui explique qu'Églantine n'est plus là. Voilà plusieurs jours qu'elle n'est pas revenue. Quant à Camille, celle-là, on ne l'a plus vue depuis quelques mois.

— Ici, un logement vacant ne le reste pas longtemps. On les a remplacées.

— Pourrais-je voir quand même où elles habitaient ?

— Pour sûr, mon prince. J'ai la clé.

Tout en le conduisant à travers la cour, elle lui explique que la maison tout entière appartient au marchand de vin qui tient boutique un peu plus bas. Un miracle que cet immeuble là. L'homme est un ancien canut lyonnais qui est venu se réfugier ici après les insurrections de 1847. Et il ne loue qu'à des « pays », fils et filles de Lyonnais, pour la plupart « ouvriers de l'aiguille ». C'est pour cela qu'elles sont plusieurs de l'atelier de M. Étienne à se loger ici. L'escalier est raide, sans rampe. Chaque marche tremble sous leurs pas. Au quatrième étage, elle tourne sa clé dans une porte qui s'ouvre sur une pièce basse de plafond. Deux lits, une cuvette, une chaise, une sorte de coffre-armoire. Il y a du linge qui sèche à la fenêtre. Un cadre est accroché au mur ainsi que des dessins de mode, sans doute découpés dans des revues. Peut-être un souvenir des anciennes locataires. Dragan est tout ému de découvrir où Églantine a vécu.

— Une fille comme Églantine, il n'y en a pas deux. Ne la laisse pas filer, mon prince. C'est la meilleure d'entre nous. Courageuse, cette petite. Elle travaille depuis qu'elle tient debout. Belle et futée comme elle est, j'ai toujours su qu'elle s'en sortirait. Camille a tout fait pour ça.

— C'est elle qui l'a élevée, n'est-ce pas ?

— Elle a pris le relais quand sa mère est morte. Elle s'est saignée aux quatre veines pour que la petite ne manque de rien. Elle lui a même donné des leçons pour qu'elle apprenne à lire et à écrire correctement.

— Et cette Camille, elle n'habite plus le quartier ?

— Plus de nouvelles, mon prince. Mais on raconte qu'elle s'est fait épouser par un nabab étranger, un homme bourré aux as qui l'a emmenée dans son pays. Pour sûr qu'elle l'a rencontré chez Worth.

— Worth ?

— Ouais, le couturier de la haute. Pas croyable, hein ? Une des dernières fois qu'on a causé toutes les deux, elle m'a confié qu'elle venait d'y être embauchée.

5

Embauchée par Worth ? Dragan contemple son morceau de quenelle sans se décider à l'enfourner dans sa bouche. Mais bien sûr ! Comment n'y a-t-il pas pensé plus tôt ? Worth recrute des sosies pour placer ses toilettes auprès des grandes dames de la Cour. La ressemblance de Camille avec Mme de Castiglione n'a pu que le convaincre de la recruter. C'est là-bas qu'il faut chercher !

— Tu n'aimes pas ?

— Si ! Si ! C'est très bon !

Églantine l'observe, un peu inquiète. Alors, il met le morceau dans sa bouche et fait mine de trouver cela délicieux.

— La sauce est ratée, je le sais, dit-elle avec une infinie tristesse. Je ferai mieux la prochaine fois.

— C'est parfait, je te dis.

Il devrait lui en parler. Mais il faudrait pour cela lui raconter qu'il est allé rue Traversine. De plus, quelque chose le turlupine : comment peut-elle ignorer que Camille avait été embauchée chez Worth ? Comment peut-elle ne pas savoir ce que tout le monde savait dans son immeuble ? Et si Églantine avait connaissance de cette information, pourquoi ne lui a-t-elle rien dit ? Alors, il se tait. Il lui sourit. Et il reprend une seconde quenelle.

Chapitre XIX

1

Au 7, rue de la Paix, devant la plaque en marbre de la Maison Worth & Boberg, la maison de couture de Worth, le célèbre couturier, une file d'équipages est déjà rangée le long du trottoir alors que midi, l'heure d'ouverture, vient à peine de sonner. Le valet de pied à livrée écarlate, chargé d'accueillir les clientes, n'en finit pas d'ouvrir les portières et de s'effacer, obséquieux, devant le flot continu de ces dames, drapées de burnous blancs, de cabans rayés, de camails d'hermine, de sorties de bal capitonnées et bordées de cygne, qui glissent dans leurs crinolines et, les mains frissonnantes et les yeux brillants, gravissent les escaliers pour s'engouffrer et disparaître par la porte à double battant de la maison.

Dragan hésite à gravir les marches. Peut-il se présenter ainsi chez Worth, forcer la porte du « maître » ?

— Prince ?

La voix a fusé d'un fiacre en forme de calèche, ombragé d'une ombrelle blanche, qui vient de s'arrêter devant le porche. Une forme mousseuse, éclaboussée de vert, agite une main en sa direction.

— Prince ! Attendez-moi !

À la chevelure d'un roux magnifique, il reconnaît Lady Hortense. Elle porte une veste de pékin vert pomme à trois collets, garnie sur le devant et aux ouvertures des poches de petits boutons d'ivoire. La jupe est pareille, bordée d'un ruban rouge et, sur la poitrine, une large cravate de gaze blanche lui fait un grand nœud autour du cou. Elle porte un chapeau de paille terminé d'une longue voilette noire qui cache son visage. On dirait qu'elle s'apprête à aller taquiner les abeilles. Mais elle relève son voile du bout de ses doigts gantés et les beaux yeux violets de la courtisane viennent danser, rieurs, dans ceux de Dragan qui s'est approché.

— Vous, dit-elle, vous venez d'accompagner chez Worth une nouvelle conquête !

— Mais point du tout, dit-il avec son grand sourire. Je savais qu'une personne aussi élégante que vous ne pouvait s'habiller qu'ici. Depuis notre dernière rencontre, je campe nuit et jour sur ce trottoir dans l'espoir de vous voir arriver. Je serai ravi de vous offrir mon bras. À condition, bien sûr, que vous m'accordiez cette grâce ?

— Rien ne me ferait plus plaisir, prince !

Elle rassemble, dans sa petite main gantée, l'ampleur mousseuse de ses jupons, drape avec élégance tout un chiffonnage de dentelles à hauteur de sa taille et se lève. Il l'admire ainsi, descendant le marchepied, buste incliné, taille ployée, dévoilant, dans le mouvement, sa jambe parfaite gainée d'un bas de soie brillanté de petites paillettes. Ses yeux brillent pareillement en lui prenant le bras. Elle s'approche si près de son visage qu'il suffoque presque sous son parfum.

— Cela se confirme, chuchote-t-elle. Je ne saurais trop dire pourquoi, mais vous, vous me plaisez vraiment.

Il la remercie d'une inclinaison légère de la tête. C'est une femme si belle, flamboyante, pareille à un feuillage éclaboussé de soleil. Son corps ondule et tangue contre sa hanche. Ensemble, ils gravissent les marches jusqu'à la porte que vient d'ouvrir pour eux le valet de pied en livrée écarlate.

Au moment de pénétrer dans le salon, la main de Lady Hortense se fait plus ferme au bras de Dragan. Il la voit imperceptiblement se redresser pour soigner son entrée, mue par un ressort qui soulève son torse, tend son cou, relève délicatement ses paupières et le coin de ses lèvres en un sourire mystérieux de cruauté et de jubilation, tout un sursaut de vie et de branle-bas de combat. Le réflexe d'une comédienne au moment où, passant les portants des coulisses, elle s'apprête à affronter la scène.

Et le fait est que l'endroit est beau comme un théâtre. C'est une salle immense, carrée, avec de grandes fenêtres et des boiseries aux murs, des plafonds blancs dont les garnitures, d'un vert pastel, imitent des ronces et des lianes entrelacées. Une lumière fruitée, dorée, tombe des verrières et colore d'un halo vaporeux, très doux, les divans. Des femmes somptueuses y sont assises, entourées de vendeuses qui déploient pour elles des tissus, des dentelles, des bobines de ruban. Avec toutes ces étoffes où dominent le brun, le fauve, le rouge et le jaune éteint, que l'on touche, froisse, laisse glisser à terre et que parfois l'on piétine, le salon de Worth a quelque chose de la clairière d'une forêt de légendes, éclaboussée de plumes et d'oiseaux, où se seraient assemblées quelques fées, assises, debout, agenouillées, occupées à d'ensorceleuses besognes.

Lady Hortense, à son tour, est accueillie, fêtée, entourée par des vendeuses tourbillonnantes qui l'entraînent jusqu'à un sofa où elle est priée de s'asseoir et où peut choir également Dragan.

Le visage de la courtisane flamboie sous le plaisir et la concentration. Elle rectifie sa position sur le sofa, ni trop au bord, ni trop au fond, se dégante avec des grâces lentes, le corps légèrement projeté en arrière, l'œil aux aguets, se remue en des trémoussements adorables pour bien disposer les plis de sa robe.

Elles sont, ce jour-là, une vingtaine de clientes, certaines par petits groupes, d'autres isolées. Il y a entre toutes ces dames un échange sublime de regards, un instant magique d'inspection respective des toilettes, un de ces examens faits dans un de ces coups d'œil particuliers à la femme qui jauge, en une seconde, la couleur, la coupe, la matière de ce qui habille une autre femme et en a déjà fait un inventaire critique des pieds à la tête. Au moment même où Dragan se dit que Lady Hortense a dû l'oublier, elle lui prend familièrement le bras et il comprend qu'au même titre que sa voilette, que ses gants clairs de chevreau ou que ses bas brillantés de paillettes, il est, à cet instant précis, un ornement livré à l'admiration des rivales. De fait, aux têtes qui se penchent, aux chuchotements, aux haussements de sourcils qu'il surprend, il lui semble qu'il remporte un certain succès. Lady Hortense salue quelques visiteuses du menton. Certaines lui répondent de même, mais d'autres font mine de l'ignorer. Deux mondes, à l'évidence, se côtoient chez Worth.

Une jeune femme se présente, le visage joli mais sans coquetterie, la silhouette droite mise en valeur par une robe de popeline de Lyon, au grand écossais fond blanc, corsage à basques découpées et ornées d'un petit agrément faisant brandebourg, qui lui donne une allure de gouvernante ou de préceptrice chic. C'est Caroline, la vendeuse attitrée de Lady Hortense, celle qui s'occupe toujours d'elle, connaît ses goûts et ce qui lui va « à sa façon ». Elle leur apporte, sur un petit plateau, des verres de madère et des gâteaux. Elle accueille Lady Hortense avec un savant mélange de joie et de déférence, la complimente aussitôt sur son élégance, sur le goût très fin de sa toilette, ne manque pas, de temps en temps, de sourire à Dragan comme à quelqu'un qui, sans doute, mettra tout à l'heure la main au portefeuille.

Dragan n'écoute que d'une oreille discrète. Il observe. Il a très vite repéré, parmi les jeunes femmes de la maison Worth qui déambulent autour des clientes, deux catégories très distinctes, les unes, comme Caroline, enjouées et caressantes, restant au plus près de ces dames, et d'autres qui ne font que tourner, s'arrêter, repartir. Toutes ne sont pas jolies, certaines petites et d'autres trop rondes ou trop sèches. À l'image, semble-t-il, des clientes qu'elles sont chargées de convaincre. Ce sont des filles irréelles, à peine humaines. Sur leur peau blanche, les vêtements se savent éphémères et en trompe-l'œil, juste posés, et ne semblent pas vouloir les vêtir. Entre la chair et l'étoffe, aucune complicité ne se devine. Et quand les filles s'immobilisent, qu'elles gardent la pose, le regard absent, pour que vendeuses et acheteuses les observent, on dirait, dans un parc, à l'automne, ces statues de nymphes d'autrefois, perdues dans des rêves lointains et salies plus qu'habillées par la mousse et les feuilles tombées sur leur tête et sur leurs épaules.

Camille a été, sans doute, l'une de ces filles. Comme elles, elle a porté des robes qui n'étaient pas pour elle.

— Elle vous irait à ravir, dit à cet instant Caroline à Lady Hortense. En voyant le tissu, j'ai tout de suite pensé à vous. Je vais vous la montrer. Mlle Agnès !

Une des jeunes femmes automates relève la tête, sourit et s'approche, altière, dans une démarche glissante et peu naturelle. Quand elle est à portée de main, Caroline la fait tourner, soulève un pan de l'étoffe, en fait tâter la douceur et l'épaisseur à Lady Hortense.

Dragan est le seul homme de la pièce et, très vite, ces dames ne font plus attention à lui. Il se tient d'ailleurs parfaitement immobile, n'osant pas même porter son verre de madère à sa bouche, se retenant presque de respirer, conscient de sa présence incongrue, de sa position de visiteur clandestin d'un harem de femmes. L'assemblée est joyeuse, pleine de rires et de conversations légères. Il y a dans l'air comme un relâchement, une impression d'être entre soi qui autorise à parler librement, à s'offrir plus complaisamment au plaisir de l'insouciance. Les mannequins tournent et les dames se rêvent dans les belles toilettes. Les étoffes respirent doucement dans les mains des vendeuses. Les tissus frôlent les peaux nues, se déposent sur les épaules découvertes pour mieux juger de l'effet des couleurs sur le teint.

— Je vais essayer la toilette que j'ai commandée, lui dit Lady Hortense en se levant. Ayez la gentillesse de m'attendre.

Elle lui sourit et suit aussitôt Caroline qui l'entraîne vers une autre pièce.

Mlle Agnès n'a pas bougé. Dragan lui fait signe de s'approcher. La jeune fille s'avance d'un pas traînant, se penche légèrement vers lui.

— Vous travaillez ici depuis longtemps ? Je veux dire en tant que sosie ?

La jeune fille fronce un peu le sourcil. Elle doit trouver bien cavalier ce jeune homme qui, sa compagne à peine partie, se renseigne déjà sur une autre femme.

— Je viens d'être engagée. La maison est en pleine expansion. Le maître recrute.

— Ah oui ? Et faut-il être seulement jolie comme vous ou est-il nécessaire de ressembler à... une dame connue ?

— Monsieur veut-il postuler ?

Il comprend la méprise. La jeune fille doit croire qu'il lui fait des avances. Alors, il tente de se justifier.

— Je souhaiterais offrir une robe à la comtesse de Castiglione et j'aurais voulu savoir si l'une d'entre vous lui ressemble assez pour... l'essayer à sa place.

À la mine offusquée du sosie, il comprend qu'il vient de s'enfoncer davantage dans l'estime de la fille.

— M. Worth n'est pas le couturier de la comtesse, dit une voix derrière eux.

Une femme d'âge mûr est devant lui. Ronde, avec des yeux de chat, une lassitude de félin qui vient de croquer un oiseau. Elle se présente comme étant Mlle Annabelle, responsable de l'ensemble de ces demoiselles. Contrairement à l'autre fille, son ton est neutre et son visage impassible. Sans doute, ne le juge-t-elle pas moins sévèrement, mais elle, elle sait que l'important est de vendre et qu'un client qui veut offrir une toilette doit toujours être traité avec certains égards.

— De ce fait, poursuit Mlle Annabelle, Mme de Castiglione n'a point ici de sosie attitré. Seules nos meilleures clientes ont ce privilège.

— C'est fort dommage...

— Mais nos autres sosies pourront vous montrer nos plus belles toilettes...

— Plus tard, peut-être...

Caroline surgit, informe Dragan que Lady Hortense le convie à admirer la robe qu'elle vient d'essayer. Dragan esquisse un sourire qui tend vers la grimace, se lève, incline légèrement le buste et emboîte le pas de Caroline sous le regard doré et interrogateur de Mlle Annabelle. Derrière un paravent, penché sur une jeune femme qui rit exagérément en montrant toutes ses gencives, il lui semble reconnaître la silhouette du comte de Castiglione.

2

Dans le jour du salon d'essayage, à travers la transparence colorée des rideaux, Lady Hortense est à demi nue, le buste prisonnier d'une ceinture-corselet en toile écrue, dont les fanons de baleine sont agrafés par-devant et lacés dans le dos. À côté d'elle, posée sur le divan, l'attend une robe à bustier de soie voilée de dentelle noire, ceinturée de taffetas, sur crinoline en dentelle fuchsia brodée. Les broderies y sont légères et furtives comme des coups de pinceau.

— Je vous attendais pour passer la robe, dit-elle, malicieuse, avec un charmant sourire en direction de Dragan.

Il doit y avoir un certain plaisir, pense le jeune homme, à s'abandonner ainsi à l'habillage d'autres femmes. Elles sont trois à lui passer la robe, Caroline et deux autres employées. Le résultat est charmant.

— Vous êtes magnifique.

— C'est vrai, je vous plais ?

Lady Hortense secoue sa rousse crinière comme l'on frotte des allumettes pour allumer un incendie, se tourne à demi vers Dragan et lui montre les dents, babines retroussées et tout son sourire éclatant dans le mauve de sa pupille.

— Cela ne va pas du tout !

Charles-Frederick Worth se tient sur le pas de la porte, le sourcil froncé, et derrière lui, on devine la silhouette de Mlle Agnès. Il approche de la quarantaine. Il a, dans la silhouette, quelque chose de l'autruche, avec un petit ventre et de grandes jambes maigres, des yeux ronds, ébahis, et une démarche un peu mécanique de gallinacé qui cherche du grain à picorer. Les tendons du cou sont si apparents qu'ils semblent des cordes attachant sa tête à son corps, une tête légère, gonflée de grosses bajoues de hamster, presque pas de cheveux, et un épiderme d'Anglo-Saxon où les taches de rousseur se perdent sur un fond blanc de poulet.

Il vient vers eux, s'arrête au milieu de la pièce, fixe Dragan un instant, peut-être surpris par l'élégance naturelle du jeune homme, puis s'attarde sur Lady Hortense, soupire, prend l'air de celui qui, décidément, doit tout faire dans cette maison.

— Cela ne va pas du tout, répète-t-il.

Un instant, le front soucieux, l'œil inquiet, le menton dans la pince de ses doigts, il réfléchit et garde suspendue cette pose comme un pianiste retiendrait un accord. Puis le voilà qui s'agenouille. Tel un prestidigitateur, il a mystérieusement tiré des aiguilles de ses poches ou de ses manches. Pas un regard pour

Lady Hortense. Il se concentre sur la toilette. Ses pouces tâtent et tâtonnent, auscultent, prennent le pouls. Il se recule et revient, dans un balancement hypnotique de barque qui tire sur son cordage. Il rajuste, dénoue, rattache, semble suivre plutôt que contrôler le travail léger de ses doigts lestes et voltigeants. Il frôle, caresse et chatouille la courtisane dont les jolis yeux commencent à se fermer. Tandis que les glaces réfléchissent, silencieuses et hautaines, à l'infini, ses regards et ses gestes, il la tient entre ses doigts, la fait vibrer, rêver, s'abandonner, ronronnante, dans des poses de chatte. Et Dragan se dit que le maître est bien égal à sa légende.

3

La fiche de Charles-Frederick Worth que lui a fait passer le service de documentation du ministère de l'Intérieur, Dragan l'a lue dix fois avant de venir. Il pourrait réciter par cœur la biographie du couturier.

Écossais, né d'extraction modeste le 13 octobre 1825 à Bourne dans le comté du Lincolnshire, Worth quitte très vite sa ville natale pour la capitale londonienne, devient apprenti, puis employé chez plusieurs marchands de textiles dont le très fameux Swan & Edgar de Piccadilly Circus, où il apprend les rudiments du métier et se frotte aux contingences matérielles. Mais il sait que c'est à Paris que bat le cœur de la mode. Il y débarque à vingt ans, cent dix-sept francs en poche, vit chichement avant d'être engagé chez Gagelin & Opigez, marchand réputé de tissus et de mercerie de luxe, dont il finit par devenir le vendeur en chef. Il s'y prend d'amour pour une collègue, Marie Vernet, qu'il épouse en 1851 et pour laquelle il confectionne ses premières tenues. Les créations, audacieuses et d'esprit nouveau, remportent auprès de ses collègues et de la clientèle un tel succès que Gagelin se laisse convaincre de créer un département couture. La maison est récompensée aux grandes expositions universelles de Londres en 1851 et de Paris en 1855. Elle reçoit commande d'une partie du trousseau de l'impératrice Eugénie, lors de son mariage avec Napoléon III en 1853. Mais Worth se sent bridé. En 1858, il quitte Gagelin & Opigez pour fonder sa propre maison, au 7, rue de la Paix, avec l'aide d'un ami suédois, Otto Gustav Boberg, lui-même commis chez Gagelin. La Maison Worth & Boberg est née.

Les débuts sont difficiles. Mais Marie Vernet croit au génie de son mari. C'est elle qui, ses croquis de robe sous le bras, force les portes des appartements de la princesse de Metternich et finit par la convaincre de commander deux tenues, une du matin et une autre du soir. C'est le début d'un succès qui depuis ne cesse de croître. Tout le monde à la Cour souhaite une robe de Worth. Les impératrices Eugénie et Élisabeth d'Autriche, la tsarine de Russie, la reine Victoria et la reine d'Italie ne sont pas en reste. Paris, puis le monde entier se pressent désormais dans les salons du 7, rue de la Paix.

Mais Worth explique volontiers que son succès n'aurait été qu'éphémère s'il n'avait modifié le rapport de forces, s'il n'avait pas traité ses clientes avec une désinvolture frôlant l'arrogance. Avant lui, la couturière était une simple exécutante. La cliente décidait de tout. Elle faisait venir sa couturière à son domicile, lui demandait d'attendre dans l'antichambre, examinait dédaigneusement ses échantillons, lui imposait enfin ses désirs sans beaucoup de considération. C'était un simple travail de commande où l'on privilégiait davantage le savoir-faire artisanal du couturier que son imagination.

Worth, fort de son succès à la Cour, inverse le processus. Il se pose non en artisan, mais en artiste qu'il faut solliciter. Il devance les goûts. Il crée des collections dont la thématique varie selon la saison. Il abandonne la pratique de ses confrères de présenter leur travail à partir de poupées qu'ils habillent et invente, en se servant de son épouse comme cobaye, le mannequin vivant qu'il appelle le sosie. En 1860, il met en scène son premier défilé, organisé dans son atelier, avec des sosies disposés dans la salle, immobiles comme des statues, les clientes circulant autour des modèles. Très vite, il inverse les rôles et fait tourner ses mannequins autour de sa clientèle. Mais l'essentiel est accompli. Ce sont désormais ces dames qui se pressent chez lui, qui choisissent parmi les créations qu'il leur impose, qui adaptent leurs goûts aux siens et qui, attendant des heures le bon vouloir du maître, de l'artiste, du génie, se pâment quand celui-ci consent enfin à s'intéresser à leur modeste personne.

Le reste, commente volontiers Worth, n'est qu'affaire de commerce. Choisir les plus beaux produits, recourir aux plus habiles petites mains de Paris et surtout vendre ses créations bien au-dessus de leur prix de revient et favoriser une mode ostentatoire et luxueuse qui correspond bien aux aspirations de ma clientèle.

4

Le résultat est saisissant. Quand Worth se redresse, Lady Hortense est d'une beauté à couper le souffle. On ne dirait plus la même robe. Celle-là est aérienne, une construction de cartes à jouer qui capte la lumière, traversée d'impudiques transparences, sculptée de failles et de reliefs, suspendue dans l'espace, éclaboussée de pleins et de déliés, au milieu de laquelle on jurerait que Lady Hortense a lentement poussé tant elle en épouse étroitement les volumes.

— Je suis impressionné, chuchote Dragan. Vous êtes un magicien.

— Pfff ! lâche Worth dans un soupir. Je n'ai aucun talent. Je ne sais pas dessiner, je ne sais pas coudre. Tout au plus, me reconnais-je un certain art dans la couleur. Après, tout est question de logique et d'équilibre.

D'une voix lasse, il expose les grands principes, ceux qui lui permettent de débusquer derrière chaque femelle imparfaite un peu de la femme idéale. Pour une cliente très maigre et très grande, il faut élargir les épaules au moyen d'épaulettes de dentelle, raccourcir le buste en donnant une forme ronde au corsage. Pour une femme petite et maigre, au contraire, il convient d'allonger le buste à l'aide d'un corsage en pointe, lequel sera fait de deux étoffes dont la plus légère, bouillonnée, donnera à la poitrine de la cliente une apparence trompeuse. Et pour grandir la dame, on optera pour une jupe de pékiné, c'est-à-dire d'étoffes rayées dont les bandes verticales produiront l'effet d'optique désiré. Pour une dame plus en chair, le corsage se fera dans une seule étoffe, de la soie de préférence, allongée de petits froncés, très étroits, partant de l'épaule pour mourir vers la ceinture. Et pour effacer les hanches, une jupe à plis droits, avec une quille sur un des côtés.

Le ton est froid, sans passion, d'une grande condescendance, quelque chose du ton de Pierson exposant doctement lui aussi sa science, et l'association réveille chez Dragan une mauvaise humeur qui, peu à peu, au fur et à mesure que Worth expose ses théories, fait monter en lui l'envie de brusquer les choses et de bousculer le génie.

— Au final, dit le maître en s'essuyant les mains à une serviette que vient de lui tendre Mlle Agnès, voulez-vous connaître mon secret ? Le profond mépris dans lequel je tiens les femmes ! Je ne pourrais pas tenir sans cela.

— Jusqu'à quel point, ce mépris, monsieur ? Jusqu'à les tuer ?

Le propos provoque chez Worth et chez Mlle Agnès la même réaction de surprise. Dragan profite de son avantage. Il force le couturier à reculer un peu à l'écart, dans l'embrasure d'une fenêtre. Comme l'homme tient toujours sa serviette à la main, la jeune femme se croit obligée de les suivre. Dragan montre sa carte de police. Il explique qu'il enquête sur la mort de demoiselles ressemblant à Mme de Castiglione et que les éléments recueillis l'ont conduit ici, avec la certitude que l'une au moins des victimes a travaillé comme sosie. Worth a repris ses esprits et ne semble pas du tout impressionné.

— Ah, la Castiglione ! dit-il. Comme j'aurais aimé l'avoir à mon tableau de chasse ! En voilà une qui ne jacassait pas sans fin comme toutes ces perruches !

Ah ! son allure ! Sa démarche glissante, le mouvement lent de sa tête par-dessus l'assistance médusée ! L'irisation de la lumière sur son épiderme ! Quand elle portait le regard sur vous, c'était comme si les cieux soudain s'ouvraient.

Il serre le bras de Dragan. Son œil se fait plus rond encore et, sur son visage, le rouge rubicond triomphe désormais du blanc anémié.

— Elle n'a jamais voulu de moi. Elle préférait des couturières à sa main, comme cette Mme Roger. J'ai engagé, c'est vrai, plusieurs sosies à sa ressemblance pour tenter de la convaincre. En vain. Pour cette raison, ces filles ne sont pas restées longtemps chez nous. Vous ne trouverez rien ici.

— Je ne peux me contenter de votre affirmation, monsieur. Je vais vous demander de me montrer vos fiches de paie, les contrats. Je vais devoir interroger vos employés.

Worth s'est reculé. Toute sa carcasse s'est relevée comme une baudruche dans laquelle on viendrait de souffler pour la regonfler. Quelque chose de dur et de froid danse maintenant dans sa pupille et trahit la véritable force de caractère du bonhomme.

— Écoutez, monsieur le policier. Je lance ma nouvelle collection et il n'est pas question que vous veniez perturber l'opération pour un vague soupçon qui n'a ni queue ni tête. J'habille l'Impératrice, ses dames de compagnie, la moitié du reste de la Cour. Mme de Persigny, l'épouse de votre ministre, a pris rendez-vous pour la fin de l'après-midi. Il me suffit de claquer des doigts pour que votre carrière soit terminée. Alors, vous allez sagement sortir de ma maison pour ne plus jamais y revenir. Mlle Agnès va vous raccompagner.

Que faire ? Worth a raison. Le lien entre l'enquête et sa maison est trop ténu. Dragan s'incline et emboîte docilement le pas de Mlle Agnès. Elle ouvre une porte, l'invite à la suivre par les couloirs. Elle ne le fait pas repasser par les salons, mais par l'intérieur du bâtiment.

— J'ai entendu ce que vous disiez à M. Worth, lui dit Mlle Agnès au seuil de la porte de sortie. Je suis désolée d'avoir été un peu sèche quand vous m'avez interrogée tout à l'heure.

— Ne vous excusez pas. Mes propos étaient ambigus et profondément maladroits.

Elle semble hésiter à ajouter quelque chose. Elle le regarde intensément comme si elle attendait une question précise pour livrer la réponse toute faite qu'elle n'ose pas livrer spontanément. Et comme il ne sait pas laquelle, il fait l'économie des mots et se contente de l'interroger ardemment du regard, mobilisant tout ce qui, dans sa personne, amollit habituellement les résistances des filles.

Mais il y a des bruits de pas dans le couloir. Mlle Agnès se referme comme une huître. Elle ouvre précipitamment la porte sur l'agitation du boulevard et pousse Dragan dehors.

5

Dans la calèche où ils ont pris place, Lady Hortense arbore un sourire triste sur son visage gai. Des paquets volumineux lui font face. Elle se tourne vers Dragan.

— J'ai passé un merveilleux moment. Vous êtes un compagnon charmant.

— Croyez bien que tout le plaisir... et l'orgueil... étaient pour moi.

Elle accentue la tristesse de son sourire. Ils savent, elle et lui, qu'il suffirait d'un mot, peut-être même d'un simple geste, pour qu'ils passent la soirée et la nuit ensemble. Mais il y a Églantine. Églantine ! Il ferait bien rire Gamel Pacha et Jean-Sébastien d'Albrège. L'un et l'autre lui diraient qu'il est fou de ne pas profiter d'une femme comme Lady Hortense. Et il est vrai qu'à chaque mouvement qui fait bouger sa silhouette d'amphore vivante, la courtisane est plus désirable encore.

— Je vais vous déposer, dit Lady Hortense. J'ai cru comprendre que vous étiez attendu. Je voulais vous dire...

Son visage durci par l'ombre prend une expression mystérieuse, presque inquiétante. Elle retire des épingles de sa coiffure, dénoue un peu ses cheveux. Le contre-jour dévoile son buste souple, ses hanches pleines, la cambrure hardie de sa taille. La voiture s'arrête devant l'appartement de Dragan.

— Si j'avais pu tomber amoureuse, finit-elle en posant sa main sur son bras, cela aurait pu être de vous.

— Je suis flatté.

— Vous pouvez...

Chapitre XX

1

Dès qu'il ouvre la porte de l'appartement, il ressent l'odeur de brûlé, une odeur caramélisée plutôt. Et il la retrouve endormie, non pas dans le lit mais sur le canapé. Églantine est en chien de fusil, les genoux repliés, la tête posée sur son avant-bras. Elle s'est fait belle, pas trop maquillée comme il aime. Et elle a remis la robe qu'elle avait à la brasserie, grise à fines rayures vertes. Sans doute est-ce sa seule toilette un peu habillée. Il remarque ce qu'il n'avait pas noté la dernière fois : l'usure des coutures et la présence d'un bouton désassorti aux autres. Il va jusqu'à la cuisine pour enlever du feu le faitout où colle au fond une mixture presque noire. Peut-être était-ce un ragoût ou du bœuf braisé ? Il constate qu'elle a dressé la table avec la vieille argenterie qu'elle a dû trouver dans le bahut, qu'elle a glissé les serviettes pliées dans les verres en cristal. Elle s'est donné du mal. Un bouquet de fleurs égaye la nappe et, à sa place à lui, il y a un grand rectangle dans un paquet cadeau. Elle est donc sortie ? Et où a-t-elle trouvé l'argent pour ces dépenses ?

Alors, attendri, il revient vers Églantine, se penche et l'embrasse sur le front. Comme dans les contes, la princesse bat des paupières et ouvre un œil. Et quand elle l'aperçoit, elle se soulève d'un bond et, les bras autour de son cou, elle se jette contre lui.

— Tu es revenu. J'avais peur que tu me laisses toute la nuit !

— Mais quelle idée ? Non, voyons...

Elle rougit, puis rit de plaisir, se serre de nouveau contre lui. Il lui demande ce qu'elle a fait de sa journée. Elle balaie la question d'un revers de main. Elle a flâné du côté de la Madeleine, à la recherche d'un emploi de vendeuse dans un magasin de modes, de quoi ne pas vivre à sa charge. Et lui ? A-t-il fait avancer l'enquête ? Il se décide à lui raconter sa visite chez Worth. Il lui tait l'épisode de la rue Traversine, prétend qu'il y est allé au culot après avoir eu l'idée que Camille avait pu être embauchée comme sosie. Elle paraît sincèrement surprise de l'hypothèse. Et plus encore d'apprendre que son amie n'a pas été gardée. La faute au mépris de Mme de Castiglione pour les robes de Worth.

— Tu penses que l'assassin l'a repérée là-bas ?

— Sans aucun doute. S'il cherchait une jeune femme ressemblant à la Castiglione, qui mieux que son sosie chez Worth ? C'est par là qu'il me faut désormais creuser.

— Cette Mlle Annabelle... Telle que tu me la décris, je mettrais ma main à couper que c'est celle que j'ai connue. Celle qui tenait l'atelier. Sans doute, est-ce par son intermédiaire que Camille a été engagée chez Worth...

Églantine reste un instant silencieuse. De nouveau, elle se sent envahir par une angoisse qui lui serre le ventre. Elle revoit Camille, la crinoline bleu-argent, à double tunique, les dentelles et les marabouts bleus. Et puis elle semble s'ébrouer. Son visage reprend peu à peu des couleurs.

— Et Worth, demande-t-elle, comment est-il ? Et le salon, les toilettes ? Raconte-moi !

Il aurait cru qu'elle lui en aurait voulu un peu de ne pas l'avoir emmenée chez le grand couturier, mais il comprend que l'idée ne l'effleure même pas. Pour l'aider à chasser sa mélancolie, il s'efforce de n'oublier aucun détail. Il s'applique même à décrire les robes, la magnificence des étoffes, les bijoux, les accessoires. Églantine finit par sourire, le rectifie quand il se trompe et emploie un mot de couture inapproprié. Mais, dans le récit de Dragan, c'est Lady Hortense qui l'intéresse le plus et il est obligé, sur sa demande, de préciser la couleur des yeux de la courtisane et chaque élément de sa tenue.

— Elle te plaît, n'est-ce pas ?

— Si c'était le cas, je serais à cette heure avec elle.

— Pour le souper, tu y gagn...

Elle semble soudain se rappeler de quelque chose et la voilà qui le repousse gentiment, se lève et court jusqu'à la cuisine. Il l'entend pousser un cri de dépit en constatant l'état du faitout, mais quand elle revient, elle a retrouvé le sourire et elle lui tend le cadeau !

— Ouvre ! C'est pour toi. Pour me faire pardonner !

— Pardonner de quoi ? bafouille-t-il en arrachant le papier.

C'est un dessin au fusain, acheté sans doute sur les quais de la Seine, un convoi de chariots bâchés qui traversent une forêt de séquoias. Une femme et un homme, coiffés tous les deux d'un chapeau, tiennent un petit garçon par la main. Dans le cartouche, il est inscrit : *Les pionniers américains – la ruée vers l'ouest.*

— Nous l'accrocherons dans le salon, dit-elle. Comme cela, tu te sentiras ici un peu comme aux États-Unis. Ce ne sera pas la peine de repartir. (Elle hésite puis ajoute :) Mais si c'est là-bas que tu penses que nous serons heureux, je te suivrai... oui... je te suivrai.

Il rit, la prend par la taille et l'embrasse. Longuement. Un vrai baiser d'amoureux.

— Je suis désolée pour le repas, murmure-t-elle en se dégageant. J'avais tout préparé. Je ne suis vraiment pas douée.

— Mais je me moque de ce repas. Tiens ! Allons dîner dehors ! Et je vais tâcher de me faire aussi beau que toi !

Et il tient parole. Il ne lui faut que quelques minutes pour se déguiser en prince : chapeau haut-de-forme, cape de velours noir, pantalon étroit, gilet d'un gris léger sur une chemise en soie.

Un fiacre les porte jusqu'au Pont-Neuf. C'est une nuit magique. Il l'emmène chez un marchand d'huîtres et, cette fois, pour éviter qu'elle ne boive trop, il l'aide à vider la bouteille. En sortant de table, il est aussi pompette qu'elle. Ils s'en vont, enlacés, se promener le long de la Seine.

— Parfois j'aimerais, dit-elle en laissant traîner sa main le long du parapet, que Paris se fige comme une vieille gravure, que tout s'arrête. Je sortirais avec une jolie robe, mon ombrelle, un petit chapeau à plumes de coq. Je serais légère comme l'air, toute sautillante. J'irais sur les boulevards où tout se serait arrêté. Je danserais entre les gens immobiles comme des statues de cire. Je tirerais la moustache des messieurs qui ne me paraîtraient pas drôles et j'embrasserais les jolis garçons sur la bouche. Je fouillerais dans quelques poches. Je marcherais peut-être sur l'eau solidifiée de la Seine.

— Si tu menaces encore d'embrasser un garçon, je saute, dit-il en grimpant sur le parapet du pont.

— Tu es fou ! Tu vas tomber !

Mais il se dresse au-dessus de l'eau noire où dansent les reflets de la lune. Au loin, les flèches de Notre-Dame fendent l'obscurité et ouvrent de grandes saignées blanches dans le noir bleuté du ciel. Il agite les pans de sa cape noire et s'imagine, papillon de nuit à haut-de-forme, battant l'air de ses grandes ailes de velours pour qu'à l'autre bout du monde, s'enclenchent des tremblements de terre.

— D'ici, je vois tout Paris, Églantine ! Tous les travaux ! Toutes les destructions ! La ville disparaît sous les ruines. Elle est gagnée par les eaux et la végétation !

Et il lui explique que de là où il est, il peut apercevoir des quartiers entiers sur pilotis, d'autres sous les roseaux, avec des oies sauvages s'envolant au-dessus des flèches de Notre-Dame, tout un Paris de jungles découvertes, de fauves rampant vers la Seine, de rues envahies par les lianes et par des myriades de singes hurleurs. Mais comme elle hurle elle-même tellement elle a peur, il consent à redescendre et à la serrer dans ses bras. Elle n'en finit pas de sangloter, alors, pour se faire pardonner, il lui promet de lui accorder tout ce qu'elle voudra.

— Ce que je veux, dit-elle en devenant sérieuse, c'est que tu prennes soin de moi, que tu me pardonnes pour mes maladresses et que tu m'aimes jusqu'à la fin des temps.

2

Le lendemain, il est de nouveau devant le 7, rue de la Paix. C'est chez Worth, désormais, il le sait, que l'enquête doit se poursuivre. Il faut qu'il ait davantage d'informations sur ce qui a pu arriver à Camille et, probablement, aux autres filles. Puisque le maître lui a interdit l'accès de l'entrée principale, Dragan passera par les coulisses.

Il contourne le bâtiment et pénètre par l'entrée des fournisseurs. Il s'est grossièrement vêtu pour passer plus inaperçu : veste en grosse serge, casquette, foulard autour du cou. Dans la vaste cour intérieure, des commis déchargent des caisses de plumes et de rubans, des rouleaux de tissu, de charrettes qui viennent d'arriver. Toutes les fournitures sont portées à la manutention, enregistrées, puis distribuées, pour l'exécution des commandes, aux différents ateliers dont la spécialité est mentionnée par des pancartes : atelier des corsages, atelier des robes, atelier des manteaux, atelier des accessoires. Des magasins d'emballage tiennent tout l'entresol et où l'on entrevoit, par les portes grandes ouvertes, des ouvrières penchées en plein jour, sous la lumière du gaz, remuant à pleines brassées des étoffes.

Dragan tente sa chance. Il suit discrètement un livreur et essaie, à sa suite, d'entrer dans les entrepôts. Mais, par deux fois, il est arrêté par des gardiens qui lui demandent son « numéro d'enregistrement ». Quand il insiste, un commis, agacé, en lui montrant le fond de la cour, le prie de rejoindre les autres et d'attendre son tour. Dragan découvre toute une file de solliciteurs qui ont pris place sur des bancs de pierre accolés au mur principal et qui, sagement, attendent que leur numéro soit appelé.

Dragan, dépité, pour ne pas se faire trop remarquer, les rejoint, s'enregistre et s'assoit lui aussi. Son voisin est un petit homme grassouillet, avec des yeux écarquillés de hibou, qui le salue, sans aucune parole, en inclinant légèrement son chapeau. Il porte sur ses genoux un grand classeur d'échantillons d'étoffes dont quelques bouts s'échappent des pages. D'autres, dans la file, serrent contre eux des rouleaux de tissu, des bobines de dentelle ou de grands cartons à dessins.

— Cela va être juste, lui dit l'homme au bout d'un moment. Il y a douze personnes avant nous et Worth n'est visible que jusqu'à treize heures. Après, il se consacre à sa clientèle.

Il lui explique que Worth reçoit le matin les placiers venus présenter leurs marchandises. Sa renommée est telle que ce sont désormais les fournisseurs qui se déplacent et doivent se mettre en quatre pour le convaincre. Des marchandises qui lui sont offertes, « le maitre » fait trois lots : il repousse les unes, achète les autres au comptant et fait un lot spécial des marchandises qu'il garde à commission, c'est-à-dire qu'il payera seulement au cas où il trouvera à les utiliser.

— Mais vous, vous n'avez pas d'échantillon, n'est-ce pas ? Seriez-vous un « inspirateur » ?

Et comme Dragan nie cette qualité et même avoue son ignorance de sa signification, c'est un autre de ses voisins qui a l'amabilité de bien vouloir le renseigner, un homme d'une quarantaine d'années, au front largement dégarni et au visage tout chiffonné que les autres appellent Socrate. Il tient à la main une grande chemise en carton débordant de planches dessinées. Il lui explique que Worth, comme les autres couturiers, quand il n'a pas le temps d'avoir des idées, en achète discrètement. Ces vendeurs d'idées, ce sont les « inspirateurs », des croqueurs de modèles nouveaux, des griffonneurs de robes inédites. Le grand couturier se défend, bien sûr, d'acheter des figurines. Sa réputation en souffrirait. Mais Socrate affirme qu'il vend sur Paris, non seulement aux couturiers et couturières, mais aussi aux entrepreneurs de confection et aux grands journaux de mode, près d'une dizaine de croquis par mois.

— Cela doit être frustrant, glisse Dragan, de vendre des idées aux autres et de voir qu'ils en tirent profit.

— Oh ! dit Socrate avec un sourire qui lui froisse tout le bas du visage. Personnellement, je n'entends rien à la couture. Je dessine correctement, c'est tout, et je suis bien content que cela me permette de vivre. Quant à mon imagination, elle est des plus limitées. Il n'y a de neuf que ce qui a vieilli. Je trouve, pour l'essentiel, mon inspiration au musée du Louvre. Je devrais, par honnêteté, reverser la moitié de mes gains du mois dernier au Titien et à Véronèse.

— Mais si, monsieur, vous ne venez vendre ni échantillons ni figurines, reprend son voisin aux yeux de hibou, qu'est-ce qui vous amène ?

Dragan improvise. Il expose qu'à l'occasion d'une fête, il est tombé follement amoureux d'une jeune femme qui a fui sans qu'il ne connaisse ni son nom ni son adresse, une jeune femme dont, en vérité, il ne sait rien sinon qu'elle a été un temps sosie chez Worth. Naïvement, il a pensé qu'on pourrait peut-être ici le renseigner. Son histoire suscite aussitôt la sympathie du banc. Ses voisins se rapprochent, lui demandent des détails sur le physique de la dame. Socrate griffonne un portrait sur un bout de papier blanc, corrigé par Dragan au fur et à mesure. Au final, on dirait assez bien Mme de Castiglione. Chacun y va de son commentaire, de son conseil, de son aphorisme sur les femmes. L'attroupement est tel que cela finit par susciter la curiosité des commis qui s'approchent à leur tour. L'un d'eux finit par héler une jeune femme qui serait peut-être passée sans qu'on la voie tellement elle longe les murs, une grande fille très mince, aux joues creuses, mais avec de jolis yeux noisette et un petit nez retroussé. Elle s'appelle Noémie. Elle-même est sosie. Elle a beau protester qu'on l'attend pour un essayage et qu'elle est déjà en retard, elle est bien obligée d'écouter le récit de Dragan et de jeter un œil au dessin de Socrate.

— J'ai connu une fille, dit-elle, qui a travaillé ici quelque temps et qui ressemblait un peu à votre dame. Mais voilà longtemps que je ne l'ai pas vue et je ne connais pas son nom de famille. Peut-être pourra-t-on vous le donner au service du personnel ? Venez, je vais vous y conduire...

Dragan n'en revient pas. C'est parfois si facile. Noémie fait la bise aux gardiens, pousse des portes, emprunte des escaliers de service en traînant Dragan derrière elle sans que personne n'y trouve à redire.

3

Dragan glisse dans les couloirs de Worth & Boberg. À travers les portes entrouvertes, il aperçoit un autre univers, celui des ateliers de couture où travaillent les petites mains qui font la réputation de la maison Worth.

Des ouvrières manient de grosses toiles qu'elles coupent et épinglent sur des torses de bois. D'autres défont des patrons grossièrement coupés et couturés, cassent les fils à petits coups de doigts, puis rassemblent les morceaux disjoints, les réépinglent avec application. Des brodeuses travaillent une pièce de velours et l'on voit sur l'étoffe, roulée par les deux bouts sur les montants d'un cadre, apparaître sous l'aiguille l'envol d'oiseaux de paradis.

Noémie explique à Dragan que la maison Worth est organisée comme un corps d'armée. Les vendeuses et les sosies n'en sont que la partie visible. Une fois le modèle et l'étoffe choisis par la cliente, une fois l'allure artistique générale arrêtée par « le maître » ou la grande première, c'est toute une ruche qui se met au travail. Une première fiche est envoyée aux manutentionnaires qui doivent veiller à ce que la quantité des étoffes ou garnitures employées corresponde bien aux métrages nécessités par l'établissement du modèle. Tissus, fournitures et accessoires sont consignés sur un reçu dont le numéro est reporté sur un registre, avec l'emploi de tous les matériaux. La première, aidée de sa seconde, procède alors à la coupe. D'un côté, les pièces du corsage, de l'autre celles de la jupe sont envoyées à leurs ateliers spécialisés.

Sous la direction d'une « première de corset », l'apprêteuse drape sur un mannequin de liège les différentes pièces du corsage. Les corsetières, sous sa direction, faufilent ou épinglent, jusqu'à ce que le vêtement soit bâti, cousu provisoirement. Lorsque le corps, bien apprêté, n'a plus qu'à recevoir la fixité nécessaire, l'apprêteuse le fait piquer par la mécanicienne. De son côté, l'atelier des jupes connaît la même activité, la même organisation militaire : « première de jupe » et sa seconde, puis « retrousseuses » qui drapent une à une les pièces d'étoffe sur le mannequin. Par la suite, jupe et corset apprêtés glissent aux ateliers de garniture, passent sous la responsabilité de nouvelles « premières spéciales », chacune à la tête d'une brigade hiérarchisée, « manchotes » occupées à confectionner et à coudre les manches, « jupières », petites mains chargées de garnir l'intérieur du corsage, de poser les baleines et le ruban de taille, « garnisseuses », enfin, accaparées par les dentelles, les rubans, les boutonnières et les bas de taille.

— Nous arrivons.

Le bureau de la gestion du personnel est vide. Sur la porte, peint sur un morceau de bois, apparaît le nom de Mlle Annabelle.

— Elle doit être en train de rencontrer des candidates, dit Noémie. Nous embauchons beaucoup, ces temps-ci. Laissez-moi votre adresse, je demanderai à Mlle Annabelle de vous envoyer les renseignements.

Dragan regrette de ne pouvoir aller lui-même farfouiller dans les fichiers. Il sourit de dépit à Noémie. Une nouvelle fois, il va devoir battre retraite sans avoir beaucoup avancé.

— Encore vous ?

Mlle Agnès est devant lui. Elle interroge Noémie sur la présence de Dragan. La jeune fille ressort l'explication de l'amoureuse envolée comme la Cendrillon du conte. Agnès la prie d'aller rejoindre les autres sosies. Elle va s'occuper de Dragan. Quand ils sont seuls l'un et l'autre, elle le regarde sévèrement.

— Si le maître apprend que vous êtes revenu et que vous inventez des histoires impossibles pour fouiner dans ses services, il va être très en colère.

— Mais vous ne lui direz pas, n'est-ce pas ? Vous alliez me confier quelque chose la dernière fois...

— Rien d'important. J'ai... J'ai connu Camille et j'ai été bouleversée d'apprendre qu'elle était morte...

— C'est bien triste. Vous lui saviez des ennemis, des gens qui lui auraient voulu du mal ?

— Non. Non... personne.

— Alors, quoi ? Je vois bien qu'il y a autre chose...

— Des bruits courent, ajoute-t-elle en rougissant. On raconte que certaines d'entre nous, celles qui ont besoin d'argent, posent pour des photographies... Des photographies où elles sont peu vêtues... D'autres ont été approchées pour des soirées secrètes, des soirées un peu particulières... Il faut se déguiser, jouer des personnages... rencontrer des hommes.

— Comment cela, se déguiser ?

— Je ne sais pas trop. On parle de bals fameux qui sont reconstitués...

— Et Camille aurait participé à ces soirées ?

— Pour les soirées, je ne sais pas, monsieur. Mais pour les photographies... elle m'en a montré quelques-unes.

Des bruits de pas se font entendre dans les couloirs, la voix, peut-être, de Mlle Annabelle.

— Partez, s'il vous plaît. Je vais avoir des ennuis.

4

De nouveau le boulevard, la chorégraphie envoûtante de ses lignes dures et de ses lignes molles, de l'immobilité et du mouvement, du gris dominant de la pierre et des couleurs plus vives qui y éclatent un peu partout. Des fiacres, des équipages se croisent dans un envol de fouets, de galops, de crinières. Dragan marche d'un pas rapide, indifférent au bruit fin des pommes d'arrosage sur la verdure des pelouses. Il est tout tendu par sa réflexion, concentré à relier entre elles les informations recueillies ces derniers jours. Camille et les photographies. Voilà deux fois que cette association est faite. Les propos de Mlle Agnès viennent corroborer ce que le rapport de police remis par Jean-Sébastien révélait déjà : la jeune femme posait dans des tenues déshabillées.

— Ah, nom de nom ! s'écrie-t-il en s'arrêtant net.

Et le voilà qui court vers le boulevard des Capucines. À bout de souffle, il s'arrête devant la boutique du marchand d'estampes et de petits tableaux où Églantine a acheté l'autre jour la photographie de Rigolboche. La vitrine est toujours garnie de clichés d'actrices célèbres, de comédiennes des théâtres voisins. Dragan pousse vigoureusement la porte. Le vendeur, toujours le même, en manque de tomber de sa chaise à la renverse. Reconnaissant

Dragan, il se lève, frise sa moustache fine entre son pouce et son index. Mais le jeune homme ne s'intéresse pas à lui. Il cherche sur le mur la photographie de Mme de Castiglione, la retrouve, la prend fébrile entre ses mains. Mais, pas de doute, c'est bien la comtesse elle-même qui y est représentée. Le vendeur s'est approché. La coquetterie dans son œil droit danse et tourne sur elle-même. Il se penche vers Dragan et lui souffle à mots chuchotés :

— Si cela intéresse monsieur, j'ai d'autres portraits de ce genre...

— Pardon ?

— De grandes dames, je veux dire... de grandes dames un peu déshabillées...

L'homme a le sourire appuyé, la moustache comme un pinceau et, dans l'œil, l'eau trouble du gobelet où les poils se rincent.

— Des portraits déshabillés de grandes dames ?

— Oui, dit l'homme... et même de dames qui fréquentent la Cour... Mme de Pourtalès, Mme Rimski-Korsakov, la princesse de Metternich...

— Vous voulez dire que ces dames ont... qu'elles ont posé déshabillées... ?

— Aussi nues qu'au jour où elles sont venues au monde ! Ce sont quasiment elles, monsieur. Leurs sosies sont si ressemblants que l'on s'y tromperait.

— Avez-vous... avez-vous d'autres photographies de Mme de Castiglione ?

— De la Castiglione ?... Attendez... je crois qu'il doit m'en rester...

L'homme disparaît dans son arrière-boutique, revient avec plusieurs images, les étale devant Dragan.

— Vous n'allez pas être déçu, dit-il. J'ai là des merveilles !

Ce sont des nus. Et cette fois, la comtesse ne porte pas de masque. Sur la première, elle apparaît debout, à peine cachée par une toge qui dévoile ses cuisses et laisse deviner ses seins, ses deux bras levés. Sur la deuxième, elle est assise sur une chaise, les cheveux tressés, les jambes écartées, avec juste un linge cachant son entrecuisse, mais offrant sans pudeur sa belle poitrine, avec ses seins gonflés de veines bleues. La troisième est plus impudique encore : elle pose de dos devant un miroir, ses cheveux dénoués flottant sur ses reins lourds, sur ses fesses fermes et pleines.

— Voyez, dit l'homme. Elle n'a pas froid aux yeux, la comtesse !

— Ce n'est pas elle, dit Dragan. Le modèle n'a pas de grain de beauté à la naissance de la fesse. C'est elle ! C'est Camille !

— Camille ?

Dragan se tourne vers l'homme et l'attrape par le collet.

— Ces photographies ? D'où viennent-elles ? Qui les a prises ?

— Mais je ne sais pas, monsieur ! Je les achète en sous-main à des revendeurs qui sont, par nature, des gens discrets. On risque la prison, vous savez, pour pareilles...

Dragan le relâche. Il sait d'où viennent les portraits. Il suffit, en effet, de mieux les regarder pour constater qu'ils ont été rehaussés par de la peinture. On a ajouté du rose à la chair et un peu de soufre dans la chevelure. Du bel ouvrage. Comme seul en est capable Ballue. Ces photographies ont été prises dans l'atelier de Pierson.

5

Quand il débouche en trombe dans l'atelier, il craint un instant que le photographe se soit absenté. Mais Dragan, furieux que l'homme se soit payé sa tête, bouscule si brutalement le nommé Ballue, que celui-ci est bien obligé de lui avouer la présence de son patron.

— M. Pierson est avec Mlle Julie Colon.

Julie Colon, du Théâtre-Français ! La maîtresse que Gamel Pacha avait tant de mal à oublier l'autre soir à La Traboule ! Dragan force l'homme à le conduire jusqu'au photographe, jusqu'à l'une des pièces, après le laboratoire, qui sert de chambre de pose. Pierson y est justement occupé à tirer le portrait d'une jeune femme rousse, vêtue en amazone sévère, la bouche incandescente, le chignon volumineux retenu dans un filet. En corset noir et en jupons, la bottine vernie et la cravache dominatrice, la belle est assise à califourchon sur un cheval de bois. C'est elle qu'il a vue, l'autre jour, en compagnie du comte de Castiglione chez Worth. Mais Dragan n'a pas le temps de s'attarder sur l'actrice qui, poussant de grands cris, fuit de la pièce en serrant contre elle ses vêtements.

— Lâchez-moi ! hurle Pierson que Dragan a plaqué contre le mur.

— Ah, canaille ! C'est toi, n'est-ce pas, qui grimes ces pauvres filles, et puis, après, les égorge sauvagement !

— Mais pas du tout ! Laissez-moi respirer !

Les employés de Pierson ont accouru en entendant crier leur patron. Ils sont plus d'une douzaine, entourant Ballue, à pointer leur nez à travers la porte. Sans être les monstres difformes décrits par l'homme la dernière fois, ils n'ont pas des mines avenantes. Dragan relâche Pierson. Il s'en veut d'avoir déboulé ainsi dans l'atelier sans se faire accompagner de sergents de ville. Mais, brandissant les photographies de Camille, il entend bien obtenir des explications.

— J'aurais dû vous en parler, dit Pierson en se rajustant et en faisant signe à ses employés de les laisser. Mais je n'avais guère envie que vous ébruitiez auprès de la comtesse l'existence de mon... commerce secondaire.

L'homme a perdu de sa superbe. Il a les cheveux en bataille et un regard de chien battu, de petit garçon pris la main dans le pot de confiture. Il explique qu'à côté de son activité officielle de photographe de la Cour, il «croque» volontiers, comme il dit, les actrices qui n'ont que quelques mètres à faire, depuis les établissements des théâtres où elles se produisent, pour monter jusqu'à son atelier. Il a aménagé cette chambre pour cela. C'est un endroit assez magique, avec, à l'arrière-plan, des décors factices – fontaine au milieu de rocailles, guéridons torsadés, colonnes en carton-pâte si commodes pour accouder le modèle ou servir de piédestal – et des caisses d'accessoires à disposition : écharpes en plumes, masques, ombrelles, éventails. Les demoiselles qui veulent se refaire une beauté ont même à leur disposition un petit cabinet de toilette séparé par un paravent où trône, sur une coiffeuse, un miroir à panneaux mobiles qui permet d'apercevoir la face et le profil.

Dragan ne peut s'empêcher d'imaginer le tourbillon léger des actrices, toutes ces demoiselles qui, après avoir quitté les feux de la rampe, se précipitent ici pour poser en costume de théâtre, plus ou moins dévêtues, sous les verrières. Ce cabinet de toilette, ces tentures, ce paravent paraissent de bien fragiles barrières. Il imagine les déshabillages, les changements de tenue, les dévoilements, les glissements furtifs et les tâtonnements. Ce Pierson doit bien s'amuser.

— Croyez-vous que ce soit uniquement avec les portraits de cour que je couvre les charges de mon atelier ? Ce sont les actrices qui me font vivre. Et c'est réciproque, d'ailleurs, parce que nous partageons le produit de la vente.

— Partagez-vous également avec Mme de Castiglione le bénéfice du commerce de ses photos nues ?

— Je n'ai fait cela qu'un temps, à une période où j'avais un peu de mal à rembourser mes dettes. Je n'en suis pas fier, croyez-moi.

— Et d'avoir assassiné vos modèles, vous en avez honte ou pas ?

— Ah, monsieur ! Je vous jure que...

— Tout vous accuse ! Votre relation avec la comtesse, votre connaissance du grain de beauté et maintenant l'aveu selon lequel vous faites poser de fausses comtesses...

— Mais il y a plusieurs mois de cela ! Venez, je vais vous montrer... Vous m'arrêterez après si cela vous chante...

Il l'entraîne jusqu'au fameux laboratoire, lui explique que c'est à cet endroit, le moins fréquenté de l'atelier, qu'il cache ses dossiers secrets. Il fait sortir les trois employés qui y travaillent. Dragan hésite à entrer, craignant le piège, mais l'homme a l'air tellement affecté et sincère qu'il prend le risque. Pierson referme soigneusement la porte derrière eux. L'obscurité est presque totale. À travers les vitres jaunes, quelques ternes rayons éclairent un étrange assemblage de flacons, de fioles, d'éviers sur lesquels sont disposés des bains de fixage et d'alun, des bains d'hyposulfite, des cuvettes pour les lavages. Des émanations âcres et métalliques les prennent à la gorge. Flotte une odeur d'alchimie, de roussi.

— Venez, dit Pierson, c'est au fond, dans la petite armoire.

Dans des cuves remplies de substances dangereuses, des images émergent des couches noires qui les voilent. D'autres sèchent accrochées à des fils. Sur leur passage, les personnages qui y sont prisonniers semblent sortir des limbes, se matérialiser lentement comme des spectres qui se lèvent dans l'ombre. Pierson ouvre avec une clef l'armoire. Il sort un dossier, pousse les fioles devant lui, et l'ouvre sur l'évier. Il contient douze photographies de Camille, celles vues chez le marchand et d'autres où elle n'est pas davantage habillée. La jeune fille est venue poser chez lui à trois reprises en octobre et novembre dernier. Il a la facture avec, indiqués, les heures de pose et le nombre de portraits finalement retenus. Depuis, il n'a plus eu de nouvelles d'elle.

— Bien sûr, dit-il, que je me suis douté que la fausse Castiglione assassinée pouvait être cette Camille. Leur ressemblance, une fois maquillée, était tout à fait étonnante. Mais comment vous en faire part sans vous avouer la suite ? Si Mme de Castiglione apprend l'existence de ces photographies, je suis perdu.

— Sur aucune de ces images, note Dragan, Camille n'a le grain de beauté...

— Évidemment ! dit Pierson. Croyez-vous que les acheteurs de ce genre de clichés connaissent ce détail ? Une ressemblance vague, en vérité, aurait été bien suffisante... Mais je ne l'ai pas tuée. Pourquoi aurais-je eu besoin de vêtir votre Camille de cette crinoline alors que mes acheteurs sont d'autant plus intéressés que le modèle est peu vêtu ?

— Ce n'était pas elle, la noyée en crinoline. D'autres fausses comtesses ont-elles posé pour vous ?

— Mais non, je vous assure.

— Camille n'a pas débarqué ici par hasard. Est-ce vous qui l'avez engagée ?

— Non, elle est venue se proposer d'elle-même. Mais je sais comment elle a su qu'elle pouvait m'intéresser. D'autres de mes modèles le lui ont suggéré. Des filles qui travaillent pour Worth...

— Worth ?... encore...

— Oui. Comme je vous l'ai dit, Worth a remplacé les poupées par des sosies qui défilent pour lui. Il recrute certaines filles uniquement parce qu'elles ont une ressemblance avec ses clientes les plus riches et les plus assidues. C'est un vivier merveilleux pour trouver des modèles à mes fausses photographies de grandes dames.

Dragan, soudain, s'est figé. Des deux mains, il s'est agrippé à l'évier devant lui. Il semble hypnotisé par deux épreuves photographiques qui sèchent accrochées à un fil par des pinces à linge...

— Si votre assassin cherchait lui aussi à recruter une Castiglione assez ressemblante, continue Pierson, il est probablement allé voir à la même source... Vous m'écoutez, monsieur Vladeski ?

Non, Dragan n'écoute plus. Avec des gestes lents, décomposés, il s'approche des photographies, tend le bras, les décroche, cherche à les éclairer le mieux possible. Mais il doit bien se rendre à l'évidence. En jupons et corset, la gorge à demi découverte, c'est bien Églantine qui, sur le papier, pose avec un sourire un peu crispé. Elle est venue ici, sans le lui dire. Elle a posé pour Pierson. Comme Julie Colon, elle s'est déshabillée derrière le paravent. Il se retourne, désespéré, vers Pierson qui commence à comprendre.

— Ah ! nom de Dieu, murmure le photographe. Avec tout ça, je n'ai pas fait attention. Je suis désolé... Je lui avais promis que vous n'en sauriez rien...

Chapitre XXI

1

Il en est malade. Tout le chemin du retour, alors même qu'il peine à réfléchir, il est obligé de s'arrêter, de s'agripper à des murets, des lampadaires, des rambardes pour reprendre des forces. Quelque chose lui broie le ventre, lui donne faussement l'envie de vomir. Elle l'a trahi ! Il se sent profondément blessé, dans son orgueil sans doute, mais aussi dans sa confiance, dans le regard même qu'il portait sur elle. Églantine, comment as-tu pu me faire cela ? Poser à moitié déshabillée, le lui avoir caché, s'être rapprochée de cet homme qui, à l'évidence, avait des vues sur elle : il ne sait pas ce qui, de ces trois éléments, lui fait le plus mal.

Il l'imagine derrière le paravent, découvrant ses épaules, le début de sa gorge, s'apprêtant pour prendre la pose devant cet homme lubrique qui doit la reluquer par le jeu des miroirs. Il l'imagine souriant, riant peut-être, aux plaisanteries douteuses de Pierson. Il le voit lui disant « Non, ce n'est pas tout à fait cela » et s'approchant, la touchant, rectifiant la position de son buste et de son visage. Son esprit n'envisage même pas que cela ait pu dégénérer ensuite tant ces premières étapes suffisent à le bouleverser et à l'anéantir.

Églantine et cet homme ! Dans sa tête, les phrases qu'il doit lui dire se bousculent, sont parfois submergées par un dégoût plus fort, l'envie de ne plus la revoir, de partir, là, tout de suite, de prendre le premier skipper pour les États-Unis, de s'enrôler dans les rangs des fédérés ou des confédérés et de chercher la balle qui le délivrera.

Et puis des instants de lucidité, des « Allons, ce n'est pas si grave », des « Elle ne mérite pas que tu te mettes dans cet état », des « Qu'attendais-tu d'autre de ce genre de femme ? » Mais tout cela balayé encore par le ventre qui se noue, la douleur qui oblige à s'arrêter, à pleurer, à hurler intérieurement.

À l'étage, il hésite devant la porte. Il a tenté de raisonner et d'arrêter, sereinement, une marche à suivre, des propos à tenir. Mais chaque tentative a été vaine, aussitôt emportée par l'esprit qui galope, par le flot des images, par les mille sentiments qui le submergent. Il ouvre enfin. Elle est là, un tablier noué autour de la taille, devant la table dressée. Cette fois, elle a réussi le plat et elle en est toute fière : un gratin dauphinois gorgé de crème, à la croûte dorée, clapotant encore sous la chaleur du four. Dieu, qu'elle est belle ! Avec ses yeux qui brillent, son sourire éclatant, tous ces efforts qui crèvent les yeux pour ressembler à une petite femme parfaite ! Pourquoi a-t-il été chez Pierson ? Pourquoi a-t-elle été chez Pierson ? Cela aurait été si bon de rentrer ce soir et de la trouver là, comme cela, aimante et mobilisée à lui plaire. Mais, très vite, elle se décompose en l'apercevant, se précipite, s'inquiète : est-il malade ? A-t-il appris une terrible nouvelle, la mort d'un proche ? Pire ! ose-t-il dire. La femme que j'aime m'a trahi ! Et il déverse tout, dans un flot au début sans queue ni tête dans lequel elle peine à trouver une cohérence. Elle finit enfin par comprendre. « Nies-tu ?, nies-tu ? » crie-t-il à un moment, avec une telle rage qu'elle sent bien qu'il garde encore espoir. Mais elle avoue. Oui, elle est allée trouver Pierson parce qu'il le lui avait proposé et que c'était de l'argent à portée de main, pour un travail facile, de quoi leur acheter à manger, de quoi lui offrir le cadeau de l'autre jour. L'aveu le met dans une colère noire. Pour me faire un cadeau ? hurle-t-il. Comment oses-tu dire pareille chose ? Dis-moi la vérité, au moins. Tu avais envie de poser comme toutes ces actrices ! Cela t'amuse de jouer à la cocotte ! Et tu as pris plaisir à t'exposer devant cet homme ! À son tour, elle s'énerve et hausse le ton. Et après ? Et si cela m'amuse, comme tu dis ? Qui es-tu pour m'empêcher de faire comme je veux ? Est-ce plus déshonorant de poser devant un photographe que de coucher avec le premier richard venu comme ta Lady Hortense ? Ah, dit-il, tu avoues que cela t'a plu de t'exhiber ! De te laisser admirer sous toutes les coutures ? Et tu voudrais passer pour une femme honnête ? Une femme honnête ? reprend-elle. Une femme honnête est une femme à qui l'on promet le mariage ! Que m'as-tu promis qui m'oblige à rester toute la journée dans cet appartement que je n'aime pas ? Eh bien, dit-il, si tu ne l'aimes pas, cet appartement, personne ne t'oblige, en vérité, à y rester !

Un point vient d'être franchi. Ils en sont conscients en même temps et s'arrêtent tous deux, effrayés. Le gratin dauphinois a perdu de sa superbe. Ce n'est plus qu'une croûte immobile marron et jaunâtre. Le silence semble durer l'éternité. Et puis, elle se lève. Elle va dans la chambre. Il l'entend qui remplit son sac. Tout bouillonne trop fort au fond de lui pour qu'il analyse sereinement l'immédiat. Elle passe devant lui, les larmes aux yeux, ne s'arrête que devant la porte. Elle voudrait lui dire qu'elle l'aime sincèrement, qu'elle regrette de lui avoir fait du mal, qu'elle voulait simplement bien faire. Il hésite à lui dire qu'il l'aime profondément, qu'il préférerait perdre un bras que de la faire souffrir, qu'avec un peu de patience, sans doute, il lui pardonnera. Mais l'un et l'autre se taisent. Elle ouvre la porte et elle sort.

2

Toute la matinée du lendemain, Dragan est resté au bureau. Il a bien tenté d'occuper son esprit à ranger ses papiers, à relire ses précédents rapports, à travailler les fiches de Worth et du comte de Castiglione. Il a recoupé, par exemple, toutes les informations disponibles sur cette Julie Colon, ancienne maîtresse de Gamel Pacha, maîtresse actuelle, sans doute, du comte de Castiglione et, à ses heures perdues, actrice des Variétés qui pose volontiers pour Pierson. Il a recherché dans les dossiers des échos de ces soirées spéciales qui réuniraient certains sosies de Worth. Mais, à tout instant, un violent dégoût de ce monde le submerge. Sa pensée, sans cesse, rebondit en direction d'Églantine, avec toujours ce flux et ce reflux, ce désir de courir vers elle et de la supplier de lui pardonner et cette colère sourde contre elle, cette blessure profonde qui le met en rage et lui donne envie de l'étrangler. Il est si agité, si perturbé que même Mme Thomazeau, qui a pourtant passé la tête par l'embrasure de la porte de son bureau, a renoncé à s'approcher. Et ce, à la grande surprise de son mari, tout étonné quand il entre dans le bureau de ne point y trouver son épouse, allant jusqu'à jeter un œil oblique vers l'armoire entrebâillée tant il lui paraîtrait désormais dans l'ordre des choses de l'y découvrir cachée.

— Le cabinet du ministre, monsieur Vladeski... On vous réclame.

Il est attendu en effet. Quand il est introduit par l'huissier, il retrouve, comme au tout premier jour et presque dans les mêmes poses, le directeur de cabinet, Jean-Sébastien d'Albrège et Contrucci, l'homme de la police secrète de l'Empereur. Son cousin se lance dans des mimiques difficiles à déchiffrer.

— Quelque chose est arrivé ? demande Dragan.

— En effet, dit le directeur de cabinet. Nous vous avions choisi, monsieur Vladeski, pour que cette enquête reste le plus possible dans l'ombre. Nous comptions sur votre discrétion... Or, j'ai là, sous le coude, deux plaintes, l'une émanant de M. Worth que vous auriez menacé en public et l'autre de M. Pierson dans les locaux duquel vous vous seriez introduit pour le molester. C'est-à-dire, ni plus ni moins, des plaintes émanant du couturier de l'Impératrice et du photographe officiel de la Cour. Eh bien ?

— Molesté, c'est un peu exagéré. Mais vous avez lu mon dernier rapport ? L'un et l'autre peuvent être légitimement soupçonnés de...

— Nous vous avons fait venir, monsieur Vladeski, pour vous dire d'arrêter cette enquête.

C'est Contrucci qui a parlé. Il fixe Dragan avec ses yeux fatigués comme remplis d'eau sale, son visage lustré par l'usure et cette allure de loup maigre suivant de loin les convois.

— Arrêter ?

— Nous avons lu, en effet, votre dernier rapport. Vous avez fait du bon travail. Les filles ont été tuées après avoir participé à des soirées un peu spéciales. Nous savons désormais que Mme de Castiglione n'était pas visée directement. Et, en conséquence, nous savons aussi que l'Empereur ne sera pas éclaboussé...

— Mais l'assassin n'est pas identifié. Je dois remonter la piste des filles recrutées chez Worth...

— Vous avez fait du bon travail, monsieur Vladeski. Je vous le répète. On ne pouvait pas faire mieux... à votre niveau. C'est cela que je veux que vous compreniez. Ces soirées, nous les avons identifiées. Elles se présentent comme des reconstitutions de fêtes mémorables, de grands bals passés. Mais certaines des filles recrutées ne s'arrêtent pas là et cela, parfois, tourne mal. Le problème, c'est que des hommes importants y participent et nous devons régler cette question avec doigté et précaution.

— Mais je peux vous aider... Je...

— Nous avons pris les choses en main, monsieur Vladeski. Une de ces soirées va se dérouler ces jours-ci. Nos agents seront présents. Nous vous remercions chaleureusement et votre place dans la police est définitivement acquise. Mais vous n'êtes plus sur cette enquête. Vous m'avez bien compris ?

3

Lady Hortense la toise de toute sa superbe. Robe bleu de lapis, lampas semé de boutons de rose à la queue entrecroisée et nouée par une dentelle d'argent frisée dont le nœud et les deux petits bouts détachés pendillent recroquevillés sur l'étoffe.

— Ainsi, dit-elle, vous êtes cet être rare pour l'amour duquel le prince a refusé mes bras ?

Églantine ne sait que dire. D'abord, elle ne comprend qu'à peine la phrase. Il lui faut quelques secondes pour déchiffrer que « l'être rare », c'est elle, que « le prince » est Dragan et que « a refusé mes bras » ne signifie rien d'autre que « n'a pas voulu coucher avec moi ». Elle suppose que tout cela est un compliment. Alors elle s'efforce d'être à son tour aimable.

— J'en suis confuse, madame. En vous voyant, c'est tout à fait incompréhensible.

Lady Hortense sourit, d'un sourire franc, complice et amusé. La réplique a fait mouche. Elle l'invite à entrer. Églantine est un peu encombrée d'elle-même. Elle n'en revient pas d'avoir eu l'audace et le courage de franchir le pas. Une fois découverte l'adresse de la courtisane, elle a marché, de long en large, devant l'hôtel, a failli maintes fois renoncer et puis elle s'est lancée. Une sorte de majordome lui a barré l'entrée et elle a dû insister lourdement pour qu'il consente à prévenir sa maîtresse.

— Dites-lui que je suis Églantine, que je suis l'amie de M. Dragan Vladeski !

Lady Hortense l'a fait entrer dans un salon magnifique, une pièce large et haute, entre des murs où les tableaux montrent des baigneuses nues, où le brocart se retrousse sur les portes et où des amours jouent et folâtrent dans des trumeaux. Des rosaces du plafond descendent des lustres de cristal de Bohême. Et un peu partout, des boîtes à musique, des émaux, des soies brodées et des petits albums de gravures achetés chez Giroux, et encore, posées sur des guéridons et des tables basses, des laques et des porcelaines sorties tout droit d'À la Porte chinoise donnent à l'ensemble un côté précieux. Voilà, pense-t-elle, la punition quand on est une courtisane ? Voilà la punition que vous inflige le ciel ?

Églantine se débarrasse de sa mantille courte. Ses cheveux relevés au sommet de la tête, frisant un peu sur la nuque, font un léger nuage de duvet blond au-dessus de son cou. Lady Hortense ne se départ pas de son sourire et elle observe la jeune fille à travers la fente de ses yeux mauves. Si elle a accepté de la recevoir, c'est avant tout par curiosité de découvrir quel genre de personne peut séduire un être aussi précieux que « le prince ». Sur l'instant, elle est un peu surprise au constat de cette petite femme qui, au premier abord, lui paraît bien quelconque. Mais elle est très vite, elle aussi, sous le charme de cette fraîcheur, de ces cheveux blonds et de ces yeux bleus qui semblent attirer le soleil partout où s'arrête Églantine.

— Vous êtes charmante, dit Lady Hortense. Nous allons bien nous entendre. Voulez-vous bien me répéter la raison de votre visite ?

Alors, Églantine se lance dans des explications un peu confuses. Elle parle de l'enquête, de Camille, de Worth, de ce qu'elle et Dragan se sont un peu disputés à cause de photos prises chez Pierson, mais que, sans doute, ce n'est pas grave, de sa volonté de lui montrer de quoi elle est capable, de son enfance aussi et du milieu d'où elle vient, du fait qu'elle n'est qu'une ouvrière, incapable de porter de jolies robes, de sa peur de ne pas savoir se tenir, de ne pas savoir marcher comme il faut et du besoin – absolument ! – d'avoir des conseils, des leçons d'une personne aussi avertie qu'elle, Lady Hortense.

— Sans vous, je n'aurais aucune chance d'être recrutée, conclut Églantine.

— Mais recrutée par qui ? demande Lady Hortense en papillonnant de ses longs cils noirs.

— Mais par Worth, voyons ! Je vous l'ai expliqué. Je veux être recrutée comme sosie. Je veux mener l'enquête de l'intérieur de la maison !

— Vous voulez que je vous aide à devenir sosie ?

— C'est cela même.

— Mais pourquoi être venue me trouver moi ?

— Je ne connais personne d'autre, madame. Et Dragan vous a décrite comme une personne d'une telle élégance. Il n'a cessé de vanter votre séduction.

— Il ignore votre démarche, n'est-ce pas ?

— Ah ! Ne lui en dites rien, je vous en supplie ! Il serait furieux !

Lady Hortense hoche lentement la tête. Assurément, Dragan ne serait guère content de ce mensonge qui s'ajoute au précédent sous prétexte de le réparer. Églantine en est-elle consciente ? Elle observe longuement cette jeune fille de lumière, cet être improbable de candeur, de fraîcheur et d'énergie. Ai-je, un jour, été aussi somptueuse de pureté et de naïveté ? se demande-t-elle.

— Eh bien, dit-elle, mettons-nous à l'ouvrage.

Elle s'approche d'Églantine, tourne autour d'elle pour juger de la silhouette, de son maintien.

— Vous n'êtes pas très grande, murmure Lady Hortense. Aussi, il faut vous tenir plus droite et, surtout, relever le menton pour vous servir de vos yeux magnifiques. Ils vous aideront à désarçonner les regards qui se posent sur vous. On ne doit plus voir que votre blondeur, que votre pupille bleutée dansant sous vos cils battants... Marchez, s'il vous plaît.

Églantine tente quelques pas maladroits. Lady Hortense fait la moue, rectifie de nouveau le port de tête, l'oblige à casser davantage les reins.

— Il faut, dit-elle, tout à la fois de la tenue et du relâchement.

Alors, la belle courtisane se lance dans la démonstration. Elle passe et repasse, d'une allure relevée, souple, élastique et d'une élégance ondoyante. De temps en temps, à intervalles réguliers, sa jambe se dévoile, gainée d'un bas teinte de fleuve où des chimères d'argent butinent parmi des fleurs magiques.

Et tout en glissant, elle expose la nécessité de la rectitude de la pose, où pas une flexion ne s'affaisse, et de la paresse des bras, le relâchement des épaules, l'art de la lassitude élégante, le jeu du regard, tantôt vague, tantôt animé quand il se dirige sur la cible choisie à l'avance pour la distinguer et l'obliger, sous l'hommage, à flamber. Églantine se lance, tente de l'imiter. Elles rient toutes les deux de ses maladresses. Lady Hortense fouille dans sa garde-robe, en sort des châles, des écharpes, des gants, des éventails et des ombrelles. Elle use d'Églantine comme d'un mannequin, comme d'une poupée qu'on habille. Elle lui explique que l'on est ce que l'on porte. Elle a la voix caressante. Églantine l'écoute avec l'air appliqué et embêté d'un petit oiseau qui n'arrive pas à retenir les airs que lui siffle sa maman.

Lady Hortense l'invite à reprendre le défilé. Églantine s'exécute, passe et repasse. À demi renversée sur le sofa, tout en balançant coquettement son pied chaussé de soie, Lady Hortense commente chaque passage de la jeune fille, mais elle ne critique pas. Elle encourage, elle complimente. Elle montre comment jouer avec les fronces de son gant, comment ouvrir et fermer l'éventail et par quelle façon, discrètement, par des gestes menus et invisibles, il convient d'ajuster les tombés de la robe. Dragan, s'il était là, aurait bien du mal à croire à la réalité de cette scène, à la complicité qui naît entre ces deux femmes qui, chacune à sa façon, sont attachées à lui.

— L'audition est pour demain ? Vous serez prête ! glisse Lady Hortense. Vous êtes un ange, Églantine. Dragan a bien fait de se méfier de vous. Il n'y a pas plus dangereux qu'un ange.

4

— Le recrutement d'un sosie est une tâche délicate, dit Mlle Annabelle en haussant la voix afin que toute l'assemblée l'entende. Il nous faut des filles qui soient assez jolies pour mettre en valeur nos toilettes mais qui ne le soient pas trop pour ne pas déplaire aux clientes. Et comme celles-ci sont parfois grandes et parfois petites, parfois maigres et parfois bien enrobées, nous recrutons à leur image.

Les filles qui sont venues tenter leur chance ce jour-là remuent leurs dentelles, soulèvent leurs jupons, jettent dans la tiédeur du salon de Worth tout un brouhaha de murmures et de mouvements. Églantine se tient en retrait. Toutes ses concurrentes lui semblent infiniment plus belles qu'elle et, surtout, d'une assurance qu'elle leur envie. Elles sont venues le plus souvent avec des camarades et c'est par petits groupes solidaires qu'elles sont disposées tout autour des fauteuils. Dehors, il pleut. À travers les fenêtres à petits carreaux du salon d'essayage, on voit les arbres agités par le vent dont les rameaux trop à l'étroit se frottent contre les murs noirâtres de la cour des livraisons. Ce murmure intermittent du vent pluvieux dans les branches se répand lentement dans le sang d'Églantine et recouvre les battements de son cœur comme un tapis de feuilles. Où est Dragan et que fait-il ?

Chaque fille doit avancer, se présenter à Mlle Annabelle, se laisser observer, puis marcher de long en large dans la pièce. Aucune ne paraît à l'aise devant ce regard inquisiteur, ces yeux d'une eau grise et sourde. Une seule fois, Mlle Annabelle paraît vivement intéressée au point de se lever pour mieux observer la candidate. Une grande fille brune, bien faite. Mlle Annabelle la prend à part, lui glisse quelques phrases tandis que sa main gauche s'est posée sur les reins de la fille. Églantine est bien trop concentrée sur ce qu'elle doit faire pour relever la ressemblance frappante de cette candidate avec Camille et, partant, avec Mme de Castiglione.

Quand c'est son tour, elle s'avance en s'efforçant de sourire. Elle regarde Mlle Annabelle dans les yeux et fait le mieux possible sa révérence.

— Églantine. Vous souvenez-vous de moi, madame ?

— Parfaitement. La petite Églantine. Vous voilà une belle jeune fille, maintenant.

Mlle Annabelle est restée impassible. Son visage est sans expression. Elle est vêtue d'une longue robe noire dont le col est bordé de plumes et quand ses bras se détachent de son corps pour corriger, sur la tenue d'Églantine, le tombé des plis, l'on dirait un grand oiseau de proie qui déploie ses ailes. Le sourcil froncé par la concentration de l'inspection, elle la jauge de ses yeux mi-clos : petite mais ravissante, jolie blondeur et des yeux magnifiques. Des clavicules très belles, posées avec délicatesse, dans un équilibre fragile, entre ses épaules rondes et son cou potelé. Un frémissement du menton qui révèle son émotion.

— Bougez, s'il vous plaît...

Églantine commence son aller-retour, attentive à réciter les leçons de Lady Hortense. Elle s'est habillée, coiffée, maquillée, sur les conseils de la courtisane. Elle aussi, elle lui a dit que le mannequin devait être soigné mais non trop joli, qu'il devait se mettre en valeur avec discrétion et être capable de s'effacer pour ne laisser de triomphe qu'à la tenue qu'on lui fait porter. Sa démarche est légère, aérienne. Chaque jambée tombe arrondie aux hanches et lui garde le buste droit, le menton levé.

Mlle Annabelle paraît surprise par la grâce de cette fille qu'elle a connue jeune ouvrière et sans maintien. Quand Églantine revient tout proche d'elle, elle lui sourit et lui glisse :

— Je suis ravie que nous puissions de nouveau travailler ensemble, Églantine. Cela me rappellera un peu le bon temps de l'atelier.

Dès les formalités administratives, quand elle répond aux questions de Mlle Annabelle pour remplir sa fiche, Églantine glisse qu'elle a besoin d'argent et qu'elle est toujours disponible. Mlle Annabelle lève sa plume et l'observe par en dessous.

— Il y a toujours du travail pour celles qui se donnent du mal. Avez-vous un galant ?

— Non, madame, répond-elle en rougissant un peu.

— C'est bien. Au fait, avez-vous des nouvelles de... comment s'appelait-elle déjà ? Ah oui, Camille... Vous étiez très liées.

Églantine tente de cacher ses tremblements. Pourquoi cette femme pose-t-elle pareille question alors qu'elle a recruté Camille quelques mois plus tôt ?

— C'est vrai, madame. Mais nous nous sommes perdues de vue. Depuis qu'elle a quitté l'atelier, je ne sais plus bien ce qu'elle est devenue. On dit qu'elle a épousé un étranger, qu'elle a quitté la France.

— C'était une bien curieuse personne, cette Camille, n'est-ce pas ?

Chapitre XXII

1

Pendant quelques jours, Dragan n'a pas su quoi faire de lui. Il a rangé son bureau, pris connaissance des nouvelles enquêtes qu'on lui a confiées : une femme de quatre-vingt-cinq ans qui a disparu à la sortie de la messe, un pensionnaire de la « maison de repos » du docteur Blanche qui s'est pendu. Sous prétexte de mener l'enquête, il est sorti. Il a flâné le long des quais de la Seine. Ses pas l'ont porté jusqu'à la rue Traversine. Il a guetté les allées et venues en vidant des canons chez le marchand de vin. Il a attendu plusieurs fois à la sortie de l'atelier de M. Étienne au cas où Églantine y serait revenue travailler. Chaque fois, il a bien pris garde de ne pas se montrer. Heure par heure, jour après jour, Dragan a tenté de se persuader qu'Églantine n'était pas si bien, puis qu'elle ne valait pas grand-chose. Il s'est convaincu que la vie était ailleurs, plus loin, que d'autres femmes, bien plus belles, bien plus séduisantes l'attendaient. Comme Lady Hortense, comme Mme de Castiglione...

Pendant cette période, il a passé des journées entières à regarder les terrassiers de M. Haussmann démolir les bâtiments du vieux Paris, mettre à bas les îlots insalubres, détruire les taudis de la vieille ville. Il est resté là, sur le même banc, dans la poussière en mouvement, le bruit des pioches sur les pierres, à mettre en parallèle sa vie qui ne tient plus debout et les édifices qui s'écroulent. À force, il s'est lié d'amitié avec un vieux monsieur grisonnant, chapeau râpé et vieille jaquette anglaise, une face comique où toutes les rides marchent ensemble au moindre mouvement des paupières et de la bouche. Le vieux divague, raconte n'importe quoi, des anecdotes, des bribes de souvenirs, déblatère sur les travaux, se plaint du lent remplacement de la pierre et du bois par ces nouveaux matériaux, verre, fonte, fer qui transforment Paris en monstre greffé de pièces artificielles, de poumons d'acier, d'œil de verre. Selon lui, des maçons auraient découvert des traces de fossiles de crustacés incrustés sous les corniches du second étage des immeubles qu'on démolit, des hélices de coquillages, des filaments d'algues figées dont l'empreinte dans la pierre est aussi fraîche que celle d'un pied sur le sable. Et il dit qu'il ne fait plus de doute pour personne, désormais, que la mer venait jusque-là, autrefois, qu'elle recouvrait tous les immeubles jusqu'au sommet de Montmartre et qu'on devait croiser, dans le Paris de nos pères, des cachalots grands comme le Moby Dick de Melville.

Mais les propos du vieux que Dragan préfère, ceux qui lui font un bien fou pendant ces quelques jours où sa peine est immense, ce sont ceux qu'il tient chaque fois, juste au moment où Dragan se lève et le salue, quand il pose sa main sur son bras pour le retenir un instant et que son regard vitreux cherche à accrocher le sien :

— Il doit y avoir une autre raison, vous ne croyez pas ? Celles qu'on avance sont trop futiles. Qu'elles ne jouent aucun rôle, ça non, je n'irais pas jusque-là. Mais, enfin, ce ne sont probablement que des raisons secondaires. On ne peut détruire ainsi uniquement pour améliorer le sort de l'ouvrier, pour agrandir, embellir, aérer la ville ! Répandre l'hygiène et la santé ? Relancer l'économie ? Le désir même de faciliter la répression des émeutes, de gêner l'établissement des barricades et de créer de larges voies où puissent se déverser les troupes ? Sont-ce là des raisons suffisantes à l'éventrement de la vieille cité ? Allons donc ! À d'autres, pas à moi ! Il y a une raison secrète !

2

Elle l'a fait entrer jusque dans ses appartements, jusque dans son cabinet de toilette qui s'ouvre sur sa chambre. Un feu brûle dans la cheminée. Mme de Castiglione est assise à sa coiffeuse, dans un déshabillé de flanelle, un peignoir blanc à manches pagodes, tandis que la petite bonne, muée en camériste, obéissant à ses instructions, la coiffe et la décoiffe, ajoute les mèches que Lorenzo est allé chercher l'autre jour, tresse l'abondante chevelure, y sème les poudres, y dispose les perles, y fiche les plumes et les aigrettes.

— Ce soir, je sors, dit la comtesse d'une voix grave et chantante. Ce soir, je séduis, j'ensorcelle.

Encombré de flacons, d'onguents, de teintures et de poudriers, son cabinet de toilette a d'étranges résonnances avec l'atelier de Pierson et Dragan est bouleversé de ce rapprochement dont il cherche vainement le sens. Par quels mystérieux cheminements, la comtesse et Pierson travaillent-ils à la même œuvre, attentifs l'un et l'autre à faire surgir des profondeurs, sur des surfaces planes qui les immobilisent, à l'aide de substances, d'expériences chimiques et d'incantations magiques, d'autres Castiglione ? Lequel des deux copie l'autre ? Que cherche Virginia Oldoïni depuis tant d'années qu'elle se grime devant ses miroirs ? Sont disposés devant elle, des boîtes à fard, des peignes d'écaille, des épingles à cheveux, une boîte de jouvence qui, dans des sachets de satin, contient du rouge Chine, de l'incarnat, du noir indien, du blanc azuré et du khôl. Combien de veillées imposées à de jeunes ouvrières payées une misère pour cette robe ? Combien de drames pour ces extensions de cheveux ? Combien d'animaux estropiés, d'enfants exploités pour ces plumes et ces perles ? Combien de vies humaines à sacrifier pour ce Moloch femelle ? Quelle quantité de larmes et de souffrances ? Et Dieu participe-t-il à cette funeste tâche ? Y a-t-il une volonté divine qui s'accomplit, une sorte de chef-d'œuvre noir, de dessin obscur décidé par le ciel ? Toutes ces mains cassées, ces paupières lourdes au fond des ateliers, ces filles harassées, s'abîmant les yeux pour des salaires de misère, penchées quinze heures par jour pour que la robe soit prête à temps. Dragan imagine toutes ces ouvrières, vestales, adorant la Castiglione, se prosternant, offrant leur existence sans consistance, leur sang, leur vie, à cette déesse obscure et terrifiante.

Mme de Castiglione se lève dans le miroir comme un soleil noir, une lune de deuil. Avec ses peintures de guerre, ses trophées pendus dans ses cheveux, c'est Lilith qui se contemple, une vierge au front brûlant, aux yeux fiévreux, un monstre de glace et de feu, un ange aux ailes en flammes se dressant dans la neige.

— Comment me trouvez-vous ?

— Divine...

Elle fait la moue, puis lui sourit.

— Je ne sais pas si c'est l'adjectif qui convient. Si je fais tant d'efforts, voyez-vous, monsieur Vladeski, c'est aussi pour convoquer des forces plus souterraines, des forces telluriques. Il y a chez moi de la sorcière et de la prêtresse.

Elle fait signe à la bonne de se retirer, laquelle s'exécute sur l'instant non sans avoir, au passage, décoché à Dragan un regard amusé. La comtesse peaufine sa toilette. Elle se grise le dessous de l'œil, le cerne de bistre pour en accentuer l'intensité. Elle étale encore un peu de rouge sur les pommettes et sur les lèvres. La créature qui se lève peu à peu dans la glace, qui s'ébroue sous l'amoncellement des colifichets, des accessoires, des artifices du maquillage, qui palpite et rougeoie, est belle à se damner.

— Vous me jugez sévèrement, n'est-ce pas ? J'ai été jolie très jeune, savez-vous. Et non pas d'une beauté charmante qui attire l'affection mais d'une beauté froide, quasi parfaite, celle qui déchaîne les passions. Je ne demandais qu'à être heureuse, mais les regards des hommes ne m'ont pas laissé le choix. Un à un, comme par de petits coups d'épée, ils m'ont repoussée loin des contrées paisibles. Ils m'ont acculée jusqu'à cet endroit précis où vous me voyez... devant mon miroir...

— Je suis venu vous dire que l'on sait désormais d'où viennent les jeunes filles assassinées. Elles ont été recrutées pour des soirées où étaient reconstitués les grands bals de l'Empire, dont celui du 29 janvier 1856. Elles jouaient votre rôle...

— M. Contrucci m'a déjà entretenue de tout cela. Et il m'a donné des noms... Gamel Pacha, Pierson, Morny, Poniatowski ! J'en suis à la fois flattée et blessée. Blessée, bien sûr, à penser que l'on puisse croire que la première fille venue puisse me remplacer... Mais flattée parce que cela veut dire que j'aurai à jamais marqué les esprits de ceux-là qui cherchent leur plaisir à m'imaginer dans leurs bras... Comment pourrait-on faire, je vous le demande, pour m'oublier ?

Elle se retourne vers lui. Son regard a pris une teinte nouvelle, une sorte de phosphorescence qui éclaire sa peau maquillée et lui donne une allure de marionnette possédée.

— Je sais aussi, dit-elle, que l'enquête vous a été retirée. Vous avez fait du bon travail et il faut que vous en soyez rémunéré...

— Je vous l'ai dit, madame, l'argent ne me...

— Qui vous parle d'argent ?

Elle vient vers lui, avec ses tatouages et ses scarifications, ses plumes et ses balafres d'argile, ses baies écrasées sur le visage, ses peintures de Cheyenne ou de Cherokee. Elle avance vers lui d'une démarche féline, soulève les pans de son déshabillé, dévoile ses jambes, ses cuisses blanches où s'éparpillent les grains de beauté. En contre-jour, le feu de la cheminée sublime son buste souple, ses hanches pleines, la cambrure hardie de sa taille. Il est emporté par son parfum capiteux, par le désir qui monte en lui.

— Laissez-vous aller. Je sais les gestes qui rendent les hommes fous.

Elle parle tandis que sa main s'égare bas, très bas, en des caresses au début furtives, à peine appuyées, suffisantes pour réveiller les sens et, très vite, davantage pressantes, sans équivoque. Elle le saisit à pleine main à travers le tissu de son pantalon. Ses ongles le griffent et sa paume le flatte. Il n'est plus que cela, cet endroit-là, douloureux et tendu et peut-être aussi encore un peu ce regard qui affronte le sien et plonge dans son abîme. Il est à sa totale merci, à son bon vouloir. Elle s'agenouille. Il ne peut rien refuser à ses mains. Il ne peut rien interdire à ses lèvres. Et ce serait mentir que de dire qu'il songe à cet instant à Églantine.

Après, il la laisse faire, excité et terrorisé par l'abandon de cette femme qui, les yeux assombris, les lèvres serrées, en proie à des colères sacrées, se donne à se faire mal, dans une exagération qui le bouleverse. Les paupières entrecloses, elle se tord la taille, balance son ventre avec des ondulations de houle, laisse trembler ses seins. Elle se renverse de tous les côtés, pareille à une bouée que la tempête agite. Il la surprend à s'observer encore dans la glace. La taille cambrée, la joue sur l'épaule, elle suit de l'œil les ondulations de leurs corps. Mais ce n'est pas lui qu'elle regarde, ce n'est pas eux, c'est elle uniquement et elle semble jouir moins de ses assauts que de sa propre image de belle proie chevauchée par un faune. Lui, il tente des chemins de traverse. Plusieurs fois, dans le feu des ébats, c'est Églantine qu'il enfourche, c'est elle qu'il soumet à son désir, qu'il fait geindre et crier.

Quand il revient à lui, Mme de Castiglione est assise sur le lit, laissant, comme une baigneuse, pendre ses jambes nues. Elle rajuste son maquillage. Sa coiffure a été mystérieusement préservée, preuve supplémentaire de sa parfaite maîtrise de ce qui vient de se passer. La lueur du feu qui se meurt jette tout un incendie sur les méandres compliqués de sa chevelure. En contraste, son visage sculpté et bronzé par l'ombre garde l'expression inquiétante d'un masque tribal.

— Je vais m'absenter quelque temps de Paris, dit-elle. J'ai été ravie de vous avoir connu, monsieur Vladeski. J'espère que vous non plus vous ne m'oublierez pas.

3

— Venez, je vais vous montrer la nouvelle collection de M. Worth, celle qu'il va falloir vanter à nos clientes.

Tout en guidant Églantine à travers les couloirs, Mlle Annabelle explique que le maître s'est décidé à lutter contre les robes à l'ampleur démesurée. Il s'engage désormais sur d'autres voies. Il propose une crinoline projetée vers l'arrière. Les termes restent obscurs à Églantine jusqu'à ce qu'elle découvre la collection. La cage est aplatie sur le devant. Tout le volume plonge dans le dos. La crinoline n'est plus un carcan, une prison qui interdit à la femme tout mouvement.

Églantine est présentée aux autres sosies, tous déjà installés devant les coiffeuses de la salle d'essayage. Petits gestes amicaux, francs sourires, regards glacés. On lui indique sa place, on lui donne sa tenue. Elle peine un peu à se mettre au diapason de ce bourdonnement confus et doux, de cette chaleur vibrante, de ces conversations et petits rires. À la dérobée, par le ricochet des images dans les miroirs, elle observe ses consœurs. Langueur, paresse, abandon, nonchalance, coquetterie des gestes et cadence des poses, manège des mimiques et profils penchés. Les filles s'habillent, dans une valse d'épaules dénudées, de corsets que l'on lace, préoccupées d'elles-mêmes, avec de petits piaffements sur place, des minauderies frissonnantes, des jeux de prunelles et de lèvres. Sur les sièges, devant les glaces, rajustant leur maquillage et finissant de fixer les mèches tombantes de leurs coiffures, s'interpellant et se moquant, confondant les couleurs vaporeuses de leurs toilettes, elles forment un parterre de fleurs vivantes, brassées d'abeilles et de particules en suspension.

Églantine porte une robe de velours d'un marron clair soutachée de dentelles d'argent, avec des rubans de la même nuance entrelacés à la grecque dans ses cheveux, sous une veste amazone de satin vert galonné d'or. Elle se trouve trop petite et trop ronde à côté de ces filles qui se lèvent autour d'elle, ces grandes plantes qui se déploient vers les lustres des salons pareilles à des végétaux recherchant la lumière et qui resplendissent, les joues d'un rose se dégradant, la pupille dansante sous leurs cils battants. Elle, noyée dans tout ce marron et ce vert, elle ressemble à une bogue de châtaigne posée dans les feuilles.

Quand les portes s'ouvrent et qu'elles entrent une à une dans les salons où les attendent les clientes, le cœur d'Églantine s'arrête, se fige dans un grand silence d'orchestre tendu avant la reprise, suspendu au bon vouloir de la baguette d'un chef. Et, pas après pas, il déverse en cascade ses cuivres et ses caisses, dans un grand fracas instrumental scandé par cette démarche mille fois répétée où se mêlent la coquetterie de la courtisane et l'indifférence hautaine de la reine. Toutes ces grandes dames qui sont venues pour admirer les toilettes qu'elles portent, Églantine les devine plus qu'elle ne les voit. Ce n'est qu'une masse confuse de froufrous et de dentelles, d'éventails et de mains gantées, d'êtres prestigieux animés d'une vie factice. Quant aux autres sosies, Églantine les voit comme elle se devine, avec leurs gorges dévoilées, provocantes, offrant toute la séduction de leur chair nue, de leur peau blanche. Elles ne sont que coquetterie et désir de plaire. Des glaces leur renvoient de tout côté leur image, multiplient sous leurs yeux leurs formes galantes. Églantine n'en revient pas d'être dans ce cortège. Elle doit dépareiller, faire tache. Son illégitimité doit sauter aux yeux. Et puis, elle entend : « Et la petite blonde, avec sa veste de satin vert, n'est-elle pas ravissante ? » Alors, au fond d'elle et jusqu'à la racine de ses cheveux, jusqu'au bout de ses doigts et de ses orteils, elle vibre d'un plaisir sans fin.

4

Deux silhouettes à peine visibles sur lesquelles la pluie jette sa musique silencieuse. Deux hommes, accablés de la même tristesse, de la même blessure, l'âme et la tête pleines de la même femme. Le premier est un homme jeune. Malgré ce poids, il a, dans l'allure, une élégance claire et nette, une impression de force noble, quelque chose de vif et de tranchant. Le second avance, en revanche, d'un pas titubant. Il a la cinquantaine, un grand air de pantin fatigué, de marionnette trimballée dont les tendons, les muscles, les os semblent un peu distendus et usés.

Dragan marche d'un pas pressé. Il a pris sa décision : il va se rendre au Havre, attendre le premier bateau pour les États-Unis d'Amérique, quitter ce Paris de chantiers où tout semble partir à vau-l'eau. La pluie stagne dans les rebords de son chapeau. Derrière le rideau des gouttes, ses yeux de chat, ses joues creusées. Une prestance à aller ainsi si droit sous la pluie, d'une silhouette si parfaitement indifférente au temps qu'il fait. Il marche et un homme le suit. Celui-là tangue, paraît, à l'inverse de lui, déstabilisé par chaque rafale de vent. Ils avancent, l'un et l'autre, dans un Paris d'immeubles écroulés, de travées ouvertes, un Paris noyé et déchiqueté : escaliers contrariés, pentes inattendues, ruelles sans issue, cascades de places éventrées et de courettes infirmes, paliers superflus suspendus dans le vide. Tout flotte, tout s'estompe. Deux silhouettes, l'une droite, princière, et l'autre, arrachée, emportée.

D'abord, il ne voit rien. À l'entrée de cette ruelle, il a juste entendu son nom crié à voix vive et enlevée : « Monsieur Vladeski ! » Et puis, il l'aperçoit et en reste bouche bée. M. Étienne est devant lui. Il tient d'une main un pistolet et de l'autre une canne à la poignée plombée.

— Monsieur Vladeski, dit M. Étienne. Je vais vous tuer.

— Si c'est pour Églantine, sachez que...

— C'est pour Églantine. Mais ce n'est pas pour ce que vous croyez, ou plutôt, pas seulement pour ce que vous croyez. Je l'aime, en effet, et je pense que si vous n'existiez pas, elle deviendrait ma femme. Mais bon, je sais aussi qu'elle ne m'aime pas. Qu'elle ne m'a jamais aimé. De cela, avec le temps, il n'est pas exclu que je vous aurais pardonné.

— Écoutez, peut-être devrions-nous...

— Mais ce que je ne vous pardonne pas, c'est de pervertir cette belle âme, d'en faire une cocotte.

— Églantine n'est plus avec moi...

— Elle ne vient plus à l'atelier. Et je sais pourquoi parce que je l'ai fait suivre. Je sais que vous lui avez présenté cette courtisane, cette Lady Hortense.

— Vous vous méprenez. Et cela serait-il que...

— Je sais que vous l'avez fait engager chez Worth.

— Chez Worth ? Je ne comprends rien à ce que vous me dites...

— Une putain, voilà ce que vous en avez fait et cela je ne peux pas vous le pardonner.

Il a la mâchoire crispée, l'œil noir. Dragan est impressionné par sa pâleur, par les cordes musclées qui se bandent soudain sous la peau de ses mâchoires et de son cou, toute cette machinerie de filins qu'on devine. Il cherche à comprendre ce qu'il vient de lui dire. Églantine et Lady Hortense ? Églantine recrutée par Worth ? Il voudrait en savoir plus, interroger l'homme. Mais dès que Dragan fait un pas, M. Étienne redresse son bras, pointe l'arme sur lui. Le pistolet tremble au bout de sa main. Dragan ferme les yeux. Après tout, cette balle ou une autre... Son cœur bat à tout rompre. Il pense furtivement à Églantine. À Lady Hortense, à Mme de Castiglione. À Églantine, encore. Il a son image devant lui, son image de plein soleil. Elle boit du vin blanc, mange des huîtres. Elle rit. Elle lui sourit de toute sa lumineuse beauté. Mais comme rien ne vient, il se décide à regarder. Juste à temps pour voir le mouvement dans l'air de la canne plombée qui vient le frapper en plein visage. Il bascule à la renverse sous la violence du coup, perd connaissance.

5

— Alors ? demande l'homme à la canne.

— Tout est prêt, répond Mlle Annabelle en souriant. J'ai toutes les filles. Les anciennes qui ont donné satisfaction et des nouvelles, toutes fraîches, qui ne demandent qu'à apprendre.

— Et pour Mme de Castiglione ?

— Un vrai miracle. À la dernière audition. Je n'y croyais plus... Une ressemblance quasi parfaite. Je n'ai même pas besoin de vous la montrer.

— Accepte-t-elle de jouer le rôle ?

— Elle a été surprise, bien sûr. Mais elle est tout à fait docile... Vous allez être satisfait. Très satisfait.

Chapitre XXIII

1

Effet gouaché, ombres creusées de volumes, infusions en nuage de lait, rubans, strass, nœuds de satin, boutons, tout est détail précieux. Baignant dans des camaïeux acajou, caramel, tabac, noisette, à coups de dentelle fine, d'imprimés un brin sévères et de coloris sages, entre broderies perlées captant merveilleusement la lumière, plumages denses, subtils dégradés de teintes crème et pétales de tulle évoquant les écailles d'ensorcelantes sirènes, Worth est parvenu à conférer une profonde intensité à sa palette. Ses sosies sont une myriade d'anges sophistiqués, des formes vaporeuses à peine coloriées flottant dans un paradis blanc. De l'organza plissé au millimètre aux capes de dentelle délicatement brodées de pastilles argentées, en passant par celles entièrement constituées d'un assemblage de fleurs satinées, on ne peut qu'être émerveillé par ces savoir-faire discrets et inestimables des petites mains qui ont œuvré pour lui.

À pas lents, entre les clientes, Églantine apparaît. Elle déambule avec une élégance de plus en plus naturelle, étudiée, taille souple, flexible, rattachée aux hanches par des mouvements de grâce semblables à des ronds dans l'eau. Ses yeux en saphir brillent dans les flottements de son écharpe de gaze, dans l'envolée aérienne de ses mousselines, et l'on dirait un couple de perruches bleues qui se débat dans des rideaux. Sa robe s'épanouit en cloche après la taille, par-dessus un panier d'une souplesse désarmante. Son chapeau est posé sur ses cheveux noués en torsion au sommet de sa tête à partir desquels des mèches savamment échappées retombent en longues boucles. Elle avance, suivie de deux autres sosies en robes blanches pleines de volants et de dentelles, marchant à sa mesure mais à trois pas d'elle. Elles sont jeunes, brunes, d'une beauté sombre et nerveuse, la cheville mince et musclée, alors qu'Églantine est blonde et tout en rondeurs. Elle va, elles vont, réglant leur allure sur la sienne. Elle s'arrête, elles s'arrêtent sans la rejoindre. Elle repart et elles suivent, elle tout à sa rêverie, solitaire, suivie par ses deux ombres blanches.

Dragan est venue voir Églantine, accompagnée de Lady Hortense. Il se tient volontairement dans l'ombre, derrière le fauteuil où la courtisane s'est posée. Il a dissimulé l'hématome qui bleuit son menton par un gros foulard qui recouvre le bas de son visage. Le coup de canne, par miracle, ne lui a rien cassé. Dragan est venu, incrédule de ce que lui a appris M. Étienne, de ce que lui a confirmé Lady Hortense. Son cœur a bondi quand Églantine est entrée. En la voyant défiler, il est submergé par un mélange d'émotion, de joie et de profonde tristesse. Il la trouve merveilleusement belle, mais il la voit aussi emportée dans la comédie du corps, les penchements de tête, les sourires négligés, les rengorgements, les morsures des lèvres, les minauderies, les airs mutins et les jeux d'éventail. Chez Worth, dans ce décor factice, sous le ciel du plafond peint, entre ces murs et ces fenêtres garnies d'épais rideaux, dans sa silhouette répétée par mille glaces, elle prend manifestement goût à défiler au milieu de ces dames, enfoncées dans les bergères, enveloppées de l'ampleur de leurs robes qui remontent jusque sous les bras, au milieu de ces quelques hommes qui, balançant le pied sur leur chaise penchée, jouent avec l'éventail de leurs belles et jettent, à son passage, des œillades appuyées à sa beauté.

Il est venu la voir. Elle, debout, cambrée, un sourire avivant les fossettes au creux du rose de ses joues, elle passe effilochant en biais la soierie des poussières flottant dans les rais de lumière. Quand elle l'aperçoit enfin, presque à le toucher, elle a une brusque tension de tout son corps tant la surprise est immense et, elle aussi, sur son visage, tout à la fois, de la stupeur, de la joie et un sentiment confus de malaise, sur l'instant honteuse qu'il la surprenne avec cet air, avec ces manières de séductrice tournées forcément vers d'autres que lui et puis, au final, surtout heureuse et fière qu'il puisse la découvrir si belle. Alors, elle prend le parti de lui sourire de tout l'éclat de ses dents blanches, de tout l'éclat de ses yeux bleus, de tout son plaisir avoué. Et il ne peut rien faire d'autre que de répondre à ce sourire, de se laisser emporter par lui et, vaincu, d'admettre cette vérité : il l'aime plus que jamais.

— Reprends-moi, lui glisse-t-elle.

— Pour toujours, murmure-t-il.

Le défilé prend fin. Les filles, une à une, sont avalées par la porte de sortie. Mlle Annabelle, discrète, les accueille de l'autre côté et leur adresse à chacune un compliment.

— Vous êtes magnifique, Églantine.

— Merci, madame.

— Vous m'aviez dit que vous cherchiez des extras ? J'ai peut-être quelque chose à vous proposer. Il faut accompagner des messieurs. Dans une soirée costumée... un bal reconstitué... Un de ces soirs... Tenez-vous prête.

2

Il la cherche en coulisse. Il s'égare dans les couloirs. Il titube, l'esprit embrumé, troublé par son envie de la reconquérir, se perd au milieu des rires et des froissements d'étoffe, en ces jeux d'habillages et de déshabillages, au cœur des lueurs vacillantes des lampes dont le gaz danse avec les courants d'air, dévoile des épaules et des jambes nues. À tout moment, passant de l'ombre dans la lumière et de la lumière dans l'ombre, courent des silhouettes de filles, des apparitions de jupons, de bas et de corsets qui éclairent, une seconde, l'obscur paysage des paravents.

D'abord, il l'entend rire. Elle rit sans lui et de choses dont il n'a pas idée. Il la retrouve ravissante, posée devant son miroir, jouant de sa flexibilité paresseuse, de sa beauté tendue d'orchidée. Églantine s'ajuste, se peaufine, s'améliore du bout des doigts. Ses oreilles secouent sur ses joues des grappes pleines de perles. Elle porte toujours sa robe d'un blanc pâle, d'une transparence d'hostie. Un cachemire fane sur ses épaules nues. Elle l'aperçoit dans la glace, lui adresse à l'envers un sourire, un signe de la main. Mais elle ne se retourne pas, pas tout de suite, note-t-il. Elle reste encore un instant à s'admirer devant la glace, fait une moue ravissante et, enfin, se lève brusquement et vient se jeter dans ses bras. Elle le serre à l'étouffer. Et, tous les deux, le souffle court, sans rien se dire encore, ils se couvrent de baisers.

— Pardon, pardon ! murmure-t-elle.

— Tout est oublié, dit-il. C'est moi qui ai été un sot.

Et puis elle découvre son pansement, l'hématome sur la mâchoire.

— Mon Dieu ! Mais que t'est-il arrivé ?

— Rien de grave, plus de peur que de mal.

Il lui raconte l'épisode avec M. Étienne. Églantine est furieuse. S'il la laissait faire, elle mettrait sur-le-champ son manteau et s'en irait dire son fait à son ancien patron.

— Mais de quel droit ! crie-t-elle. De quel droit me juge-t-il ? Et toi, mon pauvre chéri ! Mais quelle brute !

Elle est là qui tourne autour de lui, survoltée, alternant les marches furieuses et les élans pour caresser sa joue meurtrie. Et, tandis qu'elle tourbillonne, il la regarde dans cette robe inconnue de lui. Pour la calmer, il lui dit qu'il l'a trouvée très belle, qu'il a été épaté qu'elle ait été recrutée par Worth. Alors, sa bouche se fend en un sourire de lune et le soleil court dans ses yeux de lavande. Elle raconte les robes, les filles, les défilés. Elle mime comment elle a marché, comment elle a tourné. À se remémorer ses gestes et ses paroles, elle semble tout étourdie.

— Mais c'est pour l'enquête, ajoute-t-elle soudain grave. Uniquement pour l'enquête. Pour t'aider. Et j'ai tout de suite fait comprendre que j'avais besoin d'argent, que j'étais disponible pour tout autre travail qu'on aurait à me confier... pour que j'en apprenne plus sur ces fameuses soirées. Et cela commence à porter ses fruits...

Alors, alors seulement il lui raconte son entrevue avec Contrucci. Il parle doucement, à voix très basse, parce que sa mâchoire lui fait mal et parce qu'il veut la forcer à l'écouter attentivement. Il lui explique qu'on lui a retiré l'affaire, qu'on lui demande de ne plus s'occuper de tout cela. Elle n'a plus besoin de travailler chez Worth. Au demeurant, ajoute-t-il, c'est pour elle prendre trop de risques. Ces soirées sont dangereuses. Des filles sont mortes d'y avoir participé.

— Je sais, dit-elle. Camille est l'une d'elles. L'as-tu oublié ? Te rappelles-tu la raison de tous ces efforts ? Crois-tu que parce que ton Contrucci te donne un ordre, je vais renoncer à venger mon amie ?

— Elle va être vengée. La police s'en occupe. Laissons cela, Églantine, préoccupons-nous de nous...

— Avec un assassin qui va peut-être de nouveau sévir ? Une de ces soirées qui ont coûté la vie à Camille va bientôt se dérouler. J'en ai eu la confirmation tout à l'heure. Quand j'aurai l'information, tu préviendras la police. Ne t'es-tu pas engagé envers moi ?

Elle fond en pleurs et il ne peut que la prendre dans ses bras. Quelques jours encore, supplie-t-elle. Quelques jours encore pour comprendre ce qui est arrivé à Camille, pour tenter de débusquer l'assassin. Elle ne prendra aucun risque. Elle se contentera d'attendre qu'on lui donne les explications, d'être sûre que l'homme sera arrêté. Après, elle sera tout à lui. Ils construiront leur vie ensemble. Ici, à Boston ou en Cochinchine si cela lui chante. Et à ces paroles, que peut-il faire d'autre que d'accepter ?

Ce n'est que dans le fiacre qui les ramène que la conversation reprend.

— Est-ce si terrible que je prenne plaisir à porter ces robes ? murmure-t-elle dans un demi-sommeil.

Sa tête lasse se laisse aller sur le bord de l'épaule de Dragan, se couche de côté dans un battement lent de la paupière, dans l'abandon de son corps souple et fluide, comme fondu dans l'ondoiement des molles étoffes parmi lesquelles elle flotte. À travers la vitre ternie du fiacre, des échappées de rues filent entre des rangées de becs de gaz et les lanternes des voitures qui se croisent. Il a envie de lui dire : « Ce n'est pas seulement cela, Églantine, tu le sais bien. Cette vie-là, c'est comme un barrage qui cède, une eau qui déferle et inonde tout. Le risque, c'est que tu te noies, que tu te noies dans tes dentelles comme une baigneuse dans l'écume des vagues qui la submergent. » Mais elle s'endort contre lui et, face à cet abandon, il se sent totalement démuni.

3

Le secret du succès de Worth, du succès commercial s'entend, réside dans sa volonté de tout contrôler, du tissu brut à l'accessoire. S'il fait travailler, en sous-traitance, les meilleurs ouvriers de la capitale, il a aussi installé, à portée de main, ses propres ateliers qui, sans cesse, au gré de ses instructions, retouchent et réajustent le moindre détail de ses toilettes. Il en est ainsi du chapeau, pièce essentielle, « cerise sur le gâteau », dit-il, de ses créations de mode. Mme Genevois, sa modiste, est une véritable artiste. Elle reçoit de Paris les apprêts de mode, la fausse bijouterie, la passementerie, les ronds de paille et les feutres ; Lyon lui fournit les soieries, les tulles, les gazes, les crêpes ; Saint-Étienne, les rubans, les velours et les fichus de soie ; Calais, les blondes ; Caen, les dentelles ; Le Puy et Mirecourt, les fantaisies de soie et de coton.

Le rôle de Mme Genevois est de confectionner, pour chaque nouvelle robe du maître, le chapeau qui la mettra en valeur. Pour cela, explique-t-elle à ceux qui l'interrogent, il faut jouer de trois variations, la forme, la garniture et la nuance. La forme est pour l'essentiel influencée par la coiffure. Si le chignon est placé sur la nuque, à la manière anglaise, il faut que le chapeau couvre tout le derrière de la tête ; si, au contraire, les cheveux sont relevés sur le sommet, un chapeau léger s'impose, relevé ou échancré par-derrière. Pour la garniture, trois articles fondamentaux : le ruban, la fleur et la plume. Mme Genevois a un faible avoué pour la fleur qu'elle fait confectionner dans ses ateliers, avec une préférence, l'été, pour les fleurs de mousseline et de batiste et, l'hiver, les fleurs de velours et de parchemin. Elle aime aussi beaucoup celles en coques de ver à soie et en papier. La variation de la nuance est toujours conforme au goût du jour tel qu'il ressort dans la collection du maître. Cette année, donc, couleurs d'automne. Mme Genevois travaille de préférence le chapeau de paille et joue des nuances du matériau, paille d'Italie, paille anglaise ou paille fantaisie.

— Mais, dit-elle en caressant le visage d'Églantine, l'harmonie de l'ensemble ne peut se déduire uniquement de la toilette. Elle dépend pour beaucoup du sosie, de sa chevelure, de ses yeux, de son teint et de sa silhouette.

Elle choisit, chaque année, ses essayeuses pour moitié chez les brunes et pour moitié chez les blondes, pourvu qu'elles aient de beaux cheveux et une certaine élégance.

Elle a distingué Églantine parmi les nouvelles et, maintenant, sous l'œil intéressé de Mlle Annabelle, elle la fait poser au milieu de son atelier. Elle a sculpté pour elle un squelette de chapeau suivant la conformation de son visage, au moyen de fils de fer, de tulle gommé et de linon apprêté. Et maintenant, elle surveille l'habillage.

Il faut la voir virevolter au milieu de ses ouvrières occupées à peindre les pétales et les feuilles découpés à l'emporte-pièce sur des étoffes légères passées à l'empois. Un travail entièrement à la main.

— Une pince, un pot de colle et une paire de ciseaux, s'exclame Mme Genevois, il n'en faut pas plus à une bonne fleuriste pour donner l'apparence de la vie à des morceaux de velours de mousseline ou de soie.

Et tout en disant cela, pour montrer l'exemple, elle s'est elle-même assise à la place d'une de ses ouvrières. Ses mains manient les fils de laiton pour bâtir le cœur, fixent à l'un de ses bouts des brins de soie écrue destinés à imiter les étamines, les trempent dans la colle de gants pour leur donner de la raideur, humectent leur extrémité avec une pâte composée de gomme arabique et de farine de froment, fixent un à un avec un peu de colle les pétales et les gaufrent au fur et à mesure.

— Voilà ! dit-elle, radieuse, en brandissant une rose.

Les fleurs s'ajoutent une à une sur l'armature tendue de paille claire. Et c'est tout un jardin que l'on pose, à la fin, sur la tête d'Églantine. Dans la glace où elle s'admire, la jeune fille n'en revient pas qu'une telle merveille soit possible, que la paille et ses cheveux se fondent en la même gerbe de blé et que ses yeux, d'un bleu de glaïeul, ne soient que d'autres fleurs perdues dans d'autres fleurs. Elle aimerait conserver le chapeau jusqu'à l'heure où Dragan viendra, tout à l'heure, l'attendre à la sortie de l'atelier.

Mlle Annabelle s'approche, pose sa main sur son épaule.

— Vous êtes décidément étonnante, Églantine. Vous vous révélez, jour après jour. Cette vie est faite pour vous.

— Merci, madame.

— Vous êtes toujours disponible pour la soirée dont je vous ai parlé ?

— Oui, madame.

— C'est pour ce soir. Certains événements nous obligent à avancer la date prévue.

— Ce soir ? Si vite ? C'est que...

— Vous pouvez refuser.

— Non, non. J'accepte... Puis-je prévenir chez moi ?

— Vous n'aurez pas le temps. Je vous emmène. Nous devons vous préparer...

4

À l'heure de la fermeture des bureaux, Dragan se rend chez Worth à pied, un long détour qui passe par la Seine. S'il n'a plus le spleen d'avant les retrouvailles avec Églantine, les journées lui paraissent toujours interminables. Tout est prétexte à laisser filer le temps. Églantine est retenue jusqu'à huit heures du soir, du moins, pense-t-il, c'est ce qu'elle lui a dit. Et ce « du moins », qui est venu se ficher dans sa pensée, lui enfonce sa pointe dans le ventre, dans la double souffrance de la part de doute qu'il contient et de ce qu'il révèle en lui de plaie insuffisamment refermée.

Le jour s'éteint lentement. Dragan flâne le long du quai où les arbres déploient le tulle noir de leurs branches sur l'horizon troublé par les fumées. Il respire doucement les brises qui traversent le fleuve, se laisse bercer par cette tristesse de l'eau qui passe entre les ponts. Il sent cette tiédeur de la ville, si douce aux vieux Parisiens, le mystère de cette amitié des choses, des pierres, des portes des maisons. Mais Haussmann continue son travail de sape. Ce Paris-là, bientôt, ne sera plus. Avec Églantine, ils partiront. Ils auront une ferme, des champs, de vastes pâturages, un horizon de forêts et de montagnes, plein d'enfants. Il a pris la décision de gagner l'Amérique le plus vite possible, de prendre Églantine au mot avant qu'elle ne change d'avis. Dès que cette histoire sera achevée, ils prendront le premier bateau en partance pour le Nouveau Monde. Il ne veut pas la laisser s'installer dans cette vie parisienne trop dangereuse. Dans un premier temps, ils gagneront Québec. Ils attendront la fin de la guerre.

C'est l'heure du retour de la promenade. Son regard glisse sur les voitures qui le dépassent, sur les silhouettes des femmes nonchalamment assises dans les calèches et dont les voiles flottent au vent. Il s'adresse à elles comme si chacune était Églantine, leur expose son projet. Mais les visages qu'il entrevoit ne manifestent aucun enthousiasme. Ils cahotent au même rythme que les chevaux, avec des pensées qui se perdent aussi, sans doute, entre le ciel et l'eau.

Alors, il repique vers l'intérieur, cherche l'odeur et le bruit des chantiers. Le travail s'est arrêté avec la nuit qui tombe. Des ouvriers soufflent, harassés, assis en groupe sur les pierres, le visage creusé, les mains abîmées par l'effort, le dos cassé. L'un d'eux se dresse sur un amas de gravats, les deux mains et le menton sur le manche de sa pioche, immobile, le sourcil froncé, la bouche dure. Pasteur, sorcier, jeteur de sort, il le regarde et le menace et Dragan cherche au fond de lui ce qui peut ainsi provoquer le courroux de ce messager des cieux. Est-ce de laisser détruire le Paris de son père ? Est-ce de s'opposer au Paris des temps nouveaux ? Est-ce de ne pas fuir cette Babylone moderne ou de vouloir lui échapper ? Est-ce de s'être laissé séduire par une fille comme Églantine ou de ne pas donner à Églantine tout l'amour qu'elle mérite ?

— Alors, lui demande quelqu'un à côté de lui, avez-vous trouvé la raison secrète ?

C'est le petit vieux au chapeau claque et à la jaquette anglaise. Le vieil homme n'en finit pas de maugréer, de raconter ses histoires invraisemblables. Il aurait surpris les hommes du baron Haussmann, de nuit, s'en allant enterrer dans le ventre de Paris les graines des pierres à venir, la semence des futurs immeubles, des murailles et des forteresses à naître. Voilà pourquoi l'on parle de ville enceinte, dit-il en froissant tout son visage. Il prétend qu'après avoir installé de nouvelles espèces végétales dans tous les parcs de Paris, des fleurs d'Amérique et des plantes d'Asie, Alphand, ce suppôt du baron, aurait le projet d'implanter dans le ciel de Paris de nouvelles étoiles, venues de Chine et d'Australie, que déjà ses hommes déchargeraient cachées dans la paille de grands cageots. Il soutient qu'il connaît un certain Octave, facteur de son métier, qui lui a parlé d'un complot, d'un coup d'État que prépareraient des milliers de lettres désœuvrées, restées en instance à la Poste à cause des rues disparues sous le coup des démolitions dont elles porteraient l'adresse[1]. La vraie raison, marmonne à la fin le vieux en s'éloignant. Il nous faut découvrir la vraie raison.

C'est le front songeur et les jambes fatiguées que Dragan se poste enfin devant la sortie de la maison Worth. Et, tout à sa rêverie, il laisse le temps filer. Il est neuf heures du soir quand il s'inquiète enfin du retard d'Églantine.

— Églantine ? lui répond la première fille qui sort. Ah non, monsieur, cela ne sert à rien de l'attendre. Il y a eu un changement de programme. Elle est partie, avec d'autres, en fin d'après-midi, en compagnie de Mlle Annabelle.

— La soirée ! s'écria Dragan. C'est pour aujourd'hui ! Moi qui devais la protéger !

1. Jean-Christophe Duchon-Doris, *Les Lettres du baron*, Julliard 1994, prix Goncourt de la nouvelle.

Chapitre XXIV

1

Elle a roulé dans la nuit, a pris, après les fortifications, des chemins de traverse dans les bois touffus et noirs. Maintes fois, Églantine a eu l'occasion de descendre, de cesser ce jeu dangereux de suivre Camille jusqu'au bout de son destin. Sans doute son amie a-t-elle suivi ce même chemin. Sans doute, elle aussi, elle est montée dans une voiture avec d'autres filles. Tout le temps du trajet, Églantine a vacillé, écartelée entre son désir de fuir et la fascination hypnotique de se sentir emportée par le même tourbillon que Camille, fière d'avoir pu suivre les traces de cette aînée si longtemps admirée et honteuse de constater qu'elle pourrait finir comme elle, fille futile et vénale, vouée à la même mort misérable. Elles sont huit, au total, dans les deux voitures. Dans l'autre véhicule, Églantine a vu monter la fausse Mme de Castiglione. Elle n'a fait qu'entrevoir la crinoline, bleu-argent, à double tunique, volants d'Angleterre et marabouts bleus. Elle a tenté de parler au sosie, mais n'y est pas parvenue.

— Voici des masques, leur a dit Mlle Annabelle. Les hommes que vous allez rencontrer vous demanderont peut-être de les ôter mais peut-être pas. Certains veulent garder l'illusion que vous êtes une autre. Mais vous n'êtes pas les premiers rôles de la pièce qui va se jouer. Vous êtes des figurantes. Laissez-vous approcher. Ne faites pas de scandale.

— Et si ces messieurs se montrent trop entreprenants ?

Ce n'est pas Églantine qui a posé cette question. Car il lui suffit de penser à Camille pour savoir que le risque n'est pas que les hommes à qui elles vont être livrées se montrent trop entreprenants. Si c'était là le seul danger, son amie serait toujours vivante.

— Trop entreprenants, qu'est-ce à dire ? demande Mlle Annabelle. Vous êtes libres de votre destin. C'est à vous de décider jusqu'à quel point vous souhaitez que les chevaux s'emballent. Et en cas de besoin, je ne serai jamais loin de vous.

C'est un château, au fond d'un parc, à une heure de Paris, une belle bâtisse qui se détache dans le ciel au sortir d'une longue allée qui court à travers une forêt de buis. Cinq hautes fenêtres à l'étage brillent sous le feu de tous leurs lustres allumés. Églantine s'extrait du fiacre, s'ébroue, déploie les dentelles de sa toilette. Sa robe à elle est à volants en taffetas gris fer cerclés d'ornements noirs. Un cachemire des Indes renversé en arrière tient par miracle à ses épaules. Ses cheveux blonds ont été tordus en chignon, piqués de peignes en fausses émeraudes. Son cœur bat chaque fois qu'elle devine le regard de Mlle Annabelle posé sur elle.

De l'étage, tombent les rires, les babillages et, en plus lointain, la musique d'une valse. Il y a des hommes portant l'uniforme disposés sur chacune des marches dans une sorte de triste imitation du cérémonial des

Tuileries, un chambellan placé à l'entrée du vestibule – culotte blanche et bas de soie, frac écarlate à larges broderies d'or – qui vérifie discrètement leur identité, puis une enfilade de salons. Églantine n'a jamais rien vu de plus beau. Des milliers de bougies scintillent dans les lustres. Des draperies de velours rouge à crépines d'or entourent les hautes fenêtres. Les portes et les murs sont revêtus de glaces. Elle a un mouvement de recul en découvrant le monde qui se presse dans les salons, tous ces hommes en habit ou en uniforme, ces femmes en grande toilette, et il faut que Mlle Annabelle la pousse légèrement dans le dos pour qu'elle ose avancer et se mêler à la foule.

— Vous n'avez rien d'autre à faire que de vous laisser porter, glisse aux filles Mlle Annabelle. La salle des Maréchaux n'est pas pour vous. Fondez-vous dans le décor. Faites-vous oublier.

La salle des Maréchaux ? Sans doute ce salon tout au fond où, sur une estrade, trônent des sosies de l'Empereur et de l'Impératrice, là où les invités importants s'approchent et saluent avec déférence. Églantine et ses compagnes sont poussées vers les salles de bal. Un orchestre invisible joue une musique surchargée de violons et de flûtes. Au milieu de la pièce où Églantine s'échoue, la danse noue déjà des couples. De sveltes cavaliers font voleter contre eux des danseuses légères. Les souliers de satin glissent sur le parquet losangé, les colliers sautent sur les gorges, les montres battent à la ceinture, les diamants étincellent dans les cheveux. Mais tout est trop parfait, de l'enchaînement des figures à l'emboîtement des corps. Des figurants ? se demande Églantine. En dehors de la piste de danse, l'atmosphère est étrange. Des couples se sont formés. Il s'y mêle du manque d'entrain et de l'outrance. Tout autour d'elle, sous l'armure légère d'un capuchon de satin ou à l'abri d'un masque, des filles se laissent aller à des coquetteries provocantes et factices, à des effronteries savamment déclinées. Et leurs cavaliers sont tout à la fois distants et familiers, avec des yeux et des mains qui s'égarent dans un dédain méprisant de toute leur personne. L'assassin est là, pense Églantine. C'est l'un de ces hommes qui dansent.

2

Dragan court sur le pavé. Églantine est en danger. Qui pour lui donner l'adresse où se déroule la soirée ?

La nuit s'est installée. Des chiffonniers, la herse d'osier sur le dos, le crochet d'une main et la lanterne de l'autre, fouillent les détritus. Déjà, dans les rues adjacentes aux boulevards, des filles drapées d'une majesté antique sortent des embrasures, descendent sur les trottoirs et déambulent au déhanché, belles à mourir, dans l'attente des premiers clients. La lumière du soir les nimbe de couleurs d'icône. Ce sont d'exquises créatures au teint mat, aux lèvres fardées, aux hanches polissonnes qui bougent dans de moulantes armures de satin et de soie. À voir Dragan marcher d'un pas rapide vers elles, à le deviner si beau au fur et à mesure qu'il s'approche, elles s'immobilisent, se figent dans l'encadré du ciel noir entre les maisons. Elles ont quelque chose de ces biches qui vivent dans les forêts mouillées, dans les brouillards de clairières laiteuses et bleutées, et qui surgissent au passage des princes charmants. Elles se rassemblent et s'affolent, le suivent, se portent à sa hauteur. Elles tournent autour de lui, avec leurs yeux de braise, leurs lèvres fardées, leurs hanches qui tanguent. Elles lui offrent leurs sourires et leurs œillades, lui jettent des invitations. Lui poursuit sa course décidée, passe au milieu d'elles, les repousse gentiment d'une mimique qui s'excuse. Elles l'interrogent, lui demandent où il court et pour quelle raison son visage est à la fois si beau et si inquiet. Il parle d'une fille qu'il aime, d'une fille à sauver, d'un lieu à atteindre, de la demeure d'un certain Gamel Pacha, certainement invité à une mystérieuse soirée et qui, s'il arrive à lui avant qu'il ne s'y rende, pourra peut-être l'y conduire. Alors, à ces paroles, parce qu'elles n'aiment rien de mieux que les belles histoires d'amour, elles s'écartent pour le laisser passer, l'encouragent, lui indiquent des raccourcis pour atteindre plus vite le but de sa course.

3

Lueurs des bougies dans les glaces, velours des masques noirs sur les soies argentées. Autour d'Églantine, des femmes dansent, vibrantes et caressées. La tête en arrière et le profil intrigant, elles rient dans le velours de leurs masques, ballonnent leurs robes trop longues et laissent, à travers leur camail de dentelle, la blancheur de leur nudité sauter aux yeux de leurs galants. Lesquelles, parmi elles, sont « vraies » ? Celle-ci, peut-être, poussant des rires perlés qu'elle retient dans ses doigts, ses yeux si bleus en miroir de coquette ? Et celle-là, avec ses oreilles allumées de diamants et l'ampleur de son rire qui fait craquer le haut de son corsage ? Ah, non, pas celle-là, rectifie Églantine : elle était avec moi dans la voiture ! Pour d'autres, jeunes femmes au visage las, aux gestes mécaniques, filles à la pâleur de craie, irréelles, à peine humaines, l'hésitation n'est pas permise. Ce sont des filles achetées. « Je suis l'une d'elles », pense Églantine épouvantée. Des hommes lui tournent autour, la frôlent, la touchent de pressions des doigts si légères qu'elles semblent ne pas avoir été données. Églantine s'aperçoit dans un miroir, vaporeuse et provocante, sa gorge pleine, ses seins modelés en coupe et se montrant plus qu'à demi. Une angoisse l'étreint. D'un geste nerveux, elle vérifie l'ajustement de son masque. C'est là, pense-t-elle soudain, son seul et dérisoire bouclier.

À la fin, les jambes hésitantes, elle se laisse tomber sur un divan capitonné de cuir chocolat. Elle tarde à comprendre qu'un homme lui parle, juste à côté d'elle, appuyé au renversement d'un siège, le monocle enfoncé dans l'œil. Il s'adresse à elle avec un air de condescendance, un rythme de phrases très lent comme s'il récitait un monologue appris par cœur. Au début, elle tente de comprendre les mots ennuagés qui sortent de sa bouche. Il dit qu'elle est la plus belle de toutes, qu'il est très riche, qu'il connaît des bijoux et des fourrures qui lui iraient à ravir. Son œil gris sourit, furète au-dessus de l'écaille de son lorgnon, traîne souvent dans l'échancrure de son corsage. Églantine se cherche de nouveau dans les glaces, s'aperçoit, est consciente, soudain, de l'ivresse de sa chair découverte, de l'exhibition de sa poitrine, de ses épaules dénudées, de la provocation de toute sa tenue, de l'offrande consentante qu'elle représente. Elle en frémit, épouvantée et excitée, avec l'envie irrésistible de rester et de fuir à la fois. Un laquais passe, promenant sur un plateau, dans des verres à sorbet en cristal anglais taillés sur les côtés, des crèmes glacées au champagne et aux pétales de rose. Elle court à sa suite, profitant de ce prétexte pour abandonner son solliciteur. Elle prend un verre, ferme les yeux, savoure le picotement sucré-glacé des bulles sur sa langue, se ressert et se ressert encore. Il y a ici un assassin, pense-t-elle de nouveau, un homme qui a tué Camille, l'a dévêtue et l'a jetée dans la nuit et la neige. Il y a ici un assassin et moi je me saoule.

Elle cherche à deviner la présence de policiers. Celui-là, peut-être, qui porte si mal l'habit ? Ou celui-ci étouffant sous le col empesé qui le serre ? Ces deux-là qui font mine de discuter sur la terrasse et qui vont et viennent, noirs sur leurs jambes grêles, les ailes repliées sous le frac, dans des balancements de corbeaux sans tête ? Et s'il n'y en avait pas ? Sans Dragan pour la protéger, n'est-ce pas une pure folie d'avoir suivi Mlle Annabelle ? Si elle se laissait aller, elle se précipiterait sur cette terrasse et, de toutes ses forces, elle appellerait le jeune homme à l'aide. Mais elle se ressaisit. La tête lui tournant un peu, elle s'échoue de nouveau, s'abandonne cette fois dans un fauteuil de velours grenat, dans le petit jour d'un lustre à demi-feux, minuscule, échouée, fragile comme une fleur sous le vent.

Très vite, un autre homme s'approche d'elle, loup noir sur le visage, large d'épaules, le regard dur et décidé. Celui-là n'est pas comme l'autre. Celui-là ne va pas lui laisser le choix. Ce n'est que lorsqu'il est prêt d'elle à la toucher qu'elle reconnaît, à sa posture de matamore, à son sourire carnassier, à sa chevelure en crinière de lion, le photographe Pierson.

— Vous êtes aussi belle habillée qu'un peu moins vêtue, dit-il sur un ton qui donne à Églantine l'envie de le gifler sur-le-champ.

Mais elle se rappelle sa mission, la nécessité de ne point faire de scandale. Est-ce lui l'assassin comme l'a toujours soupçonné Dragan ? Il lui tend la main et, comme elle tente de s'éloigner, il la prend par la taille, d'un mouvement ample et généreux, comme d'un rideau qu'on saisit.

— Venez danser, dit-il d'une voix ferme et grave.

C'est une valse et elle n'en connaît pas les pas. Elle pourrait encore se débattre, mais si c'est lui, n'est-ce pas l'occasion de le pousser à se découvrir ? Il l'emporte, la fait tourner, tourner, tourner encore presque jusqu'à l'évanouissement. Rien n'est stable autour d'elle sinon la présence physique du photographe, la pression de ses mains sur son épaule et sur sa taille et la profondeur de son regard. Elle n'a pas d'autre choix que de s'agripper à tout cela et de suivre, affolée, la satisfaction qu'en tire immédiatement son danseur. Comment pourra-t-elle maintenant se sortir de ses griffes ? Soudain, la musique s'arrête presque, change en tout cas de rythme et de cadence.

— Ah ! dit Pierson en s'arrêtant. Le grand moment ! L'entrée de la Castiglione ! J'espère que, cette fois, elle sera plus ressemblante que la précédente.

4.

Pierson n'est plus à côté d'elle. Il s'est mêlé à la foule, a joué du coude et a été avalé par la jungle des corps qui se sont massés vers l'entrée et qui font écran entre Églantine et la fausse comtesse. Alors, Églantine imite deux autres filles et grimpe sur un fauteuil pour tenter d'entrevoir l'Unique, la Divine.

La crinoline se détache entre les habits noirs, les robes banalement belles. C'est bien elle, la toilette magique, celle de l'atelier de Mlle Annabelle, celle sur laquelle elle a travaillé avec Camille et les autres ! Une crinoline de huit mètres de circonférence, bleu de ciel en gaze de Chine, une jupe à deux tuniques, garnies chacune de trois volants en point d'Angleterre à tête de marabout bleu, une parure en opales et turquoises. Elle seule brille dans la demi-obscurité de l'enfilade des salons. Car, à son entrée, l'atmosphère s'est chargée de mystère. Les lumières des lustres ont soudain baissé d'intensité et la musique n'est plus qu'un filet de notes qui habille le silence. La crinoline glisse, majestueuse, indifférente aux mouvements de l'assistance. Elle fend la foule des anonymes, jette sur eux un peu de sa phosphorescence, bleuit et glace les visages qui se penchent sur elle. Elle passe dans l'éternité. Elle est arrêt et mouvement. Tous les miroirs se sont mobilisés et ne reflètent plus que son image. Ils la reproduisent, la dédoublent, la distribuent jusqu'au fond des salons. Unique et multipliée, elle avance au ralenti, en des poses saccadées, songeuses et alanguies, qui marquent la rétine, la figent en des images parfaites. La crinoline glisse dans ce temps suspendu, au cœur de cette soirée du 29 janvier 1856 qui ne finira jamais et dont elle est, pour la nuit des temps, l'inamovible idole.

Et Églantine, affolée, a la tête tournée par toutes ces images reflétées de la Castiglione qui, au gré des miroirs qui les recueillent, semblent des portraits à l'huile, au pastel, à l'aquarelle, au fusain, à l'eau-forte, de profil, de trois quarts, de face, de dos, en buste, en pied. Que de fausses Castiglione ! Que d'éphémères sosies de cette créature nocturne et vampirique ! Et l'une de ces images, un soir, lors d'une soirée comparable à celle-ci, a été celle de Camille.

De loin, comme les autres, elle devine la comtesse qui s'approche du couple impérial. Autour d'elle, les commentaires sont unanimes. C'est la meilleure Castiglione depuis longtemps. Le même port de tête, la même morgue, la même beauté glacée et distante. Son faux mari lui tient le bras. Celui-là, sans doute, n'est guère ressemblant. Mais qui s'en préoccupe ? Qui même s'en aperçoit ? La crinoline disparaît, réapparaît. Églantine la devine enclenchant sa révérence devant Napoléon et Eugénie, puis s'effaçant, laissant la place à d'autres, se laissant emporter vers la salle de bal.

Églantine descend du fauteuil. La suivre ! Ne pas la perdre de vue ! Mais il y a tant de monde ! Tant d'uniformes désormais, de queues-de-pie, de toilettes extravagantes. Tant de crinolines qu'il faut contourner ! Elle la débusque encore, là-bas. La comtesse est bien entourée. Des hommes la pressent, lui content fleurette, étalent sous ses yeux leurs décorations tandis qu'elle leur oppose le double écran de son rire et de son éventail. Églantine est si loin et si près. La crinoline joue à cache-cache au gré des couples de danseurs qui s'interposent entre la jeune fille et la comtesse. Et puis, soudain, dans l'entrebâillement des nuages de gaze et de soie, Églantine découvre cet homme en habit à la française, gilet et cravate blancs qui s'est posté devant la Castiglione. Il l'interpelle et elle se retourne. Il tient dans sa main gauche gantée une canne ficelée de cordes à boyaux, à poignée verte torsadée. Ils se parlent, à l'évidence. Églantine se fraie un chemin, marche sur les robes, bouscule les serveurs, tente d'identifier l'homme, mais, alors qu'elle est tout près de rejoindre la comtesse, un nouveau mouvement de foule la rejette sur le côté. La voisine d'Églantine lui sourit derrière son masque. Elle reconnaît Lady Hortense.

— Compliments, dit-elle. Mes leçons n'ont jamais trouvé élève plus douée. Je ne pensais pas vous retrouver si vite à ce genre de soirée. Nous voilà concurrentes désormais, n'est-ce pas ?

— Mais point du tout, dit Églantine en rougissant. C'est pour l'enquête.

— Concurrentes, mais amies si vous le voulez bien...

La foule s'agite encore. L'Empereur vient d'entrer dans la pièce. Le comédien qui joue son rôle n'est pas trop mauvais. Il imite à merveille son pas lent, un peu traînant, ce geste qu'il fait souvent d'effiler sa moustache entre son pouce et son index. Il semble, car il est difficile désormais de suivre les détails de la scène, que la Castiglione délaisse l'homme à la canne, se tourne, se donne tout entière au souverain qui s'approche d'elle.

Une main vient de se poser sur la taille d'Églantine, un corps se presse contre le sien.

— Je ne vous ai pas oubliée, glisse Pierson. Désormais, je suis tout à vous.

Églantine repousse la main d'un geste nerveux.

— Je ne vous permets pas, dit-elle.

— Allons, ma petite. Nous savons, vous et moi, qui vous êtes et quelle est la véritable raison de votre présence ici. Si ce n'est moi, ce sera un autre, n'est-ce pas ? Et, à tout prendre, je ne suis pas le plus repoussant.

Et la main revient, plus insistante encore. Elle se pose lourdement, épouse étroitement le rebond de la hanche d'Églantine. Il faut choisir : se débattre ou rester pour ne rien perdre de la scène qui, là-bas, se joue entre l'Empereur et la comtesse. L'assassin ne doit pas être loin. Églantine se dresse sur la pointe des pieds. La main glisse encore un peu plus bas, s'installe, conquérante. Lady Hortense, qui a tout vu, adresse à Églantine un sourire entendu.

Chapitre XXV

1

Voyez cette voiture qui vient d'arriver ! Ce jeune homme qui en bondit, qui monte les escaliers quatre à quatre ! Quelle souplesse dans sa course ! Quelle élégance, taille mince, dos plat et jambes longues ! Et cette détermination sur son beau visage ! Un félin ! Un fauve bondissant sur sa proie ! Quel dommage que le service d'ordre l'arrête dans son élan ! Le voilà qui, fulminant, est dans l'obligation d'attendre que de la même voiture s'extirpe cet homme, petit et rond, à la silhouette lourde de bouddha. L'œil plissé sous le monocle, il semble bien s'amuser de la scène.

— Monsieur Vladeski, glisse Gamel Pacha, vous allez plus vite que la musique. Laissez-moi rassurer ces messieurs et leur montrer notre invitation.

Mais déjà Dragan a contourné le barrage du chambellan. Il fend la foule, se fraie un chemin à travers l'encombrement des crinolines et des uniformes rutilants. Il cherche Églantine. Mais comment faire alors qu'il ne sait rien de la robe qu'elle porte, que la plupart des invités la dépassent d'une tête ? Ses yeux fouillent, scrutent les glaces, forent au plus loin des miroirs.

C'est alors qu'il repère Contrucci, en grande discussion avec deux hommes qui portent comme lui un masque ridicule trop grand pour leurs visages. La salle doit être truffée de policiers. Mais ceux-là se moquent bien d'Églantine. Dragan repart en chasse. Le voilà qui monte sur les chaises, sur les canapés. D'abord, c'est la crinière de lion de Pierson qu'il repère, là-bas, dans la dernière salle au bout de l'enfilade des salons, et puis il devine la silhouette d'Églantine, contre lui, tout contre lui, les deux corps acculés dans un coin de la pièce. Lui tente de l'embrasser. Elle semble se débattre, du moins Dragan l'espère-t-il, du moins croit-il pouvoir le déduire de son attitude en recul, de son visage qui se dérobe, de ses mains qui s'interposent. Alors le jeune homme se précipite. Il bouscule maintenant les invités, taille sa route à grands coups d'épaules.

— Eh bien, monsieur Vladeski, je vous ai connu moins indifférent de ma personne !

Une main a saisi son bras, l'oblige à s'arrêter et à se retourner. La surprise est telle qu'il marque un mouvement de recul. Le sosie de la Castiglione ! Sublime Isis, déesse embrasée et ruisselante dans sa crinoline de vertige, huit mètres de circonférence, bleu de ciel en gaze de Chine, jupe à deux tuniques garnies chacune de trois volants en point d'Angleterre à tête de marabout bleu ! C'est Camille ! C'est la noyée ! Dragan blêmit sous l'intensité de ce regard où dansent l'orgueil et l'exaltation.

— Comment me trouvez-vous dans le rôle de mon sosie ? chuchote-t-elle à son oreille. Si vous saviez comme cela a été drôle de se faire engager ! Au début, on ne me trouvait pas si ressemblante que cela !

— Mme de Castiglione ?

— Pierson et Gamel Pacha n'ont pas su garder leur langue. Ils m'ont dit comment se recrutaient les « fausses moi ». Cela m'a amusée d'essayer... Vous rendez-vous compte ? Tous ces gens sont venus dans l'espoir de me revoir ! Pour chacun d'entre eux, je suis inoubliable !

— Mais vous êtes folle ! C'est bien trop dangereux !

— Allons ! Puisque vous êtes là, désormais... Et je connais maintenant l'assassin... Il m'a proposé de le suivre. Je dois jouer une scène... Ne me quittez pas des yeux, monsieur Vladeski, je vais vous conduire à lui !

Elle rit, emportée par la foule. Dragan hésite. Et Églantine ? Il reprend sa course jusqu'au dernier salon. La jeune fille n'y est plus. Pierson aussi a disparu.

— Dragan, vous ne devriez pas être ici. Vous allez vous y abîmer.

Lady Hortense est devant lui, à demi cachée sous son masque, jouant d'une main avec son éventail en bois de rose et, de l'autre, avec les boucles rousses de sa chevelure. Elle lui sourit, d'un sourire plein de tendresse et de mélancolie, tend sa main gantée de soie rouge et lui caresse tendrement la joue.

— Sur votre droite. Un autre salon, moins fréquenté, avec des canapés, l'intimité de lampes à demi voilées. Il vient de l'y entraîner. Dépêchez-vous.

Dragan court de nouveau. Quand il pénètre dans le salon, il cherche un couple qui se débat, quelque chose qui ressemble à un couple en lutte, avec une femme qui tenterait de s'extraire d'un corps qui la presserait de trop près. Mais, dans la pénombre, ce ne sont que des corps entrelacés et il lui faut aller de l'un à l'autre pour découvrir Églantine allongée sur un sofa profond, Pierson au-dessus d'elle, la tête plongée dans son cou qu'il embrasse. Dragan saisit Pierson par les cheveux. Il ne cherche pas à comprendre, à savoir. Il le soulève, le jette à terre, revient sur lui au moment où l'autre se relève, lui envoie son poing dans la figure, avec une telle force, une telle violence, que le photographe va percuter le mur et s'étale sur le parquet.

— Vous êtes fou !

— Dragan !

Églantine tombe dans les bras du jeune homme, l'étreint, pleure, l'embrasse à l'étouffer. Elle tremble de tout son corps.

— J'ai eu si peur ! dit-elle. Si peur, si tu savais !

Il aimerait la serrer dans ses bras. Mais c'est au-dessus de ses forces. Il reste là, inerte, les bras ballants, le cœur battant, incapable de chasser les idées terribles qui le paralysent.

— Tu ne te débattais pas, murmure-t-il. Tu te laissais faire, Églantine.

— C'est faux, voyons. Il m'empêchait...

Dragan n'a pas le temps de répondre. Pierson, qui s'est relevé, tombe sur lui avec un cri de rage, l'oblige à rouler avec lui sur la table basse, emportant dans l'élan les boîtes à cigares et les coupes de champagne. Des femmes hurlent. Des hommes éclaboussés se relèvent furieux, s'insultent, en viennent eux aussi aux mains. La panique est telle que Contrucci et ses hommes sont obligés d'intervenir en brandissant leurs cartes.

— Je dois retrouver la comtesse ! dit Dragan à Églantine. L'assassin... il va l'emmener...

Elle fait un geste vers lui mais il la fuit. Il s'extirpe de la pièce. Il est emporté par la rage et le désespoir. Il essaie de se concentrer sur la comtesse, fouille au milieu de la foule. Mais il a beau chercher, il ne la voit plus. Le sosie de la Castiglione ? lui répond Gamel Pacha, son verre à la main et son monocle tout embué. Oui, il vient de l'apercevoir, il y a quelques instants, descendant les grands escaliers.

L'intervention de la police a provoqué une panique générale et tout le monde tente de quitter le bal. La pluie qui commence à tomber dru accentue encore la désorganisation. Des valets de pied courent sous des parapluies. Des noms de cochers et des noms de maîtres sont criés dans la confusion. Des véhicules se bousculent.

Dragan s'est précipité dans l'allée. Il cherche à travers les vitres des voitures la silhouette de la Castiglione. Mais, sans doute, est-elle dans une de ces calèches qui, là-bas, franchissent déjà, à la queue leu leu, les grilles du parc. Par moments, comme un couteau qui s'enfoncerait dans son ventre, il revoit l'image des corps d'Églantine et de Pierson allongés sur le sofa. Est-il possible qu'elle se soit débattue ? Est-il possible qu'à cet instant-là, elle le repoussait encore ?

— Une crinoline bleu-argent de huit mètres de circonférence ? C'est bête, lui dit le voiturier, vous venez de la rater. Ils sont partis à l'instant, elle et son compagnon.

Je peux peut-être les rattraper ! pense Dragan.

— Une minute, monsieur Vladeski !

Contrucci et ses hommes sont devant lui et lui barrent la route. L'un deux tient solidement Églantine par un poignet. Le policier paraît furieux.

— J'aimerais bien que vous m'expliquiez ce que vous faites ici, comment vous connaissez cette jeune personne qui est arrivée à ce bal dans le même cortège que la fausse Castiglione ! Et surtout, monsieur Vladeski, je voudrais bien comprendre pourquoi vous avez provoqué ensemble cette diversion qui a permis à l'assassin de s'enfuir !

2.

L'averse crève, déverse la furie de ses eaux. Le fiacre roule à travers la forêt. Il est passé sans encombre, juste à temps avant d'être bloqué par l'embouteillage des autres voitures. L'homme allume un cigare. La flamme éclaire un pan de son visage. Son œil gris se pose sur sa voisine.

— Vous êtes hallucinante de vérité, dit-il. Avec vous, je n'ai pas besoin de faire beaucoup d'effort. Et la scène était très bien jouée.

Elle esquisse un sourire, à peine une inflexion légère de ses lèvres. Elle s'est adossée, presque affalée sur la banquette de la voiture. De tous côtés, sa robe remonte, l'absorbe, la digère lentement, referme ses pétales sur elle comme une plante carnivore qui voudrait la digérer. Et elle prend plaisir à se laisser lentement tomber au fond de cette toilette merveilleuse : bleu de ciel en gaze de Chine sur crinoline ronde de huit mètres de circonférence, jupe à deux tuniques, garnies chacune de trois volants en point d'Angleterre à tête de marabout bleu, parure en opales et turquoises, coiffure de plumes rouges et bleu roi. Quand, dans l'après-midi, Mlle Annabelle a sorti la crinoline, Virginia Oldoïni n'en a pas cru ses yeux. La même robe, exactement la même robe ! Et dès qu'elle l'a passée, elle s'est sentie revivre, redevenir la Castiglione ! L'Unique ! La Divine ! La comtesse aux coiffures tapageuses, aux robes de sortilège !

Il essuie son binocle, l'ajuste soigneusement sur son petit nez. Puis il se penche par la vitre de la portière. Elle en profite pour le regarder. Ainsi, c'est lui ? Elle aurait dû s'en douter. Elle se dit que cela fait maintenant longtemps qu'elle ne le regarde plus ainsi. Cet homme l'a aimée incontestablement bien plus que tous les autres. Il a tué pour elle. Elle est émue de constater qu'il a revêtu exactement les habits qu'il portait ce soir-là : pantalon retroussé, gilet à fleurs, courte jaquette, cravate blanche. La chaîne d'une montre sort de la poche de son gilet. Il serre contre lui sa canne et ses gants. Elle cherche au fond d'elle-même quelque chose du temps où elle l'aimait encore. Encore ? L'a-t-elle jamais aimé ? D'ailleurs, a-t-elle jamais aimé ?

— La pluie redouble, entendez-vous, Nicchia ? Paris a disparu. On n'arrive plus à distinguer au-delà de la vitre... Il n'y a plus que nous. Plus que nous deux dans cette voiture. Le reste n'existe pas, n'a jamais existé... Nous sommes là peut-être depuis toujours, vous et moi. Avec simplement parfois, qui nous traverse l'esprit, la sensation que nous avons vécu d'autres choses, croisé d'autres gens. Mais peut-être n'est-ce qu'une illusion. Rien que vous et moi. Depuis toujours. Ici, dans cette voiture qui roule depuis une éternité...

Elle n'a pas peur. Les mots qu'il lâche n'ont aucun sens. Ils tournent autour d'elle, comme des papillons autour de la lumière. Elle peut sentir jusqu'au souffle de leurs mouvements d'ailes. Il suffit d'attendre qu'ils s'enflamment, que, les ailes en feu, ils tombent en torche sur le sol.

Elle regarde à son tour, confusément, à travers les glaces ruisselantes du fiacre. Ils ont rejoint la capitale et filent le long des avenues. L'asphalte mouillé réfléchit en coulées d'or les tremblements des lampadaires. L'œil danse hypnotisé par ces rondes lumières qui, sous la pluie, s'égrènent en double rang, se rejoignent au bout de l'avenue droite comme les gemmes d'un collier flamboyant.

Ses initiales sont gravées sur sa canne. Elle avait presque oublié son nom. Il a si parfaitement joué son rôle comme il le lui avait promis. Il s'est si bien effacé. Et pourtant, il a tué pour elle. Et à l'imaginer, dans l'œil la lueur assassine, dans la main la lame de son sabre, sur son plastron l'éclaboussure du sang de ses victimes, un instant, il lui vient l'illusion qu'il est un autre, inconnu, dangereux, séduisant. Elle sent monter en elle une terrible excitation, un désir de souffrir et de faire souffrir, de mettre à mort, une envie de rouler avec lui, là, sur la banquette, comme dans un combat de fauves, d'affronter dans l'étreinte ce corps où il fera bon, peut-être, planter ses griffes, mordre avant qu'il ne vous morde.

Mais l'idée ne tient pas la route. Ce n'est pas à elle que cet homme s'est attaqué. Tout au contraire, il a reculé, l'a évitée, a rompu avant le combat et, lâche, il est allé s'en prendre à de pauvres répliques, à des filles sans défense qu'il a grimées et mises à mort sans qu'elles n'aient aucune chance de s'en sortir. Virginie en pleurerait presque. Dégrisée, il lui semble qu'elle s'affaisse dans sa crinoline, retombe comme un soufflet. Elle n'a plus pour son voisin que du mépris et de la haine, ne lui porte plus que l'intérêt qu'un enfant cruel porte à la mouche qu'il vient d'attraper et dont il projette d'arracher les ailes.

— Nous arrivons, dit-il. Vous devrez simplement rejouer la scène.

3.

Avant de les interroger, Contrucci a donné des ordres pour bloquer la sortie des voitures. Ses hommes entreprennent de fouiller un à un les véhicules dans l'espoir que la crinoline bleu-argent soit encore coincée dans le parc. Dragan est furieux. Il insulte le policier, lui hurle que le temps presse. Contrucci, lui, entend ne pas perdre son sang-froid. Ce n'est que lorsqu'il a la certitude que son dispositif est en place qu'il revient vers Dragan pour obtenir des explications. Il met du temps à comprendre tant les propos du jeune homme sont confus. Mais quand il réalise, malgré son teint hâlé, on le voit nettement blêmir. La véritable Castiglione ? Partie avec l'assassin ? Vous rendez-vous compte, a-t-il murmuré, ce qu'il va advenir de nous si demain matin nous la retrouvons la gorge tranchée ? Et pas la moindre piste ? Pas la moindre idée de l'identité de cet homme et de l'endroit où ils ont pu aller ?

— Mlle Annabelle ! a lâché soudain Églantine. C'est elle qui recrute les fausses Castiglione. Elle doit connaître le nom de son commanditaire !

— Elle doit être encore bloquée ! hurle Contrucci. Il faut de nouveau fouiller les voitures. Vous, dit-il à Églantine, vous m'accompagnez pour l'identifier.

Les deux jeunes gens échangent un regard de désespoir. Cela ne peut pas se finir ainsi, séparés sans même avoir eu le temps de se parler ?

Dragan se retrouve seul, sur le perron de l'escalier. Les éclairs zèbrent le ciel, lacèrent la nuit, révélant de temps en temps le spectacle grandiose des voitures immobilisées, des chevaux trempés par la pluie, des cochers en ciré et chapeaux hauts-de-forme luisant sous l'orage. Rien ne s'est passé comme il l'avait espéré.

Et puis il sent une main qui prend la sienne, une main douce, tiède qui vient se lover dans sa paume. Lady Hortense lui sourit, l'index posé sur ses lèvres. Elle lui fait signe de la suivre, discrètement, sans attirer l'attention des policiers qui restent sur les marches, attentifs à suivre, là-bas, entre les voitures, la fouille désespérée que mène leur chef en compagnie d'Églantine.

Elle lui fait regagner le hall, l'entraîne dans un couloir, le fait déboucher de l'autre côté du bâtiment, en haut d'un escalier plus petit au bas duquel l'attend la voiture de Gamel Pacha. L'Ottoman, un grand sourire sur son visage de gros chat, lui fait signe de la main.

— Venez Dragan. Il y a de ce côté-ci une autre sortie. Et j'ai une bonne nouvelle pour vous : je connais aussi l'identité de l'homme avec qui Virginia est partie.

4.

L'homme lui a ouvert la porte et Virginia s'est avancée, majestueuse, hautaine, sûre de son pouvoir sur lui, persuadée que rien ne peut lui échapper, si belle dans cette robe bleu de ciel en gaze de Chine, jupe à deux tuniques garnies chacune de trois volants en point d'Angleterre à tête de marabout bleu, parure de plumes rouges et bleu roi. Mais sur le seuil, elle s'est figée, soudain fragile, démunie. Elle l'a regardé furtivement, incrédule, désorientée.

La salle est immense et froide, avec un plafond très haut fait d'armatures de fer et de verrières compliquées comme des ailes d'insectes, sur lesquelles la pluie tombe en continu et lâche sa musique furieuse et monotone. Éclairés à demi par des bougies, des mannequins d'osier ponctuent l'immense espace, tous, grossièrement habillés, les hommes, de vestes à brandebourgs, d'uniformes et de fracs, les femmes, de robes fânées dont les dentelles pendent. C'est le bal, son bal, celui du 29 janvier 1856, figé dans le temps et la poussière ! Comme une photographie de cet instant précis où son destin a basculé, une image en trois dimensions où elle peut s'avancer, se promener !

Elle a repris sa course lente, a délaissé l'homme. Elle est allée vers les mannequins, un à un, a tourné autour d'eux, a constaté leur élégance grotesque – eux, moustaches de paille en forme de vibrisses de chat, monocle ébréché encastré dans l'orbite, les traits grossiers dessinés au charbon, yeux ébahis qui l'inspectent, sourcils froncés par la colère ; elles, en poupées cassées et défraîchies, toilettes aux dentelles jaunies, aux étoffes froissées, mimiques foudroyées. C'est une photographie, oui, a-t-elle pensé, mais une photographie qui n'aurait pas bien fait son office de fixer les choses et les êtres pour l'éternité, une image à la chimie contrariée, dont les couleurs passent et coulent, dont les contours se brouillent. Elle s'avance, tend les mains, caresse la joue des mannequins.

Comme ils ont vieilli ! Elle les reconnaît, un à un, une à une, Mme de Pourtalès, la comtesse Walewska, Mme Rimski-Korsakov... et là, le comte de Morny, le prince Joseph Poniatowski, le marquis de Villamarina... Elle glisse lentement au milieu de ces souvenirs, de ces scènes figées que la poussière voile légèrement, pareille à ce papier vergé qu'il lui faut soulever quand elle feuillette ses albums de photographies. Elle est bouleversée de les voir, ainsi décomposés, momies dressées, comme en putréfaction.

Et puis elle s'aperçoit, à son tour, dans les grands miroirs, spectre éclairé par-dessous, par les bougies. Elle s'aperçoit, avec ses yeux cerclés de noir, ses lèvres maquillées, ses cheveux fatigués tordus en fagot sur la tête. Elle n'est plus cette jeunesse, aux épaules rondes, aux formes pleines, à la chair crémeuse et lisse, cette beauté éclatante qui ce soir-là s'était avancée. Elle n'est qu'une femme rafistolée, peinte, recluse, écrasée sous les trompe-l'œil et les subterfuges. Même sa toilette a vieilli. Elle la voit pour ce qu'elle est, robe désuète, datée, grotesquement encombrante avec sa crinoline de huit mètres de circonférence, ridiculement surchargée de ses volants en point d'Angleterre et de marabout bleu. Elle s'aperçoit et des larmes coulent de ses yeux.

Les deux syllabes – « Nicchia » – se détachent dans le silence de la salle vide. Elle l'avait presque oublié. Elle se retourne et le regarde. Lui aussi semble fatigué, usé, las de lutter contre le temps qui ne veut pas s'arrêter. Il a des rides et des cheveux blancs. Il parle avec le souffle court, un débit un peu haché, comme s'il n'avait plus beaucoup de temps pour s'exprimer. Vois, dit-il, j'ai fait comme nous avions convenu. J'ai quitté ma femme et mes enfants et je t'ai rejointe.

Pour toi, j'ai trahi mes frères, pour toi, j'en ai oublié jusqu'à mon honneur. Il la supplie de le suivre, d'abandonner cette vie parisienne où elle se perdra. Il lui dit que si elle ne le suit pas, il en deviendra fou, qu'il se tuera, qu'il la tuera. Comme nous sommes semblables ! pense-t-elle soudain. Cette nuit du bal, les heures ont creusé un sillon plus profond qu'à l'ordinaire, une sorte d'ornière où ils sont tous les deux tombés, où ils se sont tous les deux enlisés avec plus ou moins de complaisance. Elle et lui, ils ont tenté, leur vie durant, de figer le temps et de l'arrêter, elle pour revivre cet instant et lui pour le modifier. Elle, en semant son image sur les photographies de Pierson, en cristallisant sa beauté dans des poses qui demeureront pour l'éternité et lui, en reconstituant toujours la même scène, avec une Castiglione toujours aussi jeune et fraîche.

Elle joue le jeu jusqu'au bout. Elle réitère les mots exacts qu'elle a prononcés ce soir-là, tels qu'elle les a retrouvés dans le texte qu'il lui a fait passer. Était-elle bien aussi cruelle que cela, en ce temps-là ? Oui, sans doute, pense-t-elle. Je voulais qu'il comprenne, qu'il ne vienne pas se mettre sur ma route. Alors, elle répète que, pour elle, tout cela n'a été qu'un jeu, qu'elle ne l'a jamais aimé, que c'est l'amour et non lui qu'elle aimait dans l'amour qu'il lui a porté, qu'elle a joué avec les trois frères, qu'elle s'est bien amusée, mais qu'ils ne font pas le poids, surtout lui, Marcello, avec sa sensibilité de pacotille, son ambition de vie potagère à l'ombre d'un amour tiède et fade. Elle voulait une vie de fête et de vertige et des amants, plus forts, plus riches et plus beaux.

Il gémit, sourit tristement. Ils sont seuls, elle et lui, dans cette pièce immense. Seuls, avec tous ces fantoches en osier qu'il a affublés d'uniformes et de robes de bal. Elle attend qu'il se soit placé, qu'il pousse vers elle le mannequin sur roulettes qui porte l'habit de l'Empereur. Napoléon ! Elle ne fait pas beaucoup d'efforts pour délaisser Marcello, pour ne plus se préoccuper que du pantin qui est devant elle... yeux grossièrement dessinés, moustache en crin, décorations sur la veste blanche, tricorne... Napoléon ! Les larmes lui viennent. Tant de fois, elle a rêvé, elle aussi, de revivre cette scène, de sentir de nouveau sur elle les yeux de la foule entière tandis que l'Empereur s'avance lentement pour la désigner comme sa favorite, d'autres diraient sa putain ! Que de regards sur elle d'envie et de mépris mêlés ! Alors, elle lui sourit, pleine de tendresse, lui, inclinant sa tête en osier de côté et plissant ses yeux dessinés dans la pénombre, elle, toute frissonnante de plaisir, la silhouette fragile et offerte.

La pluie n'a pas cessé sa musique de colère, ses notes furieuses sur les vitres, couvrant les sanglots étouffés de l'homme et le lent sifflement de la lame qui sort de la canne.

Chapitre XXVI

1

À Passy, le numéro 50 de la rue Nicolo, une maison sur rue précédée d'un jardin. La pluie se déverse sur la grille, noie l'allée de graviers, crible les tilleuls qui gardent la cour demi-circulaire, danse une sarabande crépitante sur l'eau du grand bassin-rocaille. Toute la façade haute et froide ruisselle de haut en bas. La voiture de Gamel Pacha a traversé Paris sans aucune difficulté. Dragan bouscule la petite bonne qui a fini par venir lui ouvrir, en grommelant sous son parapluie. Il s'engouffre dans le hall, parcourt en courant les grands salons déserts. Puis il revient sur ses pas, saisit la femme par les épaules au moment où, trempée, elle rejoint à son tour le vestibule. Il la secoue comme une salade que l'on égoutte.

— Lorenzo et la comtesse, les avez-vous vus ?

— Presque chaque jour.

— Ne plaisantez pas. C'est une question de vie ou de mort !

— Encore ?... Euh... Non, pas ce soir.

— Avez-vous une idée où Lorenzo peut être ?

— Non, monsieur.

— Les appartements de Lorenzo, vite ! Montrez-les-moi.

— Il y a bien une chambre toujours prête pour lui, mais il ne loge pas ici...

Elle comprend que Dragan n'est pas d'humeur à discuter. Elle le conduit au fond d'un couloir, derrière la cuisine, jusqu'à un petit bâtiment qui doit être accolé aux écuries. C'est une pièce assez grande mais mansardée avec des poutres apparentes, d'un bois noir, qui semblent vouloir dessiner au plafond les rails d'un chemin de fer. Il y a un râtelier de cannes dans la porte d'entrée, toutes à poignée verte torsadée, au mur des crucifix portant des christs morts, sur des étagères des livres jaunes à tranche rouge, rangés et nets comme les heures qui doivent découper la vie monacale du majordome en exercices mornes de l'aube jusqu'à la nuit. Une fenêtre est restée ouverte sur le jardin et laisse entrer le bruit de la pluie et l'odeur forte de la terre mouillée. Dragan cherche désespérément un indice qui pourrait le conduire quelque part. Lorenzo, le coupable ? Gamel Pacha est formel. C'est bien le majordome de la comtesse qui est parti avec elle du bal. Mais pourquoi ? Comment ? Dragan ouvre des tiroirs, découvre des piles de chemises soigneusement pliées, des paires de gants en chevreau blanc, des boutons de manchettes dans leur coffret. Et puis un album avec des images de la Castiglione. Non pas des photographies, mais des dessins, au fusain, des silhouettes à peine esquissées, quelques grands traits noirs qui pourtant, sans une hésitation, représentent la comtesse.

— Eh bien, dit une voix derrière lui. Je suppose, monsieur Vladeski, que vous avez une excellente raison de vous introduire chez moi en pleine nuit.

Drapé dans une robe de chambre rouge brodée de fils d'or, un cierge d'une main, un livre ouvert de l'autre, le comte de Castiglione se tient droit devant Dragan. Des lueurs fauves tremblent aux angles de sa face creuse et sur les bosses de son crâne tourmenté. Dragan se précipite sur lui et lui explique en quelques phrases confuses que Lorenzo, leur majordome, pour une raison que lui-même ignore, va tuer Virginia cette nuit.

— Voilà qui me surprend beaucoup, monsieur. Non pas qu'il n'y ait pas de bonnes raisons de vouloir égorger mon épouse. J'en ai moi-même à foison. Mais si Lorenzo avait pareille pensée, voilà longtemps qu'il l'aurait mise à exécution.

— Il l'a fait, monsieur, et à plusieurs reprises. C'est lui l'assassin des sosies de votre épouse. Et si, ce soir, il va commettre ce crime, c'est qu'il croit encore avoir à faire seulement à quelqu'un qui lui ressemble beaucoup.

Quelque chose saute dans les yeux du comte. On y devine tout un calcul, un travail intense où se pèsent des arguments et où d'autres s'échangent.

— On les a vus partir ensemble, ajoute Dragan. L'un et l'autre dans les mêmes costumes qu'au soir du bal du 29 janvier 1856. Elle portait la crinoline, la crinoline bleu azur, à double tunique et à marabout bleu. C'est dans cette tenue que les autres filles sont mortes.

— Suivez-moi, dit le comte. Je sais où il l'a emmenée.

C'est adossé à la banquette de la voiture de Gamel Pacha, avec à sa droite le vieil Ottoman et en face de lui Lady Hortense et Dragan, dans la demi-pénombre des lanternes attachées aux portières, malgré le cahot des pavés, alors qu'ils filent vers l'adresse qu'il a indiquée, que le comte raconte ce qu'il sait.

— Lorenzo est attaché à mon épouse depuis plus de dix ans. Je l'ai trouvé installé ici à l'un de mes retours d'Italie. Je l'ai tout de suite reconnu. C'était bien, comme Virginia aimait à le présenter, un de ses amis d'enfance, originaire comme elle de La Spezia. Mais son vrai nom est Marcello Doria.

— Marcello Doria ! répète Dragan, ébahi.

— Oui, poursuit le comte, l'un des trois fils du marquis Giorgio Doria dont le palais jouxtait celui des Oldoïni. Sans doute a-t-il été l'amant de Virginia, comme chacun des fils Doria, l'été de 1855, celui qui a précédé ma nomination à Paris. C'est pour cette raison que j'ai cru, dans un premier temps, que cet emploi ridicule de majordome n'était qu'un paravent, pour que Virginia et lui puissent s'aimer à demeure en respectant un minimum les convenances.

— Mais ce n'était pas ça ?

— C'était pire. Éconduit, Marcello avait convaincu Virginia de le garder auprès d'elle, comme un esclave, l'avait sans doute suppliée de lui laisser au moins ça, quel que soit son mépris, quelle que soit l'humiliation constante de la servir et d'assister, en pleine souffrance, à sa vie dissolue, être son ombre et veiller chaque jour sur elle.

— Mon Dieu ! murmure Lady Hortense en profitant de la pénombre pour saisir la main de Dragan... Comme il a dû souffrir.

— Oui, dit le comte. Virginia a été sans aucune pitié. Et je dois vous avouer, madame, que, dans ma propre souffrance, le constat de celle de Marcello Doria, bien supérieure à la mienne, m'a été d'une grande aide pour survivre.

— Où nous emmenez-vous ?

— Au temps où je soupçonnais Marcello d'être l'amant de ma femme, au temps où ma jalousie avait encore un sens, je me suis renseigné sur lui. Il a acheté un domaine, derrière l'ancienne barrière d'octroi, où il se retire à ses rares moments de repos. C'est un endroit discret, avec des serres et des hangars, à l'écart, un endroit idéal pour mener à bien de coupables actions...

2

Le sifflement de la lame l'a fait se retourner. Un demi-tour magnifique d'énergie et d'assurance, un mouvement de reine, épaules droites, bassin houlé, et, dans les yeux, des lueurs cruelles et sauvages. Lorenzo est décontenancé. Car cette femme qui se dresse devant lui, celle-là, il ne peut plus refuser de la reconnaître. Il reste là, hébété, son geste suspendu. La comtesse vient sur lui, les yeux brillants, dans toute la splendeur de sa crinoline de huit mètres de circonférence, bleu de ciel, à double tunique, point d'Angleterre et marabout bleu. Elle avance et sa robe ramasse, ainsi que des feuilles tombées, tous ces gris sur les mannequins qui s'accrochent, en filaments, au tissu bleu et blanc de sa toilette, se disloquent en longues toiles d'araignée – gris cendré, gris rose thé, gris givre, gris dragée, gris orage, graphite –, tous ces gris qui recouvraient comme un linceul les silhouettes des invités. Et tous, dans son élan, retrouvent leur jeunesse et leur envie de mordre, de vivre et de faire souffrir.

— Eh bien, dit-elle, vois, Marcello. Je suis prête, cette fois, à t'écouter. Je vais prendre le temps d'entendre chacune de tes paroles.

— Madame la comtesse... Est-ce vous ?

— Alors, qu'avais-tu de si décisif à me dire ? Vas-y Marcello ! Ce n'est pas à de pauvres filles que tu as à faire ce soir. Tu as Nicchia en face de toi, cette jeune femme insouciante, encore tout à l'ivresse de découvrir ses pouvoirs sur les hommes, aveuglée par les lumières de cet empire nouveau qui se lève. Qu'as-tu à lui dire qui pourrait la faire changer d'avis ?

Elle n'a plus de pitié pour lui. Que du mépris. Et ce qu'elle souhaite le plus ardemment à cet instant précis, c'est l'humilier comme jamais. Comment a-t-il pu croire qu'elle pourrait être séduite par un homme comme lui ? À La Spezia, ils étaient si jeunes ! Ils s'étaient promis l'un et l'autre de quitter leurs époux respectifs pour vivre une vie d'amour et d'aventure. Mais comment a-t-il pu y voir autre chose qu'un de ces serments qui s'évaporent aussitôt qu'on les dit ? Quand le comte de Castiglione avait été nommé à Paris, lui, Marcello, avait tenu sa promesse, avait abandonné sa femme et ses enfants et l'avait rejointe. Il s'était fait inviter au bal des Tuileries pour lui faire la surprise. Mais, ce soir-là, elle avait été remarquée par l'Empereur et elle avait choisi de devenir sa maîtresse, sa favorite. Tout autre que lui aurait compris cela. Mais lui, sans doute, a-t-il pensé que, simplement, il n'avait pas su trouver les mots ce soir-là, que, peut-être, en rejouant la scène, encore et encore, il y aurait une fois où elle, Virginia, sortirait du texte écrit et aurait pitié de lui. Une fois où elle repousserait les avances de l'Empereur pour le préférer, lui. Le pauvre sot !

— Je suis Nicchia, Marcello ! Que peux-tu me dire pour que je t'aime à nouveau ?

Il la regarde. Elle est celle-là qu'il a servie, celle-là qu'il a adorée et détestée si fort, celle-là qui l'a poussé à tuer ces pauvres filles. Elle veut qu'il se jette à ses pieds, qu'il lui dise qu'elle est l'Unique, la Divine et qu'on peut perdre la tête à force de la désirer. Il ne lui donnera pas ce dernier plaisir.

— Voilà longtemps que Marcello Doria ne vous demande plus de l'aimer. Depuis ce soir-là, ce bal du 29 janvier, il a perdu l'espoir de vous reconquérir. Il en a perdu même le désir. Ce n'est pas Marcello qui est resté près de vous. Marcello, vous ne le méritiez pas. C'est Lorenzo. Et lui, il ne vous aime pas.

— Allons, je sais pourquoi tu es resté, Marcello. Parce que tu m'aimes comme un fou.

— Si Marcello était encore de ce monde, il vous expliquerait combien c'est faux. On ne peut aimer une femme comme vous, madame. Quelque temps, oui. Comme l'a fait l'Empereur et d'autres après lui. Mais cela ne peut être qu'éphémère.

— Tu mens, Marcello ! Tu es resté !

— Les hommes vous fuient, madame. Ou alors, ils deviennent comme ces mannequins ou comme moi, Lorenzo. Des êtres morts, sans désir et sans vie.

— Mais tu as tué d'autres femmes, Marcello. Par amour !

— Non, madame. C'est par manque d'amour que moi, Lorenzo, j'ai tué ces femmes. Une nécessité pour continuer à devenir un moins que rien et, ce faisant, à vous attirer dans ma chute.

— Et ces filles assassinées...

— Rien d'autre que des images de vous que je déchirais.

Il la défie. Pour la première fois depuis longtemps, il se dresse devant elle. Et à deviner que ses mots la touchent, qu'il peut encore susciter chez elle autre chose que de l'indifférence, il en pleurerait de joie. Il sait maintenant qu'il n'a pas tué ces filles pour rien. S'il l'a fait, c'est à cause d'elle. Elle en porte la honte, le déshonneur. Chaque fois qu'il a tranché une gorge, c'est elle qui en a été éclaboussée. Et elle, sans deviner très exactement ce qu'il pense, elle sent qu'il se redresse, qu'il se lève devant elle comme tous ces hommes qui depuis toujours l'abaissent de leur amour terrible, inhumain, trop fort, trop anormal pour qu'elle les aime en retour. De rage, elle se précipite sur lui. Elle se précipite sur lui sans souci de cette lame qui s'interpose entre eux.

3

Ils arrivent tous en même temps, par les deux bouts de l'avenue, la victoria de Gamel Pacha et le fiacre noir de la police, avec le fracas des roues dans les flaques, les robes lustrées des chevaux et les lumières des lanternes qui flottent sous la pluie. Dragan a sauté de la voiture et il faut un court instant à Contrucci et à ses hommes, descendus à leur tour du fiacre, pour le reconnaître sous la bruine et abaisser leurs armes.

— Ils sont sûrement là ! dit Dragan en désignant une grande verrière à travers laquelle semblent palpiter des lueurs de torches. Dépêchez-vous, il va la tuer !

Il laisse les policiers, suivis du comte de Castiglione, courir jusqu'au bâtiment. Lui, c'est quelqu'un d'autre qu'il cherche. Églantine est bien là, à l'intérieur du fiacre, surveillée par un autre sergent de ville, en compagnie de Mlle Annabelle dont on a menotté les mains. Quand elle l'aperçoit, son visage se fige dans une expression de surprise, de joie et de crainte mêlées et son corps semble vibrer d'un long frisson comme si elle avait eu l'envie de se lever pour se jeter dans ses bras et qu'elle s'en était au dernier moment retenue. Lui, il ne sait trop que lui dire. Il la fixe de son regard de chien battu, accablé et en colère, non pas tellement contre elle mais contre lui, à se sentir si impuissant, si peu capable de réfléchir posément et de lui dire les mots qu'elle doit vouloir entendre.

— Je voulais me défendre, je te jure, murmure-t-elle enfin.

Et ces mots lui déchirent le ventre. Elle voulait ? C'est donc qu'elle ne l'a pas fait ? C'est donc qu'elle n'en a pas eu la force, le courage ? C'est donc que quelque chose, au fond d'elle, s'y est opposé ? Il sent que ce qui restait encore solide en lui est en train de s'écrouler. Et peut-être se serait-il, en effet, disloqué sur place, s'il n'y avait pas, de nouveau, cette main d'une grande douceur qui vient se poser sur son épaule, la même qu'une heure plus tôt, quand, pareillement, il était dans le trouble de voir Églantine s'éloigner de lui. C'est Lady Hortense. Sous la pluie. À peine protégée par l'écran dérisoire de son ombrelle qui croule sous les gouttes.

— On n'entend rien, dit-elle. Voilà plusieurs minutes que Contrucci et ses hommes sont entrés et il n'y a aucun bruit, aucune agitation.

— J'y vais, dit Dragan. Restez ensemble et ne prenez aucun risque.

Et il monte vers la verrière, le corps projeté en avant, mais l'esprit et le cœur qui se traînent et restent derrière lui.

4

Châles filés, écharpes sales, foulards froissés sur les amples raideurs des paniers, ceintures-corselets en toile jaunie, fanons de baleine cassés, chemisiers délacés dans le dos. Chapeaux où se balancent des plumes brisées, des fleurs pâlies sur des tiges de laiton dont on voit le métal. Tout d'une élégance grotesque. Une assemblée de monstres difformes, de morts-vivants relevés du tombeau.

La comtesse de Castiglione a la face figée, creusée dans de la cendre, la bouche bée, livide, sous des yeux en extase, blancs, comme crevés. Sur son visage, il y a pourtant des lueurs de fête, un sourire triste et suspendu, une pâleur d'une élégance délicieuse. Des reflets de cire courent sur son cou, sa poitrine et ses hanches. Dans sa tête, sans doute, elle danse, tourne dans les lumières, dans l'enivrement de la musique que l'on n'entend pas, se perd dans le tourbillon de la valse arrêtée, cherche les compliments, les frôlements énamourés des mannequins immobiles et muets. Elle porte une robe magnifique, une crinoline bleu de ciel, à double tunique, surchargée de volants en dentelle d'Angleterre et aux bouts ornés de marabout bleu. Elle semble heureuse, satisfaite d'avoir encore arraché à l'oubli ces instants de grâce supplémentaires, de les avoir volés à l'ennui éternel où depuis tant de temps elle se morfond, presque reconnaissante envers l'homme qui l'a emmenée jusqu'ici. Lui, couché dans ses bras, l'œil sévère et la mâchoire crispée, il se contente d'écouter la pluie qui mène sa danse frénétique sur le plafond vitré de la verrière. La lame de sa canne à poignée verte torsadée est enfoncée profondément dans son ventre. Une large tache de sang a maculé son habit à la française, son gilet blanc et même sa cravate de la même couleur. Il est mort et, à jamais maintenant, elle le gardera contre lui. Et elle se dit que c'est cela qu'elle aurait dû faire pour les autres, et l'Empereur le premier, les tuer et les garder dans ses bras, pour qu'ils ne partent plus, pour qu'ils ne lui échappent pas.

Derrière eux, dans un recueillement de bergers de crèche, à peine plus vivants, à peine moins émerveillés et effrayés tout à la fois, des hommes sont debout, immobiles et silencieux. Ils attendent quelque chose, un signe, un geste, un mot peut-être pour bouger. Il y a là le comte de Castiglione, Contrucci, membre de la police secrète de l'Empereur, deux sergents de ville et un jeune homme grand et élancé, à l'élégance naturelle, le seul, peut-être, avec sa belle silhouette de liane tropicale, dont la présence ne jure pas sous la verrière. Il faut l'entrée des deux femmes – la première, chevelure rousse et prunelles violettes, crinoline projetée dont l'acajou sombre et épais est aéré de plis Watteau, la seconde, yeux de lavande, cheveux blonds tordus en chignon, robe à volants en taffetas gris fer cerclé d'ornements noirs – pour que l'équilibre fragile de la scène se disloque. Les personnages, alors, bougent comme les pièces d'une partie d'échecs qui s'accélère. Un sergent de ville se retourne. Le comte sursaute. Lady Hortense et Églantine, à la découverte du mort, se serrent l'une contre l'autre. Dragan fait un pas vers elles, s'immobilise. Contrucci s'avance vers la Castiglione, lui saisit doucement le bras.

— Allons, madame, il faut nous suivre.

Églantine fait à nouveau un pas, suivie aussitôt de Lady Hortense qui lui donne le bras. Dragan en tente deux. Il n'est plus qu'à un mètre d'elles.

— Églantine, dit-il. Vois. Tout est fini. Et, en conséquence, tout recommence. J'ai deux billets de train Paris-Le Havre. Pour après-demain. Le rapide du soir. Gare Saint-Lazare. Un clipper nous attend au Havre dès le lendemain... Le Canada... Et après, les États-Unis d'Amérique.

— Églantine est fatiguée, dit Lady Hortense. Nous avons convenu qu'elle viendrait se reposer quelques jours chez moi.

— Je vais partir, reprend Dragan. Loin d'ici. Loin de tout cela. J'aimerais bien que cela soit avec toi. Je t'attendrai... Après-demain soir... N'oublie pas. Gare Saint-Lazare.

Elle lui sourit, d'un sourire plein de tristesse et, sans doute, riche de tas d'autres choses, mais il ne saurait déchiffrer quoi. Elle lui sourit, donc, mais ne lui répond pas.

Épilogue

1

Il est arrivé avant l'heure, bien avant l'heure, avec le secret espoir qu'elle aura fait de même et, dès lors, incapable de laisser perdre ces minutes si précieuses en sa compagnie. Il a tout de suite été happé par la furie de la gare, le tumulte de cris, d'appels, de sifflements et de sonneries, le roulement des chariots chargés de bagages, les camelots qui vendent des journaux, des montres, les cochers qui cherchent des facteurs pour leurs clients. Il a laissé d'abord ses malles à la consigne et a erré dans le hall, dans la salle des pas perdus, jusqu'à l'orée des quais, le cœur battant à la vue de chaque silhouette qui aurait pu être la sienne. Puis il a fait enregistrer ses propres malles de voyage, rue d'Amsterdam, pestant contre la queue, contre l'employé peseur qui se perdait dans les poids, a refait un tour jusqu'aux quais, au cas où, a fini par commander une absinthe, au café Durand, rue Saint-Lazare, en face de la gare. Et il est resté là, attendant l'heure, le regard perdu dans le ciel noir au-dessus des Batignolles où viennent se perdre les fumées rousses, déchiquetées, des locomotives.

Elle ne viendra pas, a-t-il pensé. Elle a déjà choisi une autre vie.

2

Regardez-les monter l'escalier de l'Opéra, ensevelies sous leurs manteaux d'hermine, sous leurs robes d'étoffes merveilleuses, sous leurs nuées jalouses de soie noire ! Ne sont-elles pas magnifiques ? Regardez-les, la tête étoilée de fleurs et de diamants, le bout du gant posé sur la manche de leur cavalier dans toute l'insolence de leur beauté, de leur jeunesse et de leur luxe... Grandes dames volant au-dessus des convenances, irrégulières de franche volée, demi-mondaines avides de déchirer de leurs mains frémissantes les derniers lambeaux de leur dignité déchue, elles grimpent, modernes, sensuelles et provocantes, voilées et dérobées, la tête en arrière et le profil intrigant. Elles montent, riantes et chaloupées, leurs silhouettes doucement lumineuses, éclairées de lueurs de veilleuse et de reflets d'alcôve. Elles sentent le musc, le désir et la nuit.

Beaucoup des hommes qui leur tournent autour sont des étrangers, des rois, des princes, des capitaines d'industrie accourus du monde entier car, du Douro à la Volga et de l'Elbe au Danube, tous s'entendent pour considérer qu'aucune fortune, qu'aucun pouvoir, qu'aucun royaume ne vaut le plaisir de monter ces escaliers à leur côté.

Comment la mode se diffuse dans le Paris du Second Empire ? C'est là, un soir de première, que tout commence. Ces silhouettes évanescentes jettent leurs extravagances. Telles des pierres dans une eau tranquille, leurs audaces, de ce point central, lancent en cercles concentriques leurs ondes rondes et les laissent partir loin d'elles, s'élargir et se poursuivre jusqu'aux confins de la capitale. Regardez-les monter, vous dis-je ! Voyez Lady Hortense, avec la moire de ses étoffes claires sur ses épaules nues, sa chevelure rousse pleine de scarabées ; voyez Lili Boucle et ses bijoux de laque noire, vernissés comme des feuilles de houx ; voyez Olympia Doll, la belle créole, drapée dans une cape délicate, nervurée de la même dentelle blanche que celle qui orne son éventail, son ombrelle incongrue à cette heure du soir, ses gants et son mouchoir. Demain, les femmes du monde les imiteront ; elles tanneront leurs couturières, leurs coiffeurs et leurs bijoutiers pour qu'ils leur forgent les mêmes merveilles. Elles-mêmes seront copiées, imitées. Un jour, elles constateront que leurs toilettes se sont répandues dans la bourgeoisie et voudront les abandonner. Alors, affolées, en quête de nouveautés, elles se tourneront de nouveau vers ces scandaleuses. Elles les épieront quand elles monteront, comme ce soir, de nouveau les escaliers majestueux de l'Opéra. Elles les envieront, ces Lady Hortense, Lili Boucle, Olympia Doll ou, tenez, cette petite nouvelle, pas très grande et un peu ronde, mais si belle avec son sourire de lune, et, dans ses yeux, comme des poignées de diamants jetées sur un champ de lavande.

3

Les marchandes de fleurs et de journaux, le billet poinçonné par le contrôleur, les sous-facteurs transportant des malles, les tronçons de train dormant sur des voies de garage, le flot des voyageurs le long du quai, armés de leurs couvertures de voyage, de leurs sacs de victuailles, cherchant les compartiments vides, tout lui paraît infiniment triste. De temps en temps, il se retourne, espère encore en une silhouette lointaine, s'en veut de ne pas encore avoir tout à fait renoncé. Elle ne viendra pas, maintenant il en est sûr. Des employés en uniforme guident les familles nombreuses, d'autres inspectent, entre les wagons, les attelages, la lanterne-signal à la main. Il erre maintenant sur le quai. Aux fenêtres, des femmes, le chapeau en arrière, la voilette collée sur le visage pour éviter les particules de suie et les fumées, le regardent comme une curiosité. Églantine ne viendra pas. Elle ne viendra pas et il ne lui en veut pas. Comment a-t-il pu croire un instant qu'elle délaisserait Paris, Worth, les robes et les défilés pour le suivre jusqu'aux Amériques ?

La nuit est là. Il marche, le cœur noyé dans une infinie tristesse, imperméable au tonnerre des machines ouvrant leurs purgeurs et lâchant des flots tourbillonnants de vapeur blanche. Ce n'est pas encore tout à fait l'heure. Il marche, d'un pas traînant, mélancolique, le regard accroché aux lumières dans la nuit, aux lanternes au ras des rails, aux trains qui passent là-bas et dont on distingue seulement les vitres éclairées, une file dansante de petites fenêtres mouvantes. L'imaginait-il vraiment dans une petite maison perdue dans la prairie, épanouie à élever leur progéniture, à faire des lessives, à donner à manger aux lapins et à l'accompagner, le dimanche, à l'église de la paroisse voisine ?

Il est revenu vers les wagons. Sur les bancs de seconde, des ouvriers dorment déjà, recroquevillés, le derrière tendant leurs culottes de velours. Les premières sont occupées par des couples qui ont étalé leurs bagages sur les banquettes. Il va bien falloir qu'il se trouve une place. La locomotive perd, par soupape, un grand jet de vapeur. Elle ne viendra pas. Maintenant, c'est une certitude. Il ne la reverra probablement plus jamais.

4

Elle. À grand bruit de grelots et de jantes, une voiture de course par la chaussée, haute sur roues, longue, banquettes en velours et panneaux dorés. Elle s'est ravisée au milieu des marches. Elle a dit à Lady Hortense qu'elle ne peut pas. Elle n'en retrouvera jamais un comme lui. Tant pis pour Worth, les robes, les défilés. Tant pis pour l'Opéra et le champagne. Lady Hortense a souri, a approuvé, a convaincu Gamel Pacha de prêter encore sa voiture. Et maintenant, assise sur la banquette, atterrée à l'idée qu'il peut être trop tard, encourageant le postillon, là-haut, qui fait claquer son fouet et lance ses chevaux à toute allure à travers le cahot des pavés.

Lui. Se ravisant en plein milieu du compartiment. Bousculant la grosse dame qui lui a demandé s'il voyageait seul. Abandonnant son sac et ses malles. Courant sur le quai, dévalant les escaliers, hélant le premier fiacre devant la gare et lui promettant une fortune s'il va vite, très vite, jusqu'à l'Opéra. Heureux d'avoir pris cette décision. Paris, les crinolines, la belle vie ? Si c'est cela qu'elle désire, il le lui offrira ! Si c'est de défiler dans les robes de Worth qui la comble, il la laissera faire !

Et puis, sous la lune, Paris, couturé de blessures minérales, avec ses enceintes éventrées, ses palais ouverts, ses temples en construction dressant leurs échafaudages. La capitale a déjà choisi l'endroit exact où le fiacre et la victoria se croiseront, là où les deux amoureux s'apercevront et hurleront aux conducteurs de s'arrêter. La ville est prête. Elle les attend à cet endroit précis qu'elle a choisi. Dans un autre contexte, il est fort probable que les deux jeunes gens se seraient ratés. Tant d'itinéraires possibles pour aller de l'Opéra à la gare Saint-Lazare ! Mais là, avec le percement du boulevard Haussmann, les travaux entre la rue de la Chaussée-d'Antin et la rue du Havre, ils n'ont pas d'autre solution que de se retrouver face à face.

Et, quand Dragan et Églantine descendent de leurs voitures en marche, quand ils se précipitent et tombent dans les bras l'un de l'autre, quand ils se couvrent de baisers et se jurent qu'ils ne se quitteront plus jamais, le vieux monsieur au chapeau claque et à la jaquette anglaise est là, en spectateur.

— Je savais bien qu'il y avait une autre raison, murmure-t-il avec un grand sourire.

La photocomposition de cet ouvrage
a été réalisée par
GRAPHIC HAINAUT
59410 Anzin

MIXTE
Papier issu de
sources responsables
FSC® C003309

10/18, une marque d'Univers Poche,
est un éditeur qui s'engage pour
la préservation de son environnement
et qui utilise du papier fabriqué à partir
de bois provenant de forêts gérées
de manière responsable.

Impression réalisée par

CPI
BRODARD & TAUPIN

La Flèche (Sarthe), 3009342
Dépôt légal : avril 2015
X06539/01

Imprimé en France